U0051273
아이제（Eise）/著
愛呦文創
愛呦文創

DEAD MAN SWITCH·1

末日校園

아이제（Eise）/ 著　艾咪 / 譯
Zorya / 封面繪圖　sima / 海報繪圖

【作者序】

歡迎各位來到嚴冬裡的百一大學跟著主角逃生

臺灣的讀者們好，初次見面，我是Eise。

我是個充滿天馬行空想法的人，吃飯時、走路時、開車時、和朋友聊天時，腦中都會不時想起一些不可思議的情況，例如：如果我們社區裡突然出現怪物會怎麼樣？如果突然有顆隕石從天而降砸到那棟建築物會怎麼樣？這或許就是我喜歡有關末日啟示這類故事的原因吧。

身為末日啟示題材的愛好者，我認為其中的妙趣就在於異變會如何在熟悉的日常中瞬間發生，因為災難降臨前後差距越大，故事就越刺激。

因此，我將《Deadman Switch》的故事背景設定為平凡的大學校園。

雖然背景是韓國的大學，但我想與臺灣的大學應該沒有太大區別。不像西洋殭屍片中常出現的非現實性場所，而是我們周圍常見的環境，若出現了喪屍會怎麼樣？我會有什麼想法？有什麼行動？我想大家應該多少都有想像過吧。

在這本書中沒有持重武裝的獵屍軍團，也沒有特種部隊，有的只是每所學校裡都能看見的教職員和學生，都是與我們一樣過著日常生活的普通人。沒有戰鬥經驗，也沒有什麼厲害的超能力，面對突如其來超現實的恐懼，會慌亂得不知所措、無所適從，有時也會做出錯誤的選擇。

《Deadman Switch》說的不是戰鬥力可以不斷升級的主角，痛快消滅喪屍的故事，而是過著

普通日常生活的人們，被扔進非日常環境後的經歷，讓我們思考當人被逼到極限時會如何做決定。孰善孰惡？什麼是對什麼是錯？誰聰明誰傻瓜？什麼因會產生什麼果？人是利己還是利他？

在這本書中可以看到很多問號與面臨抉擇的岔路。

如果讀者們在看這本書時，哪怕只有一次，能感受到在自己生活的環境裡突然出現喪屍的毛骨悚然，那麼身為作者的我會感到很開心，若是故事中主角的選擇能觸動讀者們對人性的思考，那就再好不過了。

歡迎各位來到嚴冬裡下著雪的百一大學。

目錄
CONTENT

PART 一

。

惡夢

外面屍體滾來滾去，血腥味熏天，
他竟然和濕透的學弟在這裡貼身勃起，他真的瘋了。
雖然我一直不停說他瘋了，但是完全沒想到會如此的狂。
奇永遠學長真的是瘋子。

CHAPTER 1 ▽

最糟糕的聖誕節

噠！

帶著所有憤怒和煩躁，在最後一個句子的句號後面，按下 Enter 鍵，閃爍的游標來到下一行。最後再檢查一遍，確認學號和名字都沒有錯，按下存檔鍵。

〈期末報告_最終_修正_final_二次_這次真的_最後_真的最後_拜託_我為什麼要選這堂課—tlqkf.hwp〉

真是夠了，長長的檔名完整包含了我這三天來的心聲，但想想還是把寫得落落長的檔名改得正常一點。

〈20XX 年_第二學期_經營戰略論_20XXX019653_鄭護現 .hwp〉

機械性地敲動手指，輸入電子郵件地址，插入附件，按下傳送鍵。郵件內容到底寫了些什麼不記得了，不過不用看也知道，「尊敬的教授，在寒冷的天氣裡請注意身體健康……」還不就是這一類沒有靈魂的句子嗎？

「啊啊啊啊啊——」

發出最後的呻吟聲，終於可以癱倒在床上。

天花板一陣黑又變亮，如此反覆不停。

三天，整整三天。為了寫這份該死的期末報告，這三天來根本就沒睡，手幾乎黏在筆電上。別人早早結束考試和報告，不是開派對就是去旅行，大家都在四處遊玩的這個時刻，我卻動彈不得，只能關在宿舍寢室裡。

第一章
最糟糕的聖誕節

聖誕節即將到來，宿舍的玻璃大門上掛了巨大的聖誕裝飾，我每次經過時都有一股衝動，想把所有裝飾品全都扔到地上，狠狠地踩爛，再點把火燒了。

室友早我一個禮拜就沒課了，說什麼已經找好民宿，要和女朋友一起過聖誕，打包好行李就以光速消失。他的背影看起來既興奮又輕鬆愉快，更像是在我身上火上加油了。

之前最難搞的專業科目考試嘩啦啦襲來，忙著臨時抱佛腳只好把期末報告一拖再拖，結果距離最後期限僅剩三天，我必須擠出五十頁報告。

深呼吸一下，我先到宿舍一樓的便利超商，像個隻身闖入敵營的戰士一樣悲壯，把貨架上的能量飲料、瓶裝咖啡、提神口香糖一個個掃下來，手都不夠用了，乾脆叫工讀生把整箱搬出來。還記得當時那個工讀生一臉驚呆的表情，像看到什麼怪物似地看著我。

之後的記憶就不大明確了，似乎是回到寢室就把手機關機隨手一扔，然後鎖門，拉上遮光窗簾，在分不清白天還是黑夜的房間裡戴著耳塞，瘋狂地趕報告。每打完一個段落，就習慣性地連連按下 Ctrl+S 存檔。打完最後一句畫下句號，我用已經無神快失焦的眼睛瞥了一眼電腦螢幕下方的時鐘，距離提交截止期限只剩下十分鐘。

終於完成了。按下傳送鍵寄出報告的同時，這個學期也落幕了，管它分數還是什麼都不重要，最重要的是現在已經結束了。

「這三天好像減了我三年壽命似的……」

我一邊咕噥著伸手抓了被子蓋上。

這三天一直用各種方法強行壓制的睡意一瞬間全都襲了上來，現在即使第三次世界大戰爆發、核彈就掉落在窗外，我想我還是可以睡得不省人事。

三天以來空空的肚子裡只灌入了咖啡因和牛磺酸，所以胃疼得厲害，但是現在睡意比什麼都強烈。手機掉在角落，螢幕一片漆黑，我視而不見，閉上了眼睛。

現在沒有任何人可以阻止我，我要睡覺，就算世界末日到了我也要先好好睡一覺；就算會死，我也要在睡眠中死去。再見了，朋友們，我要甩掉這世上所有的枷鎖和束縛，出發去尋找自己的幸福。祝你們也幸福。

腦子裡嘀嘀咕咕模糊的聲音，不知是說夢話還是胡言亂語，我閉上眼睛，閉著的眼裡轉起了紅藍色的漩渦，下一秒我就像昏厥似的沉沉睡去。

睜開眼睛，但眼皮像貼了膠水一樣閉得緊緊的，我呻吟著翻來覆去，指尖碰到放在床頭的手機，手機連接著充電器。

不知睡了多久，印象中沉沉入睡又短暫醒來，然後再入睡，如此反覆醒醒睡睡，感覺好像在半夢半醒之間抓了手機插上充電器。

我打哈欠伸了個大大的懶腰，到底睡了多久？一天？兩天？中間雖然短暫地醒了幾次，但肯定是睡了很長時間。

被極度疲勞折磨的身體變得輕鬆了，難怪人家都說睡眠是最好的休息。

一瘸一拐地走進浴室，打開熱水沖澡。學校宿舍的隔音很差，隔壁寢室沖澡的聲音都能聽得一清二楚。甚至如果同一層有人同時使用熱水，水就會變成溫的。不過或許是現在放假了，四周鴉雀無聲，熱水也嘩嘩地流出來。

我盡情享受平靜地洗完澡，頭上蓋了條毛巾走出浴室，睡覺時充沛的暖氣現在似乎稍微有點降溫，我換上乾爽的衣服，感覺總算是活過來了。

未開機的手機螢幕上，電池已充飽電的顯示非常清晰。

我一手用毛巾擦頭髮，一手拿起手機開啟電源。螢幕上依序出現製造商和電信公司的標誌，接著出現了熟悉的桌面。

「咦？」

看到稍後出現的畫面，我皺起了眉頭，半夢半醒之間模糊的數字，現在變得很清晰。未接電話和未讀訊息有一大堆。這幾天關掉手機閉關寫報告，訊息堆積如山並不奇怪，但是為什麼連未接電話的數量都有三位數呢？

電話大部分都是家人打來的，媽媽、爸爸、妹妹，三個人輪番填滿了未接電話的目錄。是為了安慰聖誕節還得待在深山學校裡的可憐兒子嗎？

——沒這種事。

還是因為太久沒聯繫，家人誤以為我失蹤了呢？

我就是怕那樣，所以早就先跟他們報備說功課太忙，不能回家。

總之先打個電話給爸媽讓他們安心，兩位的寶貝兒子沒掛掉，還活得好好的，雖然被報告折騰得差一點就沒命，但總算還是堅持撐過來了，所以請不要擔心。

「您撥的號碼沒有回應，將轉接到語音信箱，請在嗶聲後留言……」

電話的另一頭傳來冰冰冷冷的機械電子音，我分別打電話給媽媽和爸爸，兩人的電話都不通，再打給妹妹，還是一樣。

連打給三個人電話都沒有回應？怎麼會有這種事。

他們該不會是丟下我，趁年底的假期三個人一起出國玩了吧？不對，就算去國外，手機應該還是會通啊，不是可以海外漫遊。

「……」

這下可是真的清醒了。

我胡亂擦了擦未全乾的頭髮，一邊打開手機的聊天軟體，一大堆通知歡迎我，標示未讀訊息的數字一直增加，這時最上面的訊息映入眼簾。

媽媽
「看到訊息立刻跟我聯絡」

爸爸
「兒子啊，愛你喔」

鄭芝現
「哥，還好吧？你應該沒事吧？」

瞬間我的腦袋一片空白，心臟驟然塌陷。

我往下滑動螢幕確認其他訊息，從同學、學長學弟、其他朋友，大家的訊息看起來都急切而擔心。大半天前傳來的訊息是最後一則，之後就像所有人都約好了一樣，再也沒有任何訊息了。

〔X〕「媽，我是護現」
〔X〕「怎麼了嗎？」
〔X〕「媽？」

每一則發送出去的訊息都出現了無網路連接的「X」標誌，我不自覺地看了螢幕最上方，

Wi-Fi和電話訊號連一格都沒有。我們學校雖然在山上，但也不至於是連電話也打不通的荒郊野外，而且學校內的Wi-Fi訊號一直都很強啊。

我又傳了幾個訊息給不同對象，結果還是一樣。我猛然站起來，不對勁，把手機塞進褲子口袋，急忙穿上鞋子，打開已經緊閉了好幾天的房門。

走廊上一片寂靜，就算學期結束了，也不可能會安靜成這樣啊，這太奇怪了。放假時通常會有來短期進修的學生，還有放假也不回家的學生、因為社團活動或準備研究所、托福之類留下來窩圖書館的學生等，放假的學校正常來說應該還是有很多人才對啊。

我環顧了一下完全沒有動靜的走廊，兩旁一字排開的寢室，有兩間的房門依稀開著，沒人在卻沒鎖門？我快步走過去一看，房裡到處都是衣服和書亂成一團。

順著走廊盡頭的臺階走下樓，在大廳轉角出現便利超商的招牌。有時懶得去宿舍餐廳吃飯，叫外賣也嫌煩，很多學生還是會在超商解決三餐，那同時也是我閉關寫期末報告之前去採買補給品的地方。

超商店內燈火通明，看到熟悉的商標，櫃檯後面整齊擺放各種牌子的香菸，我突然不自覺地感到安心，像是徘徊在奇怪的惡夢中醒來一樣。

是啊，不會有什麼事啦，電話和網路斷訊只是一時的，可能哪裡故障了吧。一路走到這裡也沒看到一個人，應該只是剛好吧。

「不好意思。」

超商裡一個人也沒有，就連應該守在櫃檯的工讀生也不知去向。是去洗手間了吧？我環顧四周，櫃檯旁邊，堆放庫存商品的倉庫門斜開虛掩著。

「有人在嗎？」

沒有任何回應。

「不好意思，請問有人在嗎？」

我又稍微提高嗓門喊著，倉庫裡依然沒有任何回應，我小心翼翼地走過去，從裡面依稀傳來細微窸窸窣窣的聲音，該不會是在倉庫角落整理庫存，所以沒聽到我的聲音。

「不好意思打擾了，請問一下。」

我站在倉庫門口探頭往裡頭喊。

外面賣場燈火通明，倉庫裡卻一片漆黑，這樣烏漆嘛黑的也不開燈是要怎麼整理庫存啊……

咯噔咯噔，嘎！

裡面傳出奇怪的聲音，我愣了一下，望著裡頭漆黑一片，這時才意識到有一股無法形容的腥味撲鼻而來。

「咔！咯勒咯勒……」

裡面有人……不是，有個東西轉頭看向我這裡。雖然一片漆黑伸手不見五指，但我本能地感覺我跟那個東西對到眼了。它緩慢地朝我靠近，發出刺耳的聲音，沒過多久，在賣場燈光的照射下，那個東西隱約露出了樣貌。

臉上的皮膚都腐爛了，黑乎乎的皮開肉綻，不明的濁黃膿水從腐肉裡流出來。眼球整個都爛了，比在水產市場看到的魚眼睛還要渾濁。嘴巴開開的閉不起來，口中的牙齦和舌頭也潰爛融化，骨頭似露非露，想也不用想，眼前這個東西不是個活人。

同時我也看到剛剛被它遮住的倉庫內部，在狹小的空間裡，密密麻麻的貨架和堆到天花板的商品之間，一個好像壞掉的人體模型以奇怪的姿勢倒在地上。看不出長相、年齡、性別，但樣貌非常悽慘，唯一可以辨識的超商藍色制服背心也被染成紅色了。

「啊——」

我下意識的往後退，那個東西的嘴撕裂了，又黃又黑的牙齒和著血一片糊糊的。

我不想去思考夾在它牙縫中的紅色肉是從哪裡來的，不，是連思考的時間都沒有，我轉身拔腿就跑，它也向我撲來。

砰！發出一聲巨響，我的肩膀撞到了貨架，在來不及搞清楚前後左右的情況下盲目地後退，會撞到貨架也是理所當然。

貨架上的商品嘩啦嘩啦地掉了下來，打在我身上，我咬牙忍住。

那個東西踩在掉落的面紙堆上搖搖晃晃的，它似乎連觀察腳下的智商都沒有。

我趁機拉開距離。

這下超商賣場全景才映入眼簾，原本應該擺滿新鮮食品和礦泉水的貨架空無一物，僅剩下為數不多的商品四處散落，一片慘不忍睹，簡直就像被大洗劫過似的。

「咯咔！」

那個東西發出怪聲，被血浸濕的牙齒油亮亮的反射著光，胳膊像斷了似地亂揮，一扭一扭地跑過來，我趕緊閃過去。

「這到底是……呃！」

一隻腐爛得黝黑，還不斷掉落肉塊的手以些微的差距與我擦身而過，我瞬間明白了，要是一個稍有不慎，我就會被那隻手抓住，然後變成跟倉庫裡的工讀生一樣下場。

因為極度緊張我口乾舌燥，腦袋裡轟隆隆地響，太陽穴裡像心臟一樣跳動。在狹窄的視野中瞥到空蕩蕩的櫃檯，我打開及腰高度的員工出入門，跑進櫃檯裡。

這間超商的規模不小，所以櫃檯內也很寬敞，足足可以容納三、四個人。

那個東西跟在我後面也跑了進來，在被它追上之前，我手搭著櫃檯桌面一躍而起，許久沒活動的肌肉發出哀嚎，但我沒有時間去痛苦，輕巧地落在櫃檯外側，那個東西則是攔腰被卡在櫃檯裡。

那個東西掙扎著，無法越過只有肚臍高度的障礙物。它那流著血和黑乎乎膿水的手在櫃檯裡胡亂揮舞、不停掙扎。櫃檯上貼著「不得販售菸酒予未成年者」、「有會員卡嗎？」等標語上有密密麻麻的黑紅色手印。

過了一會兒我覺得有點喘不過氣來，這時才意識到自己忘了呼吸，眼前一片天旋地轉。我急忙地順了順呼吸，既然已經封鎖它的行動，就趁機逃跑吧。

這時倉庫裡卻傳來奇怪的聲音。

「咯……咯勒……咯……咯勒……」

我剛剛明明親眼看過了，倉庫裡就只有不省人事的工讀生，而且應該傷勢嚴重得無法動彈，可是現在……那個渾身是血，拖著七零八落的胳膊和腿爬出來的那個……到底是什麼？

工讀生的頭左搖右晃，因為脖子被咬得很厲害，幾乎有一半的肉都不見了，看來是沒辦法正常抬起頭來，身上還穿著破破爛爛的超商制服背心，蠕動著四肢朝向我而來。

「……」

看到工讀生制服背心胸前染成紅色的超商標誌，我感到一陣噁心，趕緊摀住嘴。

幾天前還帶著不情願的表情搬出整盒能量飲料給我的工讀生，怎麼會……

在櫃檯裡掙扎的那個東西，似乎找到其他方法，它趴在櫃檯上，手像划水一樣在四周亂揮亂抓，隨著重心逐漸移動，它的上半身也慢慢向櫃檯另一邊傾斜。

工讀生仍朝我爬過來，在地板上留下長長的血跡。櫃檯裡的那個東西，靠著蠕動，腰和骨盆已經越過櫃檯了。

它們都盯著我，為了咬我的肉，嚼我的內臟。

不能再遲疑了，我手忙腳亂地繞過轉角，推開超商的玻璃門跑出去。門上的鈴鐺叮鈴叮鈴的響，真是不合時宜的輕快響亮。

門邊靠著一根長長的拖把，應該是工讀生在店裡拖地拖到一半隨手放的。我一時也無法思考，

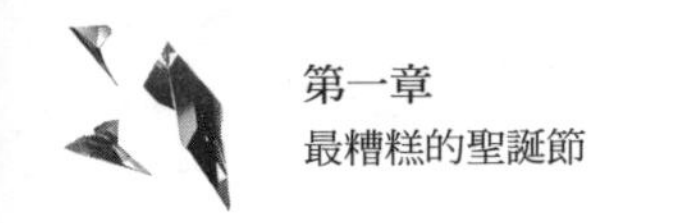

關上玻璃門，用全身的力氣阻止裡面的東西出來，同時把拖把橫插在把手上。

咣！幾乎是同時受到巨大的衝擊，在玻璃門的另一邊，那兩個東西凶猛地撲上來撞上了門。門劇烈的晃動，玻璃門沾上了淡淡的暗紅色血痕。「伴您度過溫馨年末。熱包子暖心販售中」的海報上也出現了斑斑紅點，包子模樣的卡通人物，一雙又大又亮的眼睛沾滿了血跡，瞬間讓人毛骨悚然。

隔著玻璃門和那東西四目相對，黃燦燦的眼珠子嗖嗖地直視而來。那兩個面目可憎的怪物身體有一半是破碎的，用混濁毫無焦點的眼睛看著我，看得我起雞皮疙瘩。

「瘋子，滾！給我滾！」

我拚命地大喊大叫，代替回答的是令人毛骨悚然的怪聲和猛烈的掙扎，緊抓著把手抵住門的我也招架不住力道動搖了。

我遲疑的放開手，往後退，用拖把擋住的門看起來一時無法打開，玻璃門另一邊那些東西似乎一時半刻還出不來，我急忙轉身。

我拚了命的跑，氣喘吁吁，沿著剛才來的路折回去。

我深怕一停下來就會被抓住，所以一刻也不停地狂奔，涼風掠過耳際，不知是不是心理作用，感覺空氣中似乎夾雜著腐爛的血腥味。

我來到位於一樓大廳對面的管理辦公室，隔著一格一格密密麻麻的小窗戶組成的諮詢窗口往內一看，辦公室裡空空如也。

「老師在嗎？有人在嗎？有人嗎？不管是誰都好，拜託！」

我敲著門喊著，一片死寂的走廊上迴盪著我的吶喊，但沒有聽到任何回答。我轉了轉把手，門沒鎖。

打開門進入看到各種文件塞滿了書架。掛在牆上的白板上密密麻麻地寫著交接工作、宿舍清掃排程，一切就跟平常一樣，平和寧靜，讓人無法想像外面發生的可怕事情。

經過小小的諮詢間，再往裡進入辦公室內部，發現裡面還有一扇門，是值班室，應該是舍監值夜班時使用的地方。再仔細一看，頓時嚇了一跳，值班室的門上有個很大的「X」，是用紅色油性筆狠狠用力畫的大「X」，我有種不祥的感覺。

不僅如此，門把手和門縫上貼滿了綠色膠帶，門前還橫放了一個大鐵櫃擋著。

砰！我可以感受到從門內傳出的震動。我往後退一步，隨著視野擴大，看到門角上出現了紅色小字，可能是因為寫得太急了所以很潦草，但辨識上沒有問題。

想活命就要安靜 千萬不要吵醒它們

「安靜」兩個字重覆畫了很多底線。我頓時喘不過氣來，整個人彷彿石化了，呆呆地看著眼前的門不敢動。

砰！砰！砰！

門內又傳來怪聲，接著下一秒……

哐哐哐哐哐！

一聲接一聲地爆出巨響，震耳欲聾，我的背脊生起一股涼意，不知從什麼時候開始，手止不住地顫抖。

我意識到我犯了一個天大錯誤，這一路從走廊跑過來，沉重的腳步聲，狂敲門還大喊大叫的找老師、找舍監。我不應該那樣做的。

貼了膠帶的門劇烈晃動，似乎快擋不住在裡面掙扎的力量了，膠帶一角漸漸掀起。砰！砰砰！傳來不祥的聲音，擋門的鐵櫃被一點一點地推開。

我一咬牙連忙掉頭就跑，但又不知道該跑去哪裡，慌亂之中只得往樓上跑，因為不知道還有什麼隱藏的危機，比起開闊、無處藏身的戶外，在宿舍裡頭應該比較安全。

砰！哐啷！

背後響起了嘈雜的聲音，是門被粗暴地撞開飛到牆上的聲音。

我沒有回頭，更沒放慢腳步。我不是個喜歡看恐怖驚悚片的人，以目前的狀況來看，如果稍微停下來，肯定會小命不保。

我什麼都不管，只是一個勁的往樓上跑，到底是跑到三樓還是四樓，我也搞不清楚。下面傳來拖著腳走路的聲音，透過欄杆朝下瞥了一眼，某種黑乎乎的形體一閃而過，雖然行動好像不大方便，但動作並不慢。

我使盡吃奶的力氣加快速度，兩腿已經沒力了彷彿隨時都會軟癱，但還是強迫無力的雙腿快速移動。不知不覺間已經跑到最高層，再也沒有可以往上的樓梯了，我轉向走廊跑去。

走廊上連一隻老鼠都沒有的死寂，靜到只聽見自己的呼吸聲，無數個長得一模一樣的寢室房門從我兩邊掠過。

「咯咯咯……」

樓梯那邊傳來了陰森森的聲音，它好像要追上來了。雖然動作不靈巧，智力不足，但還是挺會糾纏人的。

我穿過走廊不停地跑，可是這樣跑下去，要是前面突然蹦出個什麼東西怎麼辦？如果走錯路了怎麼辦？與其擔心眼前不知存在與否的障礙物，還不如先想辦法逃離背後襲來立即的威脅。我別無選擇。

走廊安靜且乾淨，但是到處都有奇怪的地方，有幾間寢室的房門虛掩，有些漆得雪白的牆壁上留下混亂的足印。這些在幾分鐘前，我還沒有危機感，平靜地走去超商時，並未注意到這些。

身後的追擊者非常執著，我一直全力奔跑，很快就累了，但那個東西不是活人，所以不會累。吱嘎吱嘎像刮聲帶的聲音、揮舞著胳膊和瘸腿的聲音越來越近，明知道不應該這樣，但我還是忍不住回頭了。

是熟悉的臉。看起來像被硬物擊中，頭有一半明顯歪斜，下巴關節扭曲成一個微妙的角度，舌頭從嘴裡伸出來，軟軟的垂著晃來晃去。

「舍……舍監……老師。」

我的聲音顫抖得不像話，舍監沒有回答，我可以嗅到它身上散發出腐肉的惡臭。

疲累和恐懼交織在一起，身體和情緒就快要崩潰了，但我知道如果被那個東西追上抓住的話，我就會變得和它們一樣。

「呼，呼，呼……」

氣喘吁吁，眼前一片紅又黑。我搖搖晃晃地繞過轉角，看到一個巨大的行李箱倒在走廊中央，地上散落著應該是從箱裡掉出來的盥洗用品、保養品、衣服等，亂成一團。

有個人坐在行李箱上面。

是人，活得好好的人。

「……」

我頓時忘了自己正在被追趕，一瞬間躊躇不前。男子察覺到動靜回過頭，烏黑的頭髮、遮住大半張臉的黑色口罩，可以看到他的耳朵上有幾個耳釘。

男子凝視著我，靜靜地站了起來。這時我才看見他手裡拿著東西，是一把巨大的消防用斧頭，刀刃是紅色的。亂成一團的宿舍走廊，泰然自若坐在走廊中間的男子，還拿著一把凶惡的消防用斧頭。眼前這一切根本就不現實。

他不由分說地拿起斧頭用力揮動，我僵住了，身體完全僵住。看著斧頭劈向我身旁，完全動不了。啪！又熱又黏的東西濺到腳邊，過了一會兒，我才意識到那是腐血。

我呆呆地看著地面，舍監，不，曾經是舍監的那個東西，斧頭就深深地插在它的鎖骨上。男子猛踢舍監的腋下，順勢拔出血淋淋的斧頭。脖子和肩膀半分離的舍監還在蠕動著。

男子微微歪了歪頭，然後用手背默默地抹去沒有衣服和口罩遮掩，濺在脖子上的幾滴血。我瞥見領子內側修長的頸部似乎有痕跡，是傷疤？

「唉……還沒死啊。」

這是他開口說的第一句話。他往下看，眉頭一皺，又把斧頭舉起來。咔嚓！眼角餘光瞄到被斬斷的頭，我趕緊閉上眼睛。不管現在成了多麼可怕的樣子，但他原本也是人啊，平常雖然不是太親近，但也是曾經面對面交談過的人。我的心裡一陣作噁。

「嗨，學弟，你來了。」

那男子對我說話，莫名的親切語氣。我睜開眼，與他四目交接。

他把黑色口罩拉到下巴，微微一笑。烏黑的頭髮、烏黑的眼睛，還有耳朵上的耳釘，這個人感覺就算是開玩笑也不會用溫文儒雅來形容。

「什麼？」

我根本就不認識他，我從沒看過這種「學長」，不管我怎麼回想，就是想不起來他是誰。

「命大喔，還活著啊。」

男子若無其事地問。

「你怎麼活下來的？」

有種不對勁的感覺，我往後退了一步。

「嗯？」

男子也朝我靠近縮小了距離，他手裡拿著的消防用斧頭在地上拖行，發出尖銳的聲音。

「您在說什麼啊？不好意思請問您是哪位？」

「真是，搞什麼鬼。學弟，幹麼裝作不認識，你不想跟我相認是吧？啊，你不會忘記我的名字了吧？所以才會這樣？」

男子微微一笑。他的笑容與冷峻又帶點危險的長相毫不相稱。

「我是永遠啊，奇永遠。」

「不好意思，我真的不認識您。您可能是認錯人了。」

我一邊說一邊悄悄後退拉開距離。我本能察覺到眼前這個男子不正常，如果是正常人，不會泰然自若地用斧頭砍人脖子，也不會跟第一次見面的人裝熟，更不會貿然問「你怎麼活下來的？」這種問題。

「話說回來，你幹麼一直後退，想逃？」

他又默默逼進，手上的斧頭刀刃上的血光更增添陰森森的感覺。這還用說嗎？當然是因為必須逃所以才要逃啊！我有很多話想說，但看著他的臉讓我無法開口。

「……」

我緊閉著嘴環顧四周，抓住時機轉身就跑。這個男子和剛剛遇到的可怕東西一樣，不，他也許比那些東西更危險。

男子立即追了上來，咣！鏘！嗒昂！背後接連傳來令人頭皮發麻的聲音。

斧頭胡亂地甩在牆上又刮過地上，與那些彷彿無法支撐的胳膊和腿、拖著身體東倒西歪走著的怪物不同，這男子非常敏捷。

「你幹麼要逃啊？有這麼討厭我嗎？還是怕我？怕我會砍了你？」

「別過來……拜託，不要過來！」

「不是啊，我幹麼要砍你？不記得名字又沒有關係，沒什麼大不了的，我不會砍你，我不會殺你啦。」

空無一人的走廊，耳邊嗖嗖地掠過一扇又一扇門，與剛才被舍監追趕時不同，現在恐怖十倍，我感覺自己成了失控的連環殺人魔的目標。

「真會跑啊，那麼拚命想死，現在又想活了嗎？」

走廊到了盡頭，我拚命地往樓下跑。男子個子修長，腿也長，一腳就跨過二、三個臺階，以飛快的速度緊跟在我後面。

「又來了，每次都這樣搞，只有我被當成傻瓜啊。」

我沒有餘裕回應那瘋子的話，感覺張嘴的瞬間，頭就會被斧頭劈開了。

「真是，馬的……太過分了。」

男人低聲嘟囔著，不知何時，他已經貼到我背後，他看起來一點都不累，我頓時明白我是絕對跑不贏他的。

「學、學長，奇永遠學長。」

我停下來緊閉雙眼，急切地喊著。他因為我沒認出他而逃跑，所以才會追著我，那如果我裝作認識他，不逃跑的話，他應該會饒我一命吧。如果不管怎樣都會死的話，我至少要試過最後的機會再死。

「對不起，我怎麼敢沒認出學長呢。那個，不是……因為我一時忘了。不是，是搞混了。」

「……」

這語氣連我自己聽了也覺得非常卑微，不過似乎奏效了，男子停在原地不動。

我乾嚥下口水，睜開眼睛慢慢回頭，看到的是面無表情揮舞斧頭的男子。

「啊！」

我不管三七二十一地尖叫出聲。我也只能尖叫，一夜之間，世界變得異常，被可怕的怪物追殺，好不容易遇到唯一的活人，卻瘋狂地拿著沾滿血的斧頭揮舞，在這種情況下還能沉著冷靜的才是怪胎。

啪！傳來斧頭剁碎肉，劈開骨頭的聲音，有個東西朝我背後撲來，卻半途掉落下來。雖然看不清臉孔，但好像是我們學校的學生。穿著棒球外套，上面繡著的校徽上滲出了血水。腐爛黏稠的血緩慢地流出，形成了深紅色的水坑，散發出一股惡臭。

「啊——」

我兩腿一軟癱坐在地上，渾身瑟瑟發抖。

自稱學長的男子一臉愁慘，楞楞地看著散落在地上的學生，然後把視線轉向我，盯著我看了很久，久到我渾身不自在，然後慢慢地嘆了口氣，收起斧頭。

「學弟，好好打起精神來。」

他不再說什麼我幹麼假裝不認識他的荒唐話，也不再不分青紅皂白地想殺我。雖然不知道能不能用這樣的比喻，但他看起來就像是被某種東西束縛住，現在才甦醒過來的人一樣。

學長把拉到下巴的口罩重新戴好，遮住鼻子和嘴，只露出一雙冷冽的眼睛。

「你絕對不要離開我身邊，不要隨隨便便東張西望，不然在被那些傢伙抓去啃之前，我會先取下你的腦袋。」

我思考了一下被怪物咬死和被斧頭砍掉腦袋兩者的優劣，結論是兩種都不好。

「跟我來，安靜點。」

「安靜？」

「同樣的事不要一問再問，說過的話又重覆再說。」

「……」

我應該沒有一問再問吧，但我還是緊緊把嘴巴閉上，生命可是很珍貴的。

前輩垂下手中的斧頭，移動腳步，他似乎覺得很煩，於是大步大步地走著，幾乎沒有聲音。我緊張地觀察他的臉色，緊跟在他身後。

現在這到底是什麼狀況？從我醒來到目前為止遇到的那些是什麼東西？這個男子為什麼好像認識我很久似的？一大堆疑問堆積如山，但我根本就無從問起。

跟著學長走在走廊上，我始終無法放鬆警戒，雖然表面上看起來非常安靜，但感覺整棟宿舍到處都藏著凶惡的東西。那些曾經是人，現在則是會吃人的怪物。

他們為什麼會變成那樣？現在我的家人在做什麼？還有多少人活著？校園裡有人被殺，還變成可怕的怪物，但為什麼沒有警察和救護車來救援呢？

不解的疑惑層出不窮，好像一直在無法結束的惡夢中徘徊，而這其中最大的疑問，就是眼前這個男子到底是誰？

一切都太詭異了，發生了這麼可怕的慘事，那個人也太淡定了吧。他好像等了很久似的和我說話，把曾經是人的屍體熟練地剁碎，一副很瞭解我的樣子，叫我學弟，還那麼爽快地主動自己報上名字。

他的名字是真是假、他到底是不是我們學校的學生，這些都無從得知。問他重要的問題，他不是一副不耐煩的樣子轉移話題，就是裝作沒聽見，什麼也不說。雖然那些長相恐怖的怪物很危險，但對我來說，這個男子和那些怪物一樣危險。

忽然有一股衝動，要不乾脆逃跑吧，要逃跑的話就是現在，當學長沒看我的時候，當他和我的距離拉得很遠的時候……如果現在逃跑，應該不會像剛才那樣輕易被抓到。

「學弟。」

他正好回頭看我，又黑又長的睫毛，讓他的眼眸變細長，他似乎看穿了我的想法似的，嚇了我一跳。

「過來。」

他猛然伸出了沒拿斧頭的那一隻手，彷彿在呼喚家裡養的小狗狗一樣。真是令人無言。

「我叫你過來啊，握住我的手。」

「是怕我逃跑，所以要抓著我嗎？」

「啊？」

「沒什麼。」

「我們之間有什麼好客氣的。別裝斯文了，快點握住，沒有時間了。」

什麼叫我們之間，我快瘋了。

「怎麼突然……」

轟隆！轟隆！

我話還沒說完，遠處就傳來沉悶的聲音，像什麼很重的東西滾下樓梯似的，又好像是把什麼堅硬的東西扔到牆上。因為距離遠，所以聽不清楚，但還是讓我嚇了一跳，頓時停止說話，閉上了嘴。學長隔著口罩輕輕嘆了口氣。

「快點。」他催促著。

隨即忙不迭抓起我的手握著，那一瞬間從他手裡傳來的頑強力量，讓我覺得有點疼。

前輩的手比我大了一個指節的長度，最先感受到的是他的手又乾又冷，還有點粗糙，指關節和手掌都起繭了，這絕對不是成天坐著上課寫報告的平凡大學生的手。

那個沉重的聲音又響起了，比剛才大一點，顯示不遠處正在發生什麼事。學長一拽我的手，立刻跑了起來，我等於是半被拉著跑，踉踉蹌蹌地，眼前的一切都跟著晃動。

「等一下，我可以自己跑，等一下。」

「不行。你跟著我走在後面，一個人磨磨蹭蹭的肯定會落後，搞不好還會被絆倒。」

「我沒那麼不中用。」

「那是你自己的想法。」

「……」我啞口無言。

在生命搖擺不定的情況下，雖然不應該這樣，但老實說我真的覺得他煩死了。

學長緊緊抓住我的手穿過走廊，突然在某間寢室前停了下來。他猛然打開虛掩的房門，粗暴地把我推進寢室裡。

「呃！」

他的手一點都不客氣，我差點就摔倒在地上，好不容易才勉強抓住重心站穩。學長也跟著進來，然後直接把門鎖上。

我們倆都喘著氣，靠在房門上，沒有時間和心思觀察沒有主人的寢室，所有的精神都集中在隔著一道門外的走廊上。

「那些傢伙大概又抓到一隻了。」

「一隻什麼？」

「食物啊。人，人肉。」

他面不改色的說明，那樣子就像是介紹晚餐菜單一樣。剛才在超商店裡瞥見的情景，現在藉由他的說明具體化了，我胃裡一陣翻騰，噁心的感覺衝上喉頭，連忙咬牙。

「人……吃人肉……」

「你應該大概瞭解了吧？現在這裡沒有幾個人是好好活著。管他什麼舍監還是誰，都成了那個鬼樣子了。要是你遇到熟面孔而呆呆地站著，瞬間就會從頭到腳被吃掉。」

「……」

「所以動作一定要非常迅速，如果不想變成像那些傢伙的那副鬼樣子，不想肚子裡流出腸子在地上爬的話。」

「可是為什麼都沒有人來救我們？不是應該會派警察或軍隊進來才合理吧？」

他好像聽到什麼超級大笑話似的，極力憋住笑。

「誰會來啊，就算來了也一樣會掛掉，現在那些在外面晃悠悠遊盪的傢伙都是死的啊。」

「學長，你到底知道多少？」

「我？」

他微微地歪了歪頭，濃密的黑髮飄落到額頭上。兩眼晶亮亮的注視著我，好像要說什麼似的，遲疑了一下。

砰！就在這一瞬間，我們倚靠的門受到巨大的衝擊，好像有什麼東西用盡全身力氣撞上來，我嚇得往後退，一瞬間還以為門要被撞碎了。

「有人在嗎？救命，救救我……呃！」

外面有人氣喘吁吁，急切的求救，同時還零零星星傳來吱吱嘎嘎的怪聲。

外面並非只有敵人。我還沒想清楚是什麼狀況，身體就先行動了，急急忙忙靠近門，我必須幫助正陷入危機中的生存者。

「喂！學弟！你在做什麼？」

我伸出手想打開門鎖，卻在中途被擋住了。學長粗暴地抓住我的手腕，痛得我以為手腕要斷了。黑色口罩上方，他的眼神凶狠地扭曲了。

「我不是叫你要打起精神來嗎？」

「您也聽到了吧，外面有人啊！」

「你能做什麼？剛才還被血濺到，嚇得摔了一跤。」

「可是難道要假裝沒聽到，見死不救嗎？」

我咬緊牙關，想把快被扭斷的手腕拔出來，學長加大力道，發出殺氣騰騰的聲音。

「外面那些傢伙可不只一、二隻，外面全都是像剛才撲向你的那種傢伙，你一個人出去又能怎麼樣。」

「至少可以幫他躲起來或者逃跑啊。」

「你覺得可以嗎？就憑你？」

「不試一下怎麼知道。」

「我勸你趁我還有耐心好好說的時候聽話，不要什麼都搞不清楚還亂發神經。」

他仍然保持一貫冷靜的態度，但在此時此刻，房門另一邊正展開殊死搏鬥，一股熱血衝上我的腦袋。

「是啊，我是什麼都不知道，但是有人快要死了啊，他在喊救命啊！不管行不行，至少也得試一下啊！」我不由自主地提高了嗓門。

剛才看他揮舞著沾滿血的斧頭，做出非常人的行動，因為害怕所以才配合他，雖然是第一次見面還是恭恭敬敬的叫他一聲學長，討好他，但現在這種狀況我不想。

這可是關係到一條人命啊。雖然不知道外面的人是誰，但那個人應該也是像我一樣留在宿舍過聖誕的平凡大學生，他也是某人的子女、兄弟姊妹、同學、朋友。一個無辜的人拚命求救，明明聽得一清二楚卻像個鱉三一樣躲起來，這樣我的良心過不去。

突然一把火冒上來衝動頂撞完之後，我頓時心虛覺得緊張，擔心他該不會拿斧頭砍我吧？但是學長沒多說什麼，也沒傷害我。

「你想出去送死是吧？」

本來就低沉的聲音變得更低了，話尾音聽得出來因壓抑怒氣而微微顫抖。我渾身僵硬，勉強鎮定下來，深吸了一口氣。

「前輩不會有危險，我自己出去，我會迅速把他帶進來。」

「沒有我，你什麼也做不了，這跟去送死有什麼兩樣。」

「就算死，也只有我一個人會死。就算我死了，也和前輩沒關係。」

我話才說完，可怕混亂的聲音就打斷了我們。

好像是外面的人試圖反擊，或者相反，被襲擊了。

「啊！」

門外傳來恐怖的慘叫聲，不能再遲疑了，我不管三七二十一甩開學長的手想狂奔出去。

「鄭護現！」

一隻胳膊從身後過來，大手掌捂住了我的口鼻，眼前頓時一片黑，再回過神，學長仍捂住我的嘴，我搖搖晃晃地被拖著往後走。

「呃！」

我的背倒在床上，砰！床墊很有彈性，接著他隨即壓在無力的我身上。黑衣黑髮，一片烏黑的顏色映入眼簾。我感覺到他的重量，他結實的大腿跟我的大腿交疊在一起，我動彈不得。

這才想到，剛才第一次聽到他尖聲喊出我的名字。我反射性地回想，但怎麼也不記得我有說過我的名字啊。

「我們護現啊，就這麼想死嗎？你要是真的這麼想死，要不乾脆就讓我給你個痛苦吧。」

前輩咬緊牙喃喃地說，從牙縫裡透出粗重的喘息聲。他仍然捂著我的嘴，我想搖頭，但貼著臉的手力道太強，我完全動彈不得。

「……」

溫熱的氣息出不來，積在氣管裡迴盪，好痛苦。他直盯著我含淚的眼睛，以鼻尖相貼的距離四目交接。他的瞳孔漆黑，清澈無瑕，映照出我的模樣，是憋著氣，泛紅的眼裡噙滿了淚水，彷彿看到惡鬼一樣臉色發白的我。

「好吧，反正你極度討厭我不是嗎？就算這次殺了你也不會有什麼改變吧。」

他若有所失地垂下眼睛，又黑又長的睫毛無聲地塌下來，但與此形成鮮明對比的是他的手段卻極度狠毒。耳邊不斷傳來巨響，外面的人拚了命地慘叫，然後聲音漸漸越來越弱。

學長依然捂住我的嘴，側耳傾聽外面的動靜，直到聲音完全消失才放手。由於剛才幾乎吸不到氣，我的眼前昏天暗地，喘不過氣來。

「咳！咳！」

他放開我之後立刻起身，把靠在牆上的斧頭拿在手上。

「現在走吧。」

我忍住想咳嗽的痛苦，也馬上站了起來。想想自己也覺得無言，根本就忘了剛剛沒能拯救外面的人所產生的絕望感。

「剛才不是說不能出去，還威脅我說出去就會死。」

「那是剛剛，不是現在。」

「哪有人這麼快就變了？」

「哈……學弟啊，人不能只拘泥於過去，要活在當下啊。」

他深深地嘆了口氣回答。莫名其妙的憤慨湧上心頭。

「喂，學長，如果不想管外面的情況，那一直躲在這裡不是比較好嗎？有床、有電、有暖氣，浴室裡還有熱水呢。」

「喂，學弟，你成績不好嗎？」

他帶著憐憫又心寒的表情回頭看我。

「腦子怎麼一點都不靈活？還是因為你都只待在房間裡唸書？拜託你用解題、寫報告的頭腦思考一下。」

話一說完，他就走向房門，然後抬起腳，啪地一聲踹門，我整個看呆了，在原地不知所措。

砰！砰！只踢了兩腳，門就壞了，剛剛進來時明明鎖上的門，現在無力的傾斜，開了大約一個手掌大的開口，因為外面的衝擊，門鎖已經破爛不堪，再加上學長無情的踹踢。

「你要躲在這個破地方嗎？怎樣，要把那些傢伙叫過來開睡衣派對嗎？自由入場，反正門都已經破了。」

「不是，對不起，我錯了，都怪我這張嘴，口無遮攔的。」

我火速道歉，與其繼續聽他說那些屁話，還不如我自己認輸算了，早早結束。

學長無視我逕自走出去，在走廊上環顧四周後向我招手。

「出來。」

外面很安靜，看起來跟剛才進去寢室之前沒什麼不同。

損壞的門不受控制地隨意搖晃，發出嘎吱嘎吱的聲音，我不經意地回頭看，門扇上映入眼簾的是長長的血跡，心裡咯噔一下像被石頭擊中。

「學長……」

「不要看。」

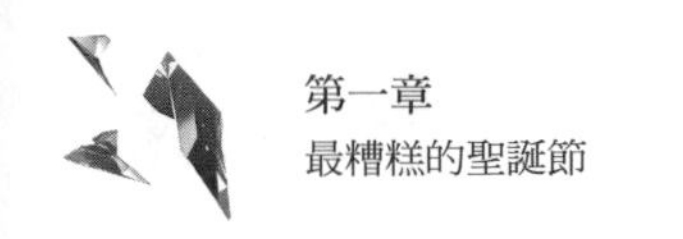

他輕輕地搖了搖頭，「它們走了，暫時不會回來這裡。它們的智商低，只要吃了一隻獵物，就不會管其他地方了。」

不祥的思緒像直覺一樣掠過腦際。

「那您剛才叫我不要出來、裝作不知道……」

「既然有人幫我們引開那些傢伙，我們又何必出來呢？」

「……」

「真要謝謝他了，叫聲響徹整層樓，嗓子挺不錯的，是聲樂系的嗎？」

「啊？」

嘖嘖的乾笑聲響起，他若無其事地坦然承認用別人的生命做誘餌。如果現在發生的是火災或地震等一般自然災害，他也會這樣嗎？難道只為自己能安全避難，就可以把那些苦苦求救的受害者推向死亡嗎？

「楞著做什麼？快走啊，再拖下去一點好處也沒有。」

他不由分說抓住我的手，我無法抵抗，只能糊裡糊塗地被抓著。他每次都很用力的緊握我的手，都快疼死了。

在隱約散發著血腥味的走廊匆匆走著，移動過程中學長一直緊閉著嘴，在遮住半張臉的口罩上方，眼神一樣非常冷冽。

「那個……學長。」

「怎麼了？學弟。」

他回頭看我，一派吊兒郎當地回應我的話，一直忍在心中的疑問要浮出水面了。

「你為什麼要帶著我？我什麼都不知道，只是一個累贅，為什麼非要抓著一個拖油瓶呢？我無法理解。」

「……」

「還是……如果情況不妙的話，你打算把我當誘餌？」

「學弟，答案很明顯你為什麼還要問呢。」

他輕輕地嘆了口氣，聳了聳肩。他的態度就像我問了什麼無聊問題一樣。

「你不能死，就算這裡的人全都死了，你也要活著。」

我的疑問不但沒有解開，反而更疑惑了，我已經不知道該怎麼問了。

我們在緊閉的金屬門前停下腳步，這是位於宿舍最頂層的男用公共浴室。雖然每間寢室裡都有浴室，但為了方便四人房的學生，學校特別再設置了公共浴室。

原本公共浴室的門也跟寢室房門一樣，是木頭材質，鎖也是鑰匙鎖。但在幾年前發生一件事，有人深夜偷偷用髮夾打開女用公共浴室的門進去，躲在更衣櫃裡，於是後來就全面改為裝有密碼鎖的鐵門，除了固定開放時間之外都會上鎖，以防有心人士隨便闖入。

「只有這裡了，唯一可以安全躲藏的地方。」

「可是這要怎麼打開？」

只有舍監老師或職員知道密碼，難不成要用斧頭砸碎密碼鎖嗎？可是那樣門也會壞掉。

「你怎麼會變得這麼笨？」

學長皺眉看著我，就像在看某種瀕臨絕種的稀有動物一樣。

我只是提出個理所當然的疑問，卻感覺自己成了天下第一大傻瓜似的。

「你是受到太大的打擊，所以連打開門鎖的方法都忘了嗎？打開蓋子按密碼不就行了嘛。」

「我不是這個意思……」

話還沒說完，他就把手放在門鎖上，然後像打開自家大門一樣想也沒想就輸入密碼。嗶嗶嗶嗶，嘀嚕嚕，咔嗒，就像一直等待著一樣，門打開了。

「……」

我無話可說，太扯了，不知道該說什麼。不可能告訴學生的密碼，學長是怎麼知道的？堅硬的鐵門打開，首先看到更衣室。長得一模一樣的鐵櫃排成一排，架子上有浴籃和毛巾，有幾個人圍坐在長椅附近，當門打開時，他們都嚇得跳了起來。

「喔……喔……」

有人手顫抖著對我們指指點點，我也跟著不知所措慌亂了起來，只有學長是唯一平靜的人，他拿著的斧頭「正好」在地上刮過，發出令人毛骨悚然的聲音。

「啊啊啊啊！」

裡面響起了響亮的驚呼聲。

暴風般的混亂席捲而去後，那些人小心翼翼地走向我們，他們知道我們不是「那些東西」後，似乎放心了。

「你們怎麼知道密碼進來的？」

「不是寫在管理室電腦螢幕旁嗎？你們不也是看到那個才進來的，明知故問。」

學長不耐煩地回答，他不僅對我如此，對眼前這些初次見面的人也一樣非常自然的不客氣，看來從各方面來說，他都是始終如一的人。

「啊……這樣說也是沒錯。」

第一個提問的男生不好意思地含糊其辭，似乎想進一步追問，但又不敢。他戴著度數很深的眼鏡，穿著棒球外套，袖子上繡了學號，看來是個新生。

「話說回來，你們啊……」

新生的話還沒講完，另一個人猛然抬起頭來。他的下巴和嘴周圍長出了稀疏的鬍碴，頭髮蓬亂，我猜這個人百分之百是復學生。以這樣的外貌，要說他只有二十出頭，那可能在其他方面有不為人知的祕密。

「你們之前都藏在哪裡？我還以為這裡正常的只有我們。別的地方早就亂成一團了，從餐廳開始的。」

學長一貫地無視他的話，其他人都覺得很尷尬，頓時氣氛變了。

「喂，我在問你啊，你們剛剛都在哪裡啊？」

「不知道，我不記得了。」

「什麼？馬的，你在耍我是嗎？」

復學生皺著眉頭罵了起來，學長第一次打破了面無表情，口罩上的眼睛瞇了起來，看得出來他微微一笑，但即使是這樣，依然給人可怕的印象。

「你他馬的長得像豬頭就算了，講話也要有禮貌一點啊。」

我心裡忍不住發出感嘆，他怎麼可以每一句話都能把人惹毛。

他們互相盯著對方看，不久復學生先移開了視線。可能是因為在氣勢上輸人惱羞成怒，他像憤怒的公牛一樣氣呼呼轉向我。

「靠！遇到瘋子……喂，隔壁的，你剛剛在哪裡？」

「我在我的寢室裡啊。因為報告最後繳交期限是二十五號午夜啊。」

所有人的視線都聚集在我身上，當著大家的面告白說我臨時抱佛腳完成報告後一直昏睡，話講到一半，突然感到羞愧。

「我一直獨自在寢室裡，不知道發生了什麼事。」

「什麼？外面都亂成一團了，你說你不知道！你這小子是在唬爛吧。」

「呃……那個……俊錫哥。」

穿著棒球外套的男生小心翼翼地站了出來，結果被復學生一把猛然推開，瘦弱的他有點招架不住，搖搖晃晃的。

「我說了不該說的話嗎？被關在這裡，都不敢出去，簡直快瘋了。現在有一個人說不記得了，他是癡呆了是嗎？另一個人說不知道發生什麼事。這像話嗎？像話嗎？啊？」

不安地眼神游移，浴室裡所有人都變得異常敏感。我一直都被學長牽著鼻子走，還沒來得及思考，在我睡得昏天暗地的時候，這些人卻是從一開始就經歷了整件事，度過一段可怕的時光，他們的神經當然已經緊繃到極限。

「我怎麼會說謊呢？現在這種狀況。」

我先笑笑打圓場，總之先到這間浴室的是他們，畢竟我們也算是隨便闖進來的，就算稍微退讓也無妨，總之不要惹事，我最討厭麻煩了，不管是惹人注意，或挑撥對方，製造無謂的矛盾，不管是什麼，最好能免則免，平平順順地過去就算了。

「我知道這聽起來可能無法理解、有點莫名其妙，但真的是那樣。因為我一直埋頭做報告，一步也沒走出寢室，做完報告之後累壞了，就戴著耳塞睡死了，完全沒聽到任何聲音。」

我瞥了一眼學長，他仍是一副對世間萬物漠不關心的樣子，把我帶到這裡來，卻又像不關他的事，站在一旁看熱鬧。

「這位學長……他不是壞人，請大哥理解一下，可能是因為太混亂，發生太多事，所以說話可能比較衝，這難免嘛，現在處於緊急狀態，我們剩下的人之間應該好好相處，不是嗎？」

復學生上上下下打量著我，一眼不滿意但也沒有反駁什麼，想來是我表現低姿態奏效，他的心情似乎緩和了一點。

「我先自我介紹好了，我是經營學系三年級鄭護現。」

這時，一直在後面察顏觀色的女學生突然喜出望外站上前來。

「護現哥，你不記得我了嗎？」

「嗯？」

「我是多彬啊，崔多彬。我上學期曾跟你一起修過課，我們還在同一組，做體育行銷啊，你不記得了嗎？」

我回憶起往事，發出了簡短的感嘆，是上學期修通識科目時一組的。印象中好像是工業設計還是視覺設計系，總之是主修設計相關的。因為她把長直髮剪短還燙了，所以我沒有馬上認出來。

「啊……多彬，抱歉，因為妳的髮型變了，所以我沒有馬上認出來。好久不見了，最近還好嗎？」迷迷糊糊中，很自然吐出習慣性的問候。

「還好，那時候我們小組拿到最高分，A+，好險我的獎學金才沒被取消。啊，學長好。」

崔多彬還順便向在我身邊的學長打招呼，有別於對我熟識親密的態度，對學長十分恭敬。

「妳跟學長認識？」

「算是吧。這位是雕塑系的奇永遠學長啊。在美術學院綜合專業課上見過幾次，老師點名時聽過名字所以記得。」

我內心感到驚訝，直到稍早為止，這個學長對我來說根本就不現實，從第一次見到他，看到他那些非正常的行為舉止，還時不時說些讓人一頭霧水的話，他身上發生的一切就像在看一部低成本的恐怖片一樣，沒有真實感。但現在我又混亂了，原來他真的是我們學校的學生啊，有主修科系，而且也有上課。

崔多彬畢恭畢敬地打招呼，但學長連看也沒看她一眼，毫無誠意的說：「我不記得了。」

崔多彬的表情絲毫沒有一點洩氣的樣子。

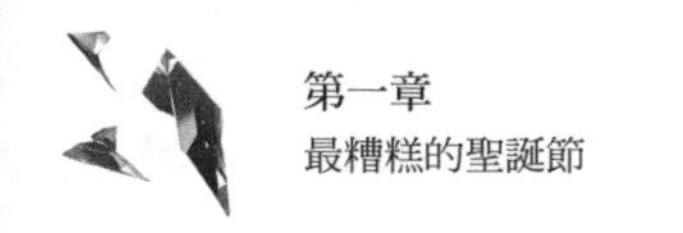

「我想也是。」

直到這時，冰凍的氣氛才有所緩解。

崔多彬拉著我的胳膊，把我帶到一行人中間，介紹其他人。

「這是數學教育系一年級的朴建宇。」

「啊，大哥們好。」

戴眼鏡的男生彎腰低下了頭。

「那位是行政系的尹俊錫學長，他就要畢業了。那個……俊錫哥，打個招呼吧。」

「打招呼？在這種情況下，還打什麼招呼？又不是來開讀書會。」

尹俊錫還是一樣，嘴裡嘟嘟囔囔摻雜著髒話，完全不在乎別人，自顧自的拿出香菸點燃。

崔多彬似乎對我感到抱歉，無奈地笑了笑。我有一種同病相憐的感覺。

大家各自靠在更衣室的櫃子、架子或牆壁，沒想到一直住在兩人寢室的我，竟然會在這種情況下第一次踏進公共浴室。

原本在遠處角落裡不停抽菸的尹俊錫，現在坐在長椅上閉著眼假寐。

瀰漫著尷尬的氣氛，因為我什麼都不知道，所以也沒有什麼可說的。抱著胳膊靠在牆上的學長，看起來也沒有想開口的意思。最終還是兩個學弟妹過來說明到底發生了什麼事。

「那天我正打包行李，準備要回家。」

「我是因為比較晚才去考主修的考試……考完後正要回宿舍，想說順便先去宿舍一樓的超商再回寢室。」

我們學校的校園很大，大到學生們常抱怨，是不是因為在山裡，地價便宜，所以把校園蓋這麼大，但一點用處都沒有啊，每年開學在校園裡到處都能看到迷路的新生，早就見怪不怪。

在如此廣闊的校園中，學生宿舍位於最偏僻、與山腳接壤的外圍地區。不僅常有各種蟲子會從窗戶進到寢室，聽說幾年前有野豬進入宿舍，還在走廊逛大街的傳聞也從未消停。所以宿舍是察覺學校發生異變最晚的地方。

「我拉著行李箱準備走的時候，聽到餐廳那邊傳來尖叫聲。當時我只以為大概是有人吵架，不然就是發現食物裡有蟲子之類的，沒想太多就走過去了。」

崔多彬一邊回憶一邊說明當時的情況。

我們學校位於非常偏僻的地方，沒什麼大眾交通工具會到。下山要走很長一段山路，如果自己沒車會很不方便，所以學校有接駁車往來校園與山下市區之間。

學期結束的宿舍出乎意料地擁擠，收拾好行李等待接駁車的學生們聚集在餐廳享受學期結束的紀念晚餐。這時，一個渾身是血的學生搖搖晃晃地跑進餐廳，倒在地上，他身上的傷嚴重到任誰看了都覺得他不可能還能走路，但他是如何跑過來的沒有人知道。

「同學、同學，你還好嗎？」

所有人都尖叫後退，有人跑去叫警衛，比較勇敢的學生走上前看那個倒下的同學。

「……」

「什麼？你說什麼？」

他的嘴裡都是血，牙齒微微顫動。

「你可以動嗎？那個……嗯？」

「呃，啊……啊啊啊！」

很快地，學生餐廳裡就變成人間煉獄了。

「從那以後，我也不管什麼行李了，不顧一切地狂奔。建宇也是一樣。我沒進餐廳，只在外面透過玻璃看到，所以能逃得比較快，但餐廳裡的其他人不知道怎麼樣了……」

餐廳和大廳裡的數百名學生陷入恐慌，紛紛四散逃跑，大部分人從敞開的大門跑出宿舍，少數人則往宿舍內部逃跑。崔多彬和朴建宇是後者。

「我們很幸運逃到這裡，只要鎖好浴室的門，安靜地待著就不會有事。外面那些東西雖然眼睛看不清，但對聲音很敏感。」

學長也說過同樣的話，叫我要安靜的跟著他，看來他也早已知道怪物的習性。

「所以護現哥才能安然無恙，因為你在寢室裡睡死了，很安靜。發出尖叫或弄出聲音的人，都會被發現。」

「但即便如此，我們也不能一直待在這裡啊。這裡沒有食物，雖然不用煩惱會缺水。」

透過淋浴間的門，可以看到並排在牆上的數十個蓮蓬頭，看來在這裡至少不會因為脫水而死。

「出去求救怎麼樣？現在宿舍連網路都連不上，電話也打不通。與其這樣，還不如……」

「護現哥你真是……真的什麼都不知道，真的都一直待在房間裡啊。」

蜷縮著膝蓋的朴建宇突然喃喃自語，他戴的眼鏡鏡片反射著日光燈蒼白的光。

「你看看吧。」

朴建宇搖搖晃晃地站起來走向窗邊。更衣室角落有個小窗戶用來通風，他打開鎖，把窗子朝上推開。

涼快的空氣，陽光從窗戶縫裡灑了進來，我微微地瞇起眼，好久沒到外面了，這會兒覺得陽光很陌生。因耀眼陽光而曝光過度的視野，很快就恢復正常。

寒冷乾澀的冬季校園景象映入眼簾，鋪著白色人行道地磚的寬闊道路、管理良好的花圃、稀稀落落的長椅和自動販賣機，還有……

「啊……」我靜靜地嘆息。

我看到許多人緩慢地走來走去，拖著四肢，身形硬邦邦的。有人沒了胳膊，有人沒有腿，有人的腸子掉出來，掛在體外搖搖晃晃，被殷紅鮮血浸染的腐朽肉身在陽光下更觸目驚心。

不，那些不是人，不可能是人。死者、屍體在校園裡徘徊，為了尋找活著的獵物。

「出去的話就會死。就算你運氣好，沒被抓到，去到最近的一棟樓，那接下來呢？要如何再到下一棟樓？平時走到學校正門就要三十幾分鐘，現在怎麼可能……」

「……」

「我們被困住了，全都出不去，我們被困在這裡，然後就這樣死掉。」

「喂，朴建宇！不要亂講話。」

崔多彬提高了嗓門，一直畏縮的朴建宇直視她反駁道。

「學姐，反正妳這裡沒有親近的人，所以說得那麼簡單，可是我還有宥真啊，我擔心得要瘋了，講這些話又怎麼樣。」

「宥真？」

陌生的名字，我下意識的反問。

「只有你擔心她嗎？我也很擔心啊，可是現在能怎麼辦，也不可能馬上去把她找到帶回來。」

「我巴不得現在就去找她，她出去之前一直都很害怕……早知道就陪她一起去了，早知道就不要讓她去了。」

朴建宇無力地癱坐下來，矮瘦的他蜷縮著身子，看起來像是被棒球外套裹得嚴嚴實實。崔多彬有些尷尬地安慰他。

「不會有事的，仁奎學長也一起去了啊。現在他們應該都藏得很好，只是為了等待時機，所以還沒回來。」

「嗚嗚嗚……」

他深深地低下了頭，泣不成聲，我坐在他旁邊，用最溫柔的聲音問道。

「建宇，宥真是誰？如果可以的話，能告訴我嗎？」

「她是我女朋友。」

低垂的腦袋下面吐出帶著哭音的回答。

「你女朋友現在在外面？」

「因為沒東西吃，所以大家討論兩人一組出去找糧食。宥真和另外一個學長被選中，我說她身體不好，我自願代替她去，可是俊錫哥說不能那樣，不能有例外……」

他失去理智胡言亂語，我悄悄地回頭看了看，尹俊錫睡得很沉還打呼，幸虧他沒聽到別人在講自己的壞話，否則應該不會善罷甘休。

「原來如此，你一定很擔心吧。」

「那個，學長，不是，護現哥。」

林建宇突然抬起頭來，我嚇了一跳，他的眼鏡上沾了淚水和霧氣，鏡片後一雙充血的眼睛仰望著我。

「那個，你在來這裡之前，有沒有去一樓的便利商店？」

男孩枯瘦的手急促地抓住我的上衣下襬，雖然衣服被扯得歪斜，但我並沒有表示什麼。

「宥真在那裡打工，出事的時候也是，就在櫃檯裡，我急忙把她帶出來，她連制服都沒換就出來了。」

我想起了在閉關寫報告前，那個遞給我一盒能量飲料的超商工讀生，印象中她把頭髮扎得整整齊齊，身穿制服背心。

然後下一個畫面，一片漆黑的便利店倉庫和嚼東西的聲音，還有倒在裡面的……我極力阻止自己再回想下去，心裡一陣反胃。

「她要看書又要上夜班熬夜，也是什麼都不知道就被我帶出來，已經超過三十個小時沒睡了，精神恍惚……，可是卻叫她去找糧食，把她又送到外面去，就因為她是超商工讀生，很清楚店裡商品的位置。」

朴建宇話語裡滿是遺憾，而我什麼話也說不出來，為了掩飾嘴唇的顫抖，我拚命咬緊下唇。

「護現哥，你……有看到宥真嗎？她身高大概一百六十公分，頭髮到肩膀，穿著白色上衣，外面套著超商的制服背心。你來的路上有沒有碰到她？有嗎？有嗎？拜託你……」

他催促著抓著我，我隨他擺弄，搖搖晃晃地但堅持保持沉默，眼睛裡發燙。

「建宇，夠了。護現哥不是說了他都待在房間裡，什麼都不知道啊。」

崔多彬勸阻他，朴建宇最終還是忍不住，放聲大哭。

我笨拙地伸手去拍他的背，除此之外，我無能為力。學長沒有任何反應，一直袖手旁觀，突然，好像察覺到了什麼似的，朝門那邊看了看。

「大家。」

他的聲音雖然不大，但具有吸引注意的力量。我和崔多彬，甚至哭泣的朴建宇都看向他。

學長放開胳膊指了指門。

「外面。」

砰！他的話音剛落，門就響起聲音。安靜了一會兒，又再來一次，砰。

空氣瞬間凝結成冰，我們慢慢靠近門口，從睡夢中醒來的尹俊錫也不知什麼時候悄悄加入。

砰，砰。

「……打開。」

聽到聲音了。

「把門打開。」

是人說話的聲音，好像在哪裡聽過的聲音。

「好痛……好燙，把門打開。」

「仁奎哥？」

朴建宇自言自語，下一秒，原本站在我身後的他飛快地跑上前，速度快到讓人懷疑剛才哭得那麼慘的人怎麼會有那種力量。

「仁奎哥！我現在馬上幫你開門。」

朴建宇手忙腳亂的，但還沒來得及按下解鎖按鈕，學長就抓住他的手腕，他發出短促的呻吟。

「喂，不要開。」

「什麼？」

「你知道外面是什麼東西嗎？還開門？」

他被學長凶狠的目光嚇到，當場楞住。

「你沒聽到嗎？什麼東西？是人啊！」

尹俊錫大喊，但他聽起來像是無論如何都想跟學長唱反調。

「去找糧食的人現在回來了，朴建宇，你在幹什麼？你女朋友回來了，還不開門。」

朴建宇在兩個男子之間不知所措，猶豫不決。

學長不耐煩地轉過頭，「是不是人都不知道。你覺得去到外面之後還是人嗎？」

外面急切的呼救，而裡面的學長不願幫助只隔著一扇門的陌生人。我腦海裡的拼圖對上，背脊一陣令人不舒服的戰慄。

死不救。

顯然我剛才也遇到了像「仁奎哥」那樣的人，也有過拯救的機會，但是卻沒能救他，不，是見死不救。

「建宇，我受傷了。好痛，快點開門。」

「仁奎哥，宥真呢？」

「宥真？宥……宥真。」

「宥真和你在一起嗎？」

外面沒有回答，只聽到夾雜著呻吟和不安的呼吸聲。

朴建宇突然伸出沒有被學長抓住的另一隻手，按下了解鎖按鈕。滴滴滴，輕快電子音與現在這狀況一點都不搭。

「呃！」

他按下按鈕後才意識到自己做了什麼，整個人變得僵硬起來。

門慢慢打開，約一個手掌寬的縫隙，突然伸進一隻滿是血的手，皮開肉綻紅通通的，像被什麼東西撕咬過一樣。

所有人都被這悽慘的場面嚇得無法動彈，只有學長一個人反應敏捷。他抬起一隻腳把門一踢，隨即傳來骨頭碎裂的聲音，血濺到了我的手上。

「啊啊啊！」

痛苦的嘶吼，痙攣的手吃力地縮回去。學長又用力再踢了一下門，隨著沉重的聲音，門關上了，並自動上鎖。

門外傳來一陣陣痛苦的呻吟，然後不知從何時起，所有的聲音都漸漸平息了，一片死寂，而誰都不敢開口。

「你這個瘋子。」

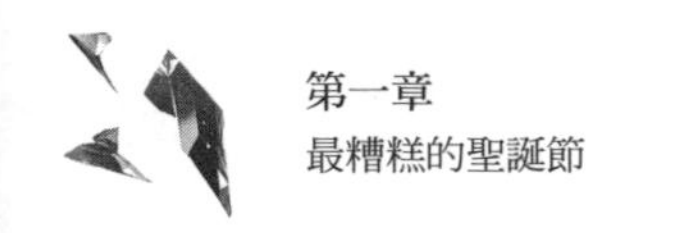

尹俊錫最先打起精神，他憤怒不已，大步走向學長。

「你瘋了嗎？你這個精神病，你知道你做了什麼嗎？」

走到學長面前，尹俊錫卻沒有勇氣抓住或毆打學長，他連話都說不下去，只是一直顫抖。

「什麼？」

「什麼？你剛才做了什麼，你把人家的手弄碎了，還問什麼？」

「我不是說過了，你覺得那個是人嗎？」

「你說什麼？」

「聽不懂嗎？看你長得一副衰樣，連腦袋也裝垃圾啊。」

學長拉下口罩，用手背抹了抹眼角，剛才被血濺到一點一點紅紅的。他深邃的眼眸旁邊血跡斑斑，顯得更加殺氣騰騰，就連怒氣沖天的尹俊錫也瞬間嚇了一跳。

「我不屑跟你說話，給我滾到一邊去。我現在要去沖澡，本來心情就不美麗了，不想再看到醜八怪。」

學長說完就轉過身，尹俊錫的臉脹得通紅。

「喂，奇永遠你這臭小子！」

「如果那麼想開門的話，我不會攔你。不過下次有種你自己打開，不要指使學弟去開。」

學長轉過頭帶著腐笑又補一句。

「不過你應該沒膽吧。」

尹俊錫沒有回答。看著消失在淋浴間裡的學長，嘴裡只是喃喃自語說著髒話。

學長進入淋浴間後，留在原地的人情況都好不到哪裡去，崔多彬蜷縮在更衣室中間的長椅上，整個人像失了魂一樣；朴建宇不停地又哭又乾嘔，似乎想起剛才看到的殘酷場面。

我不知道該做什麼，感覺有點尷尬，本來想安慰朴建宇，但是看他那個樣子，弄不好怕會產生反效果，還是放棄了。

「護現哥。」

崔多彬叫了我，她仍低著頭。

「喔，多彬。」

「你和奇永遠學長是什麼關係啊？」

「沒什麼關係啊。」

他對我來說是陌生人，但卻總是裝作跟我很熟的樣子，如果拒絕他，我怕會被他的斧頭劈死，所以只得配合。但我覺得不應該這麼直言不諱的跟崔多彬說，所以只是輕描淡寫的帶過。

「只是在半路遇見的，不知不覺就一起行動了。」

「所以你們以前並不認識？」

「嗯，怎麼了嗎？」

「我想說那個學長原本就是那樣嗎？」

「什麼意思？」

「我也不大清楚，只是聽其他同學說的。奇永遠學長，在藝術學院那邊很有名，很多人在他面前會不敢跟他說話，卻在背後偷偷喜歡他。」

透過崔多彬，讓我知道了我不認識的奇永遠。平凡的藝術學院學生奇永遠，廣受女學生歡迎的奇永遠。哇，太不合理了，我都起雞皮疙瘩了。

「但是據我所知，好像沒有到那種程度……應該不至於到那種程度吧。」

崔多彬像找不到合適的詞而猶豫不決，但是停頓了一下隨即馬上修正自己的發言。

「可能是因為大家都很敏感吧。因為情況不同啊，這種時候，哪有人還會像平常一樣啊。算了，就當我沒說吧。」

崔多彬說完不久，尹俊錫就出現了，有吹風機、全身鏡和棉花棒的角落是他的專用吸菸室。看他從那邊出來，剛剛應該又去抽菸了。

「啊，真是，幹！」

他不耐煩地扔掉了手裡揉成一團的東西，可偏偏是往我這邊飛來，我反射性地扭頭避開，皺巴巴的空菸盒飛過我身旁，重重地撞在牆上掉了下來。

「菸都沒了。我跟李宥真說過，如果去超商的話，就順便幫我拿兩包菸過來。嘖，真煩人。」

為尋找糧食而進行的遠征失敗了。雖然沒有人說出口，但大家都心知肚明，帶著大家的期待離開的那兩人再也回不來了。

「不乾不脆扭扭捏捏的，我就知道會這樣，真衰。」

尹俊錫不耐煩地咂舌，這時崔多彬突然開口說話。

「俊錫哥太過分了。」

「什麼？」

「你太過分了。宥真人不舒服，其實不該強迫她去啊。」

尹俊錫一臉荒唐的樣子，突然發火。

「那是我的錯嗎？蛤？是我的錯嗎！」

「不能說俊錫哥完全沒有錯。建宇說自己要代替宥真去，我和仁奎哥也贊成，但偏偏你堅持說不能有例外，硬是要宥真去。」

「現在你們是在玩扮家家酒嗎？攸關人命的事，還要顧及每個人的情況，要照顧這個，要體諒那個，喂，我告訴妳，這要是在軍隊裡，肯定吃不完兜著走。」

「所以……」

從後面傳來了沉沉的聲音，蜷縮在一角的朴建宇抬起頭看著我們，滿是淚痕的憔悴臉上流露出微妙的表情，彷彿隨時會抓狂。

「所以你就可以對身體不舒服的人罵她臭ㄚ頭什麼的，她哭得那麼慘還把她送去外面嗎？」

「什麼？你們這些臭傢伙哪來那麼多廢話，真是。」

尹俊錫猛地舉起鍋蓋般的大手，我連忙起身擋在他面前，我感覺到崔多彬躲到我背後。

「請住手。」

「所以才說那些娘兒們不行。要他們做什麼就說做不到，有什麼事就躲到男人背後，我習慣了啦。朴建宇你也是，你這傢伙，沒當過兵的小子交什麼女朋友。」

「俊錫哥！」

實在聽不下去了，我眉頭一皺提高了嗓門。尹俊錫閉嘴瞪著我，我趕緊放鬆神情，勉強自己和顏悅色。

「等一下。」

我翻了翻褲子口袋，指尖摸到一個長方形紙盒。是從房間出來時順手拿的菸，幸好這一路沒有弄丟，還在口袋裡。

「要來一根嗎？」

「這個太淡，抽了也只是倒胃口而已。」

尹俊錫看到我拿出菸盒，一邊嘟囔著，卻又朝他的吸菸室方向使了使眼色，算是接受了。

「走吧，我還有火也可以借你。」

「火我自己有。臭小子。」

我輕輕碰了碰他的肩膀移動腳步，同時悄悄回頭看了看，崔多彬和朴建宇正看著我。我輕輕嘆了口氣，使了個眼色，崔多彬默默地點點頭。

來到有電風扇和吹風機的梳妝檯前，點燃叼在嘴裡的菸，嗆人的尼古丁衝進腦門，好久沒抽了。宿舍裡全面禁菸，就算整整三天埋頭做報告，我也一根都沒抽，只是把咖啡因和牛磺酸當成水一樣喝下。

「俊錫哥，你消消氣吧。你也知道，這個狀況之下大家都很緊繃。」

「喂，鄭護現，你也覺得我很可笑吧？」

聽到這句話真想點頭如搗蒜，還想熱烈鼓掌，為他能客觀正確的分析自己給予正面鼓勵。但實際上我不能那樣做。

雖然不知道校園內還有多少人活著，但到目前為止被發現的生存者只有我們五個人，引起分裂一點好處也沒有，好一點各自分開，各自求生，但結果最壞可能就是全軍覆沒。

不管遇到什麼情況，最好遵循中庸之道，不要強出頭、不要自找麻煩，這是我的信念。大家好就好。不過目前煩亂得像是一團亂麻，要保持這個信念也很困難。

「怎麼會呢。」

「你剛才也看到了吧？喔？年紀輕輕的，不懂禮貌，一開口就頂嘴。」

「就是因為還年輕嘛，才二十出頭還是孩子啊，如果和他們一般見識，只是浪費自己的精力，你就不要跟小孩子計較了。」

「總之，那些毛頭小子滑頭滑腦，就只知道光靠一張嘴。」

他邊說邊吐煙，突然像想到什麼似的又開口。

「欸，你不覺得現在很像電影嗎？」

「什麼電影？」

真是夠了，這種情況下還想到電影。

「殭屍電影啊，你不覺得嗎？」

聽他這麼一說，發現很奇妙地符合現在的狀況，是啊，我怎麼沒想到殭屍呢？但是二十一世紀的韓國竟然有殭屍，再怎麼不合理也沒有這種不合理吧。還不如說是霧霾和壓力導致的新型病毒擴散，導致人們死亡。

「人活著啊，什麼事都會遇到。我還以為如果韓國會滅亡，那肯定是北韓那邊發射核彈過來炸的。」尹俊錫沒完沒了地說出無厘頭的話。

我慢慢吞雲吐霧，身體因緊張而僵硬的時候，尼古丁一進來就精神恍惚了。

「殭屍不是在美國那種地方才會出現嗎？要麼用散彈槍轟爆，再用火焰槍烤一下。馬的，就算有那麼多傢伙會開槍又有什麼用，根本沒槍。喂，你在哪裡服兵役的？」

「我在首都守衛司。」

「什麼？你這傢伙，爽單位吔，軍隊生活很甜蜜吧。哥哥我可是在江原道服役的，小子，聽過勝利部隊吧？」

對話主題還真是沒營養，現在提軍隊生活有什麼用？如果繼續這樣下去，他可能會把在軍隊踢足球的事情也拿來說嘴，我趕緊轉移話題。

「外面那些東西，真的是殭屍嗎？」

「誰知道，如果我知道的話，還會這樣待著嗎？臭小子。」

「……」

「傳播殭屍病毒的傢伙也很搞笑。如果想讓國家滅亡，就要在首爾市中心轟！轟！大傳播啊，比如新村或江南那些人多的地方。在這種深山裡是怎樣？我看只有野豬和獐子會被感染。」

他滔滔不絕，我則是左耳進右耳出，百無聊賴抬頭看了看天花板，純白的日光燈照得刺眼。幸

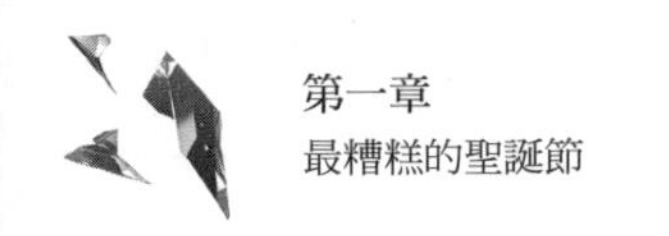

好有水有電，值得慶幸。

「鄭護現，你知道嗎？殭屍電影也是有法則。」

「什麼法則？」

「聽說那類的電影裡，愛得死去活來的情侶會最早掛掉，你看李宥真一下子就走了，現在只剩下朴建宇那傢伙了。」

他一邊抽著菸一邊咯咯地笑，我的頭腦卻冷冰冰的，就算開玩笑也不能開這種玩笑啊，希望在更衣室裡的朴建宇不要聽到。

「然後是擾民的角色會死，就是沒事愛發表意見的人。所以下一個輪到崔多彬嘍？」

「俊錫哥，我想到了，我好像聽說過類似的法則。」

我冷不防開口，尹俊錫轉頭看我。

「什麼？」

「但是我知道的有點不一樣。」

我把還剩一半的菸啪地丟在地上，用腳踩熄，朝他咧嘴笑道。

「腦袋空空，還愛亂發神經的老傢伙會先被宰掉。」

「……什麼？」

「隨便說說，開玩笑啦。」

「馬的，鄭護現，你瘋了嗎？」

尹俊錫抓住我的衣領粗魯地推我，碰的一聲我撞在牆上，後腦杓痛得嗡嗡作響，一瞬間眼前一片黑。

「你這傢伙不想活了！」

「呃。」

視野裡竟是斑駁的影像，頭痛得想飆髒話，在被殭屍殺死之前，我的頭會不會先碎掉？我皺著眉伸手向前摸索，試圖把他的手推開。

啪的一下，揪住我領口的手突然鬆開了，我忍著痛好不容易睜開眼睛，尹俊錫在地上打滾，他毫無防備地摔倒，正受到來自上方接連的猛烈攻擊。

「喂，護現不是說開玩笑的嘛。」

是學長。可能剛沖過澡，烏黑的頭髮還滴著水珠。光著腳只穿了褲子，上半身什麼也沒穿。之前還穿著衣服時就感覺得到他的身材很好，四肢修長，骨骼粗壯，乍看就是模特兒身材。而且以模特兒來說，他的身體非常結實，整個上半身都是若隱若現的小肌肉。

但也有決定性的缺點，他的上身滿是傷疤。從細長的疤痕到讓人懷疑是否是手術的痕跡，他的身體無一處完好無損。平凡的成長、平凡上學的大學生絕對不可能是這樣。

「咳……咳咳……」

尹俊錫胸口被踢個正著，蜷縮著身子打滾。不知力道有多強，他流著鼻血，嘴角有著泡沫。

「你到底在發什麼神經啊？」

用不帶感情的語氣喃喃自語的學長抬起頭，我瞬間起了雞皮疙瘩。

學長的脖子上有一道橫劃過去的巨大傷痕，就像脖子被切斷一半後接起來一樣可怕。甚至連縫合的痕跡都沒有，皮膚綻開的樣子原封不動地留下，長出了新肉。

我不是醫學院的學生，對醫學一點概念也沒有，但我還是知道，普通人受到那種傷害是活不下去的。

「嗯？為什麼發神經啊？」

學長再次問道，但尹俊錫根本無法說話，學長也知道，但他還是故意用腳猛踢尹俊錫，強迫他回答。

「怎麼了？」

聽到巨響的學弟妹急急忙忙跑來，看到地上的血跡，朴建宇不由自主倒吸一口氣後退。受到所有人關注的尹俊錫，因羞恥和疼痛臉部扭曲。學長用食指輕觸自己的嘴角，假裝往上拉。

「笑一個，別把氣氛弄糟。」

一場肢體衝突過後，氣氛壞到了極點。

尹俊錫倒在地上好一陣子才爬起來，氣喘吁吁地獨自消失在角落。他離開的方向傳來一陣陣碎裂聲，看來是因無法忍受羞辱和怒火，一路砸東西發洩。

我走進淋浴間，因為我不想看到別人在絕望中掙扎的樣子。每個蓮篷頭都用毛玻璃隔成一格格的淋浴區，地板是大理石，我找了一個乾燥之處，毫不猶豫地席地而坐。

背靠在冰冷的瓷磚牆壁上，手上擺弄著已成為無用之物的手機，網路和電話仍然無法接通，家人和朋友發來的訊息也還是和斷訊之前一樣。不過只要充電，還是可以當作時鐘或手電筒用。

我無聊地滑動手機螢幕，進入學校的社群應用程式，由於無法上網，所以看不到最新貼文，但兩三天前的貼文仍存在手機裡，那時應該是還能通訊的最後時刻。

〔匿名〕

主題：避免被感染成為殭屍的方法

本文：在十秒內點讚。

十分鐘內寫上孝道。
十年來父母都很健康，沒有感染。

〔留言〕
匿名：孝道
匿名：孝道
匿名：孝道
……

〔匿名〕
主題：我是研究生
本文：我們的實驗室沒什麼事啊？
沒什麼變化，人們也和平時一樣。
你們現在是串通好的對吧？

〔留言〕
匿名：當然一樣，因為這裡的人平常就是殭屍啊
「匿名：呵呵呵呵呵呵呵呵

〔匿名〕
主題：我是二十多歲的青年，同齡人都被感染了

本文：世界末日啊。都是現任總統害的。

「都是些瘋子。」

現在既不是小說也不是電影，是真的死了人。不過才幾天前，無數努力學習參加完期末考試，滿心期待放假的普通大學生失去了生命。

在這種情況下還亂開玩笑。我的頭一陣一陣地脹痛，看那些貼文真是浪費時間。我下意識的重新整理畫面，結果只出現「請確認網路連接狀態」的警示語。我不耐煩地關掉畫面，把手機塞進口袋裡。

大家都惶惶不安，只有學長還是一派平靜。他用置物架上的毛巾擦乾身上的水滴，然後坐在我旁邊。他的臉頰泛紅，少了遮住半張臉的口罩，未乾的頭髮隨意散亂的樣子，看起來異常的稚嫩。

「我說學弟啊。」

「什麼？」

又像什麼事都沒發生般的說話，這個人不知道是不會看狀況還是不屑看狀況。

即使是暖氣足夠的室內，但現在可是冬天啊，他在外衣裡穿著黑色短袖T恤，為了不去看他結實胳膊上像塗鴉一樣到處刻印的疤痕，我努力轉移視線。

「剛才嚇到了吧？」

「剛才？喔，那個……要說沒嚇到是騙人的。」

「我……情緒控制有點不是很好。」

原本低垂的三白眼猛的抬起，烏黑的眼珠瞬間變大，「因為那傢伙想傷害你，所以我瞬間就爆炸了。我很氣憤，所以沒辦法控制。你懂的，是吧？」

懂？懂什麼懂？我絕對不可能懂，正常人如何能理解非正常人的思考方式？

「是的，學長，我當然懂。」

我盡可能露出最天真無邪的笑容。

「真的嗎？」

「當然。」

「不，你根本就不瞭解我的心情，如果你真的懂就不會輕易說出那種話。」

他轉過頭，我虛假的微笑出現了裂痕。

「我錯了。」

雖然完全不明究理，但我還是先道歉，因為學長那把靠在牆上，還沾著血跡的消防斧頭一直映入我的眼簾。

「你知道錯在哪裡嗎？你以為凡事只要道歉就可以了嗎？」

「……」

「算了，反正你總是這樣。」

我再也無法勉強自己笑了，感覺我像是讓戀人操心的壞蛋。

「怎樣才能讓你的心情好一點呢？」

尹俊錫也好，奇永遠也好，這些學長的精神都有問題，在這種絕望的情況下學長們自相殘殺，學弟妹則像失了魂似的，只有夾在中間的我煎熬得要死。我頓時悲從中來。

「護現啊。」

「是。」

「現。」

「……是。」

我第二次的回答慢了半拍，因為學長突然身子一歪，把頭靠在我的肩膀上。這對我來說過於親密的身體接觸，讓我頓時整個僵住了。

「我真的好累，真的……你安慰安慰我吧。」

他的頭髮還濕漉漉的，刺得我脖子發癢。他說話時我的肩膀會感受到微微的震動，與之前鋒利的語氣相比，顯得有些慵懶。

「嗯……要怎樣安慰呢？」

學長突然低聲吃吃地笑。

「嗯……用身體。」

「用身體？」

不經意間靈光一閃，我希望是錯覺，肯定是我聽錯了，但不管怎麼說，他的語氣聽起來很不一樣。學長笑得更大聲了些。

「你緊張什麼啊，小可愛，真是可愛透了，你是怕我會把你給吃了嗎？」

啊？什麼？小可愛？我頭皮發麻，立刻決定把剛才聽到的稱呼忘得一乾二淨，我寧可他像尹俊錫那樣粗魯的叫我「臭小子」、「你這傢伙」還比較好。

「你在想什麼？」

「什麼都沒想。」

「騙人。」

「真的。」

「快說，你在想什麼？」

「我不說。」

「為什麼嘛？」

他突然哼哼唧唧地拉長尾音，同時坐正身子，笑得非常燦爛，與他冷冽的外貌一點都不相稱，我有種不祥的預感。

「難道……是這個？」

學長一隻手比出OK，另一隻手的食指和中指卻往OK的圈裡捅。這是沒有必要附加說明的露骨暗示。

我的表情不由自主地扭曲了，此時此刻，用兩根手指是什麼意思？是對尺寸的自信嗎？我厭惡自己解讀了這個暗示，我想馬上打開水龍頭，讓蓮篷頭噴洩出的水好好清洗我的眼睛和耳朵。

「你瘋了嗎？」

「啊哈哈哈哈！」

我不由得飆出髒話，他終於忍不住哈哈大笑，笑得把頭靠在大理石牆上，止不住的笑。他帶著慵懶的表情對我張開雙臂，從淋浴間外透進來矇矓的光籠罩在他臉上。

「護現，一下就好，抱我一下。」

詭異，這太詭異了。你到底什麼時候認識我的，怎麼會這樣對我？我從指尖和腳尖開始起雞皮疙瘩，強烈的違和感讓我無法忍受，就像在看一部畫面和字幕兜不起來的電影，像拿著反過來的地圖找路一樣。

我想問，你到底為什麼要這樣對我？

我還想問，我根本就不認識你，你是不是把我跟誰搞錯了？但是不能那樣，那一瞬間，感覺某種勉強連結在一起的東西似乎要破碎了。

是啊，在命懸一線、充滿血腥的局面下，一次擁抱算不了什麼。既然能實現死者的願望，那活人的願望當然沒有問題。

躊躇的我笨拙地張開雙臂，他彷彿等了很久似的，馬上緊緊摟住我的背，寬闊的胸肌像潮水一樣貼近我。兩個男子坐在公用淋浴間的地板上抱在一起，在外人眼裡一定會覺得這畫面很可笑。

「你的心臟跳得好快。」

他緊貼著我的臉頰，輕聲笑了起來。

從他的聲音觸碰到的部分開始，顫慄慢慢散開。心裡覺得癢癢的，我不自覺縮了一下身子。彼此的呼吸聲、心跳聲都太清晰，他身上還散發著一種不協調的沐浴乳香味。

「外面那些傢伙已經死過一次了，所以心臟不會跳動，但是你的心在跳，因為你活著，讓我很放心。」

「……」

「聖誕快樂，鄭護現。」

說完，他把頭埋進我的脖子，好像想感受體味一樣深吸一口氣，又輕輕用鼻尖揉了揉，又大又結實的手始終支撐著我的後背。

一切都詭異得難以言喻，疑問仍然沒有解開的跡象，緊張也是。在溫暖的懷抱中，我不僅不覺得放心，反而更加不安，但是我也不能把他推開，就這樣，抱了好久。

在混亂中出現的短暫平和就此結束。

那天晚上，我們都輾轉反側，好不容易才睡著之際，耳邊卻傳來令人毛骨悚然的聲音。像用指甲刮神經一樣的刺耳噪音，讓我們一個個從沉睡中醒來。

嘰，嘰。

外面有人刮著鐵門，就像不管手指和指甲會受傷，像發了瘋似的，狠狠地刮。

而且不止一個。

CHAPTER 2 ▽ 崩潰

「鄭護現！鄭護現！你有沒有聽到我說話？」

粗聲粗氣的聲音從頭上傳來，蜷縮著把額頭埋在膝蓋的我，愣愣地抬起了頭。

「菸拿來！」

是尹俊錫，一臉凶狠，他看起來很糟，眼窩深陷，眼睛裡布滿了血絲，一副可怕的樣子。

就在聽到外面的刮門聲之後，整整過了一天。

那些東西不斷強調自己的存在。

嘰，嘎吱，咯噔，哐噹，門外傳來各種令人毛骨悚然的聲音，偶爾也有像被砍的野獸的慘叫聲，在那些怪聲中找到熟悉的痕跡，是曾經親切交談過的人的聲音。

四周一片寂靜，刮門撞擊的聲音聽起來太赤裸裸了，讓人無法置之不理。外面的東西每時每刻都變得越來越清晰，我們一天沒吃沒睡，每個人都被極度的壓力折磨，精神恍惚。

尹俊錫對我大喊大叫，但大家都沒有反應，由此就可以看出。

「……」

聽到粗魯無禮的話語也不生氣，因為一切都令人疲憊。

我翻弄口袋，把裡面的東西全掏出來，我還沒看清楚有什麼，尹俊錫就把菸盒拿走，但菸盒到他手中就輕易被揉皺了。

「是空的啊！」

他發神經似的扔掉手中的菸盒，還拚命亂踩，然後一腳踢開了扭曲的菸盒，轉身離開，他把目標換成蜷縮在角落的朴建宇。

「你看什麼看。」

朴建宇也好不到哪裡去，他的頭髮蓬亂，沒有好好擦拭的眼鏡看起來像隔了層霧，鏡片另一邊的眼睛沒有焦點。

「當初要是你不開門，它們就不會作怪，你看都是你把它們引來，現在才會這樣。」
「什麼？但是……俊錫哥，是你說打開門看看的啊。」
「你這傢伙，現在是怪我嘍？」
「……」
「喔？你女朋友被咬成殭屍是我的錯嗎？」
「……不是。」
「那這裡，馬的，裡面，還是外面？」
尹俊錫氣得大吼大叫，在這裡的所有人，甚至他自己都知道他已經在胡言亂語了，但是沒有人制止，因為所有人都非常疲憊。
結果尹俊錫還是控制不了憤怒動了手，來不及阻止，啪！朴建宇瘦弱的身體無力地倒下了。他冷不防被打中頭，連一聲慘叫都沒喊出來。
「你們要這樣待到什麼時候？沒有吃的，只能躲在角落，是要大家一起餓死嗎？」
他環顧四周，氣喘吁吁的吼著，但沒有人回答。
「喂，回答我！聽不見我說話嗎？」
散落各處的空洞視線一個接一個朝他看去，在這種情況下，仍有人只專注在自己身上。學長靠在牆上坐著，戴著耳機。雙手插在上衣口袋裡，兩條大長腿恣意伸展。
即使數據通信中斷，但並不影響聽已下載儲存的音樂，只是不管音量多大聲，還是能聽到怪物穿透耳機嚎哭的聲音，但學長竟然能悠閒地欣賞音樂，真是異於常人。
「奇永遠，你沒聽到我說話嗎？」
尹俊錫怒氣沖沖走向學長，但是他不敢像對朴建宇那樣招惹學長，他被學長痛打一頓流鼻血的記憶還很鮮明。

學長無視著尹俊錫朝他走來，一動不動地沉浸在音樂中，直到尹俊錫來到面前，遮住了光線，學長才瞥了尹俊錫一眼。

「怎麼了？」

「現在音樂是能傳到你耳朵裡嗎？」

「誰叫你跟那傢伙那麼吵。」

學長朝朴建宇的方向抬了抬下巴。

「她又老是在哭。」

這次下巴指向崔多彬。

尹俊錫的火氣一下子就洩了，有氣無力的問道：「你……你知道我的名字嗎？」

學長歪著頭，毫不遲疑地回答。

「我有必要知道嗎？」

「……」

不只是尹俊錫，連我都覺得無言。

大家被關在同一個空間裡這麼久了，互相對話都已經說膩了，怎麼會不知道名字呢？但是從學長滿是煩躁和嫌棄的表情看起來，他是真的不知道。

「嗯，好吧，算了，可是我們無論如何得出去找點糧食吧。就算李宥真和徐仁奎感染病毒成了殭屍，我們也不能就這樣餓死啊。」

「那你要出去嗎？」

尹俊錫啞口無言，短暫的寂靜。

「什麼話？為什麼是我去？我不要，對了，你去，你和鄭護現。你們兩個是後來才進來的，只是託了我們的福啊，應該你們去。」

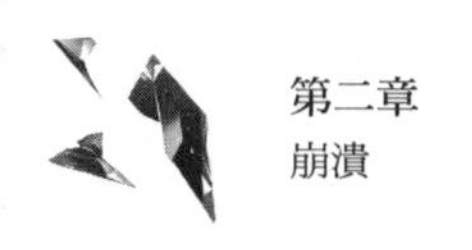

學長似乎覺得沒有回答的必要，輕蔑的一笑，心不在焉地豎起中指，尹俊錫的臉頓時脹紅。

「俊錫哥的話沒有錯，不管怎麼樣還是要出去的。」

崔多彬突然插了進來，她扭動著身子，臉上滿是淚痕，雙眼紅腫。哭了一整天，現在可能比較平靜了，聲音穩定許多。

「我們已經三天沒吃東西，感覺快餓死了，總不能一直用蓮篷頭灌水來填飽肚子吧。」

「我贊成出去找糧食，雖然仁奎哥和宥真……但無論如何還是得去找，不能就這樣永遠關在這裡啊。」

「喂，朴建宇。你說呢？」

「……」

「馬的，你啞巴啊？」

「那個……要出去的話，不就要處理外面的……人嗎。」

「這不是廢話嗎？不然咧？要禮貌的跟他們說『借過』，讓我們出去嗎？」

「那我不去了，我不要。再怎麼說也不能、不能，把宥真……」

蜷縮著的朴建宇連頭都抬不起來，喃喃自語。

「打起精神來，你這傢伙，你女朋友死了，在外面的不是李宥真，是殭屍啊。殭屍，是敵人，就像電玩裡的怪物啊。」

「嗚，嗚，嗚……」

尹俊錫毫不修飾的話一針見血，朴建宇的情緒再次爆發，斷斷續續的嗚咽著，結果崔多彬看不下去了。

「現在是二比一，其他人想怎麼做？」

學長眼睛也不眨地馬上回答。

「我會照護現說的去做。」

崔多彬滿臉疑惑轉頭看我，我也同樣感到迷迷糊糊，那個學長什麼時候又變得唯我是從了？之前把人當成了天下草包拖著走的又是誰？

「你問他，只要護現說不要出去我就不出去，說要出去我就出去。」

「什麼？那是什麼意思？那學長的意見呢？」

「這個嘛。不管怎麼樣都好，只要……」

學長喃喃自語，與我四目交接，沒有笑容的視線似乎看穿了我，下一秒，他突然改變了表情，微微一笑。

「只要有鄭護現就行。」

我什麼話也說不出來，每當面對他時感受到的奇妙牴觸情緒再次慢慢上升。

「那護現哥是怎麼想的？」

「好，現在就看這傢伙怎麼說再決定。」

四雙眼睛都投向我，學長把決策權推給了我，這無異於給我最後一張關鍵票。

公用浴室是個完美要塞，厚厚的鐵門上有門鎖，浴室牆壁都是大理石材質，非常堅固。裡面暖氣呼呼地運轉，水龍頭一轉就有清水湧出，甚至還有洗漱用具和毛巾。

但是這裡沒有物資。

要想找到糧食，想抓住可能出現的逃命機會，就必須出去，必須放棄好不容易得到的安全感，打開大門，就算明知外面至少有兩具死而復生的屍體。

大家看著我的表情各不相同，朴建宇被恐懼所包圍，崔多彬似乎已經做好了心理準備，表情非常堅決，尹俊錫則不斷使眼色催促我快點做決定。而學長，我仍然無法讀懂他的想法，他還是面無表情。

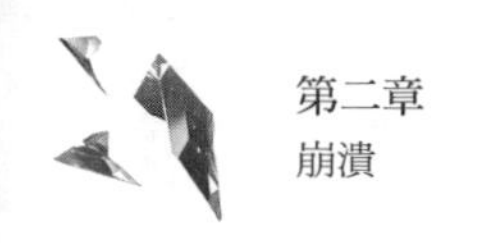

我討厭這種情況，討厭所有人都看著我，我不想當做決定的那個人，壓力好大，不管我做出什麼選擇，如果成功就是託大家的福，如果失敗很明顯就是我的錯。

我只想平平順順地過我的日子，喜歡出頭的人就讓他們出頭，我會在後面一邊看狀況一邊敲邊鼓，慢慢地敲。

我一下子喘不過氣來，為什麼會遇到這種事，為什麼偏偏在我們學校發生。我勉強自己嘴角上揚，擠出一張笑臉。

「我覺得還是再等一下看看好了，也不知道外面情況怎麼樣，建宇還需要時間調整一下心情。再等一下，如果還是解決不了，到時候再說吧。」

最終，我的回答就是曖昧的中立。

寬敞的淋浴間裡的燈熄滅了，大家各自保持距離躺在角落，把身上的外套當作被子蓋著入睡。但是我一直無法睡著，幾十小時都沒攝取食物的胃疼痛難耐，全身無力，精神卻反而更敏銳了。

在黑暗中獨自睜開眼睛，呆呆地盯著熄燈的天花板，看著透過小玻璃窗滲進來冰冷的月光。雖然所有的日常生活瞬間被毀，但夜空卻和以前沒有什麼不同。

我到現在還不大敢相信，就這樣被關在學校宿舍，外面到處都是成為怪物的屍體在亂竄，只要打開一扇門，馬上就會死。

在遙遠外界的人應該也察覺到異變吧，因為我們學校僅在校生人數就接近兩萬人，加上教職員應該更多。那麼多人同時失去了聯繫，就算馬上動員軍隊和警察前來進行大規模救援，也是理所當然的事吧。

但是外面卻非常安靜，透過窗戶看到校園裡不但沒出現救援隊，反而有很多已經死了的人拖著腐朽的身體到處走動。

幸虧現在是冬天，如果在夏天，很快就會瀰漫腐爛的肉散發的惡臭。

爸媽現在在做什麼？會不會擔心幾天都聯繫不上的兒子？如此廣闊的校園裡有多少生存者呢？我究竟能活到什麼時候？無窮無盡的疑問在腦海中打轉。

千頭萬緒，想著想著就累了，不一會兒就睡著了。

隱約中聽到沉寂的淋浴室另一頭傳來沙沙的聲音，好像還有人在喃喃自語。我睜開眼睛，因為睡眠不足頭昏腦脹，不禁皺起眉頭。

一片漆黑，什麼也看不見，但喃喃自語的聲音持續著，除了我，還有誰無法入睡呢？眨了眨乾澀的眼睛，環顧四周，等眼睛習慣了黑暗，淋浴室裡的光景隱約浮現。

在那角落裡，我看到枕著胳膊睡覺的崔多彬的背。對面是尹俊錫，他把羽絨外套當作被子蓋在肚子上，四肢伸直成大字形睡覺。

有一個人不在，在熄燈之前，朴建宇躺的位置上，現在只剩下皺巴巴的衣物。

不對勁，我撐起上半身，發現學長也起來了，我們四目相接，黑暗中他烏黑的眼睛閃著光。

「學長。」沙啞的聲音從齒間漏了出來，學長沒有回答，而是悄悄地轉移了視線，我也順著他的視線看過去。

「宥真，對不起，妳一定很冷、一定很累吧。」

朴建宇在遙遠的另一邊，額頭頂著走廊日光燈透入的門縫，就站在那裡不停喃喃自語。

「只有我活著，還裝作什麼都不知道，我對不起妳。我現在幫妳開門。對不起……」

當我理解到他在說什麼的同時，也立刻飛奔過去，沒有猶豫的空隙。

「建宇，不行，朴建宇！」

我向正按下門鎖按鈕的朴建宇撲了過去，但是大門已經敞開，門外走廊日光燈慘白的光線照射進來，我一瞬間看不見眼前，因為突然暴露在強烈的照明下，眼睛疼得厲害。

「呃。」

「什麼呀？」

突然周圍一下子亮了起來，其他人也醒了，只是還沒掌握狀況，顯得毛躁不安，但我沒時間向他們一一解釋。

「不要過來。」

前所未有的尖聲呼喊，沒見過我吼叫的人都嚇了一跳。

門正前方有一個背對著刺眼的光線，看起來漆黑一片的形體。蜷縮著倒在地上，正一瘸一拐地站了起來。

四肢扭曲成奇形怪狀而嘎嘎作響，亂蓬蓬的頭髮垂了下來。

「宥真啊……」

朴建宇毫無防備地接近那個黑色形體，在明亮的日光燈下，我看到他的側臉，淚流滿面地喃喃自語卻微笑著。

「對不起。」

那是他最後一句話，話音一落，李宥真，不，曾經是李宥真的那個東西就撲向他，發出微微的咀嚼聲。皮膚潰爛的手深陷入朴建宇的脖子，這回不是腐爛的血，而是活人鮮紅的血噴了出來。

我被眼前發生的慘狀震懾到動彈不得，臉上彷彿濺到什麼溫熱、黏稠的東西，但根本沒想到要抬手擦掉。

朴建宇的脖子像噴泉一樣噴出血，然後逐漸倒下，這情景微妙地變緩，就像編碼錯誤的影片，四處飛濺的鮮血反而比恐怖遊戲和電影更沒有真實感。

「啊──啊──」

朴建宇像廢棄的人體模型一樣倒在地上，下巴顫抖著，嘴裡直冒血泡。黑色的形體站在他身上，被血污漬成黑色的超商制服背心映入眼簾。

在門的另一邊，有一個東西拖著胳膊和腿出現了。這次是男的，他粗魯地撲上去撕咬朴建宇的腿，但由於牛仔褲布料太硬，牙齒咬不動，他用指甲全部脫落的手不斷挖著朴建宇的腿，並用牙齒使勁狂啃，牙縫裡傳出了令人毛骨悚然的怪聲。

「啊！」

我也不自覺地往後退，全身血管從頭頂開始都流淌著戰慄，渾身覺得又痲又冷。

「瘋子，朴建宇，喂，你這傢伙。」

其他人的反應也差不多，尹俊錫在原地無法動彈，崔多彬用撕裂的聲音尖叫。

「啊啊啊啊！」

把頭埋在朴建宇身上，嘴角被染成紅色，嚼著肉吃的東西抬起了頭，兩對被污染的眼珠朝我們這邊看，咯噔！心臟落了一拍，我直覺意識到危險。

「快逃……」

快逃跑吧，我正想這麼說，但在那一瞬間，李宥真撲向雙手捂著嘴瑟瑟發抖的崔多彬，我無暇把話說完，反射地拽住崔多彬的手拉到我身後。

露出白骨的手臂以微弱差距劃過半空中，李宥真彷彿很費力的抬起低垂的頭，抓住重心，黃色的液體從破碎的下巴往下滴。

「多彬，打起精神來！」

「呃……護現哥。」

「這……什麼鬼，馬的……搞什麼呀？」

尹俊錫語無倫次，學長輕描淡寫的說道。

「什麼什麼鬼，他們都是來吃宵夜的啊。」

在這種生死交關的情況下他卻一點也不緊張，反而更沉著冷靜，感覺好像一直在等待這個瞬間的到來。

李宥真這次轉向坐在地上動彈不得的尹俊錫，近距離面對一個面目全非的對手，尹俊錫更是驚訝得說不出話來。

「啊啊啊！」

啪！尹俊錫下意識伸出胳膊擋住了李宥真，李宥真的嘴被厚厚的羽絨外套堵住，她嚼著羽絨外套的袖子掙扎著，無處可去的手在空中揮舞。

「咔，咔！」

「來吧！都來吧，你們這些傢伙！」

尹俊錫像金蟬脫殼一般脫掉被李宥真咬住的羽絨外套，也許是防守成功有了自信，他興奮地大叫，卻吸引原本在啃朴建宇腿的徐仁奎開始靠近。

尹俊錫瞬間被兩個殭屍包圍，如果繼續這樣下去，就會落得跟朴建宇一樣的下場，他情急之下兩手亂抓，看都沒看抓到什麼就扔出去。

「你們快閃！」

尹俊錫手裡拿著公用的大容量洗髮精桶，沉甸甸的塑膠容器飛起，砸過徐仁奎的頭後掉落。

「哇，幹，差點就死定了。」

尹俊錫的抱怨很模糊，因為現在徐仁奎正看著我。他的眼睛被壓成一半，完全對不上焦點，卻像在對我抱怨，你當時不是在房間裡嗎？你不是有聽到我的求救嗎？那你為什麼不救我？我是被你害死的，如果你當時沒有裝作沒聽到、沒有見死不救的話。

「呃……」

四肢無力，既然他的視線轉向我，我應該採取應對措施，但我的腦筋一片空白。我現在才深刻感受到，眼前看到的並不是電影中的特效或遊戲裡的虛擬怪物，這是現實，因為太可怕了，反而感覺不現實。

徐仁奎搖搖晃晃朝我走來，眼見就要到伸手可及的距離，這時學長突然出現，狠狠地踢了徐仁奎，他的上半身頓時折了下去。這還不夠，學長又抬起腳，用力踢他的後腦杓，把他踩在腳下，完全沒把對方視為最基本的人。

「我就知道如果放你一個人，一定會變成這樣。」

學長不知什麼時候重新把斧頭拿在手上，徐仁奎在他腳下發出怪聲，瘋狂地掙扎，但學長卻泰然自若。

「學弟，我不是叫你不要東張西望，緊跟在我身邊嗎？你就是不聽話是吧？」

「……」

「真羨慕學弟，可以隨心所欲。」

徐仁奎掙扎甩開學長的腳站了起來，學長一點都不慌張，迅速退後一步，大斧一揮劃過虛空，張大了嘴撲上去的徐仁奎下巴被劈開，上下顎綻裂，舌頭和牙床什麼全都一覽無遺。

「呃啊！」

旁邊的尹俊錫嚇得跳了起來，被他丟棄的羽絨外套上灑滿黑色的血。

「對付那幫傢伙的時候……」

學長並沒有就此止步，他踩住摔倒在地上的徐仁奎胸口，再次舉起斧頭。

「要麼燒到只剩灰燼……」

咔嗒！

「要麼朝脖子狠狠的砍，一刀兩斷……」

咔嗒！

「這樣就不會再動了。」

碎肉橫飛，慘不忍睹，我壓抑著翻滾的胃和心臟，轉移視線。

崔多彬坐在更衣室中間的長椅上與李宥真對峙，但她並未反擊，只是一味地躲避。

「啊啊啊啊。」

李宥真發出怪聲，被撕掉一半以上肌肉的脖子無法保持平衡，一下就斷了。我在便利店已經見過一次那種樣子，但崔多彬沒見過。

「呼，啊，啊……」

陷入恐慌的崔多彬雙腿軟癱，背大力地撞到身後的鐵櫃。李宥真似乎就在等這一刻，立刻撲了過去，我想救崔多彬但來不及過去，只得急忙把眼前的長椅推過去。

效果比預想的要好，變異成一個醜陋怪物的李宥真基本上仍是個身材矮小的女孩，她的腰和腿被沉重的長椅猛裂撞擊而失去重心，我趁機把長椅一角抬起來，打算壓在她身上，讓她再也動不了，但金屬長椅比想像中還要重。

「俊錫哥，快來幫我。」

「啊？喔……」

「呃……快點。」

尹俊錫從剛才就呆呆地坐著，只是不停的喘氣，用渾濁的眼神看著我，看來我無法期待得到他的幫助。

「咔！」

我使出吃奶的力氣，在李宥真揮動胳膊抓住我之前，終於成功把長椅抬起，重重地壓在李宥真身上。

「咯咯，咯咯！」

李宥真被壓在長椅下仍激烈掙扎，青筋暴裂，頂著膿包的眼睛瞪著我，用刺耳的聲音嘶吼著，我整個脊椎發麻。

「壓制住了啊，是準備好讓我取她頭顱嗎？」

學長突然出現在我身邊，徐仁奎似乎已經處理好了。

「幹得好。」

學長像踢足球一樣用力踢李宥真的下巴。咔！關節扭動，頭轉了一半，但是不知是幸還是不幸，脖子並沒有斷。

「脖子怎麼這麼硬啊。」

學長煩躁的嘆了口氣，舉起斧頭，絲毫沒有停頓就往仍蠢蠢欲動想要抵抗的李宥真的脖子砍，因為頸部肌肉一半以上已經受損，腦袋一下子就掉出來，滾到旁邊，失去頭部的屍體在長椅下方一動也不動。

「宥……宥真……」

崔多彬從頭到尾目睹殘酷的場面，痛苦地靠在鐵櫃上，渾身發抖，眼睛沒有焦點。

這時我看見從前輩背後撲過來的朴建宇，脖子和胳膊、腿都血淋淋，一瘸一拐地移動。

「學長！」

我反射性地伸手把學長拉過來，與此同時，朴建宇飛身一躍，以微弱的差距撲了個空，朴建宇的上身撞到鐵櫃，學長迅速穩住重心，對我使了個眼色。

「把鐵櫃門打開。」

「哪個鐵櫃？」

「我後面這個！」

令人無法理解的指示，但是情況緊急，我沒有時間思考，立即打開觸手可及的鐵櫃。

朴建宇發出刺耳又毛骨悚然的聲音站起來，再度怒視學長。

但是這回不同的是，朴建宇的頭面對的不是鐵櫃門，而是打開的鐵櫃。他似乎連分辨眼前是否有障礙物的智商都沒有。

「咔，啊！」

朴建宇在掙扎，他瘋狂地想掙脫出來，我不由自主地跑過去，猛推他的後腦杓，把他塞進鐵櫃裡，後來我才意識到自己做了什麼，朴建宇才死沒多久，我的手上還留著他溫熱軀體的觸感。

「呃。」

我的手抖動，感覺要吐了。

「怎麼回事啊，學弟。怎麼這麼乖啊，莫非今天是我生日嗎？」

學長笑著走了過來，拿起沾滿血的斧頭，毫不猶豫地切斷卡在鐵櫃裡無法抵抗的對手的咽喉。

夜間的殊死搏鬥結束了。

走廊上的日光燈透過敞開的門射進來，照得矇矇矓矓，雖然照進來的光線微弱，但室內血跡斑斑仍觸目驚心。

在亂成一團的更衣室裡，有三具各自倒臥的悽慘屍體。

崔多彬至今還沒有鬆開捂住嘴的手，靠著牆壁坐著，低著頭瑟瑟發抖，手指縫裡滲出壓抑的哭聲，「嗚嗚、嗚嗚。」

遠處角落裡傳來一陣嘔吐聲，是尹俊錫。

我呆呆地看著四周又黑又紅的血跡，放鬆的同時全身力氣盡消。

「啊……」

膝蓋一軟，眼前一陣黑一陣亮，反反覆覆。耳邊傳來嗡嗡聲，感覺身體好像要塌了，手使勁地撐住地板，手掌沾上溫熱的血，自己急促的喘息聲令人作嘔。

「現在這個也不能用了。」

學長滿臉不在乎地喃喃自語，他手中的斧頭刃上卡滿了血肉，弄得一團糟。

「雖然手感很好，但是刀刃沒砍幾次就鈍了。」

他把耗損的斧頭亂扔，就落在朴建宇的屍體旁，泰然自若的言行讓人毛骨悚然，比起在三流恐怖電影中出現的喪屍，學長更可怕。

即使感染了不明病毒而出現變異，他們也曾經是人，其中還有不久前在同一個空間裡一起呼吸、對話、入睡的人。

但是他怎麼能二話不說就砍斷對方的脖子，隨意肢解？砍完那表情就像對殺戮感到厭倦的屠夫一樣。如果是普通人，如果平常只在遊戲中殺怪物的平凡大學生，絕對不可能這樣。

我緊閉眼睛，緊咬著牙，我得打起精神來。先收拾周圍，讓崔多彬和尹俊錫冷靜下來，再討論接下來該怎麼辦。

不，我不能那樣，我不想那樣。事到如今，我出面又有什麼用，我其實想放棄，什麼都不想管，反正總會有人告訴我該怎麼辦。

但另一方面我也覺得，或許無論我們怎麼掙扎，結局都是絕望的，所以何必為了生存而拚命？不管怎麼努力，最終我也會變得像他們一樣。

「學弟。」

一點都沒有受到動搖的平靜聲音。我睜開眼睛，學長愣愣地看著我。

他伸出手，揮動斧頭的手像浸過血水一樣濕漉漉的，我下意識地也伸出手，我跟他沒什麼兩樣，手掌和手指都染紅了，因為我的手摸過血跡斑斑的地板。

「沾到血了，去洗洗吧。」

「呃……」

心裡咯噔一下，一陣攪動，我立刻低下頭乾嘔。好久沒吃東西了，什麼也沒吐出來，過了好一會兒才撐著軟綿綿的膝蓋勉強站了起來。

學長只是默默在一旁等著我，而我始終沒有握住他的手。

安裝了數十個蓮篷頭的淋浴室內並未開燈，一片漆黑。在涼爽的冷空氣中，聞到自來水消毒劑的味道。

整個淋浴間就像一個通透的水溝，我像在裡頭流動似的，踢踏踢踏地走了進去。

站在蓮篷頭下，機械地轉開龍頭，冰涼的水從頭上灑下。我沒有躲開，呆呆地站著淋水，水順著頭髮不停往下流，遮住了視線。

「你發什麼呆？衣服要脫下來啊。」

我的手被抓住。學長不顧淋下的水，進來硬把我轉過來面向他。在漆黑的淋浴間裡，他的臉顯得格外蒼白，他慢慢伸手翻弄我的襯衫領子，把最上面的扣子解開。

這雙手是幾分鐘前砍人頭的手，我穿的衣服在幾分鐘前濺上了死者的血，像突然想起來似的，腐爛的血腥味撲面而來。

「住手！」

我大聲喊叫，身體瑟瑟發抖，或許並不只是因為被淋濕。

「住手……住手。」

「鄭護現！」

「放開我！」

我猛然推了學長一把，他並未做出任何反應，只是在陰涼潮濕的黑暗中直盯著我，輕聲問道：

「你就這麼討厭我嗎？」

瀏海滴著水，我看不清眼前，伸手把濕漉漉的頭髮往後撥，順勢把顫抖的手藏在身後，痛苦的深呼吸。

「這不是討厭或喜歡的問題。人都死了你怎麼可以……」

「你到現在還搞不清楚情況嗎？它們不是人，早就死了，我要說多少次你才懂？別再想了，打起精神來。嗯？」

「學長所說的打起精神來，就是盲目地屠殺嗎？把別人當誘餌換取自己的生存嗎？與其這樣活著，那我寧可……」

「寧可。寧可什麼？」

「……」

「學弟，你真是……有把人搞瘋的才能。」

「……」

「你要是再說那些廢話，我就當你是要我親手殺了你。」

學長揪住我的領口，襯衫領子發出沙沙的聲音。

這回我沒有忍，舉起胳膊扳開他的手。

「來硬的？」

他淡淡一笑，舌尖緩緩掃過下唇，下一秒扣住我的手腕，他的力氣非常大，讓我痛得幾乎流下眼淚。接著他胳膊向上一帶，我被推到牆上，蓮篷頭開關就壓著我的背，我不由自主發出呻吟。

「呃！」

暫時停止的水流又開始傾瀉下來，不僅是已經濕透的我，連學長也迅速濕透。

「我問你，你是不是他馬的討厭我？」

他逼上前，面無表情的臉緊貼著我，我們胸口相連，腿交纏在一起，我快喘不過氣來。

「臉上寫滿了討厭，卻一句討厭也不說，這麼久的時間裡你以為我看不出來你故意配合，強顏歡笑嗎。」

他咬緊牙就像要把牙咬斷似的，低沉的聲音因興奮讓人也變得敏感，我們身上的血混在水中，逐漸被沖走。

「只想平平順順的過日子，不喜歡麻煩，也不喜歡受到關注。你每次都這樣，守著什麼狗屁信念，假裝自己是一匹孤狼嗎？」

學長的話一直讓人無法理解，但此刻卻不是，我的胸口像被刺痛一般，因為他說的沒有錯。我從來都只是為活而活，對什麼事都不積極。因為覺得做重要決定的負擔太大，所以總是站在邊緣當個不沾鍋。我指責學長殺人後怎麼還能泰然自若，但真正危急時卻又躲在他身後享受著安逸。在寢室裡躲著時，雖然執意要出去救在門外求救的人，但最終還是沒有堅持，選擇依靠學長。

是啊，至少我沒有資格追究他怎麼能做出那麼殘忍的事情。

「你他馬的別裝模作樣了。你想一直當好人嗎？就算你死了也……因為你，你知道我多麼……」他停住不說了。然後又低聲說道：「你知道嗎？鄭護現。你……好殘忍。」

我想抽出被他扣住的手，但他更加使勁，感覺就像要壓碎我骨頭般的粗魯。

原本緊扣著手腕的手輕輕滑上來，固執地鑽進我的指關節裡，緊緊的十指交扣。不知是不是因為被不斷湧來的水浸濕了全身，感覺學長的手格外溫暖。

我們幾乎貼在一起，順著他的睫毛流下來的水都滴在我臉頰上。蓮蓬頭的水不知不覺停止了，但我什麼也做不了，他的大腿重重地壓在我的腿間，我全身肌肉因緊張而僵硬。在流淌的水流中，彼此之間也流淌著粗重的呼吸聲。

奇妙的感覺正折磨著下半身，剛開始還以為是錯覺，以為只是身體僵硬的錯覺，但是那種感覺越來越赤裸裸，即使想忽視也做不到。大腿糾纏得緊緊的，感覺他那裡的血液漸漸聚集在一起，變得堅硬。這是男人絕對不可能不知道的感覺。

「……」我感到震驚，受到衝擊，嘴唇不由自主微微張開。

察覺到異狀的學長微微一笑。

「學長……」

「怎麼了，小可愛。」

又來了。那個驚愕的稱呼，難道學長誤以為我是他的情人嗎？不，不可能，世上有哪個瘋子看到情人就一把斧頭追上來，對情人講話動不動就惡言相向？如果有那種人，肯定會被打五十個耳光，一腳踢出去。

「學長你的腿……可不可以……」

「我不要。」

我無法控制表情，直到剛才，緊張氣氛高漲，就像炸彈即將爆炸一樣岌岌可危，但現在情勢卻完全往另一個方向發展。

我驚慌失措，連連眨眼，水珠順著睫毛流下。雖然想盡辦法想掙脫下半身，但身後就是牆壁完全沒有退路。

「學長，能不能請你稍微後退一點？」

我儘量保持最恭敬的態度，用最平靜的聲音詢問，雖然知道會顯得非常卑躬屈膝，但也沒辦法，否則再這樣下去，面對不斷出現的刺激，我怕自己會在無意識中也有了反應。

「嗯，要我後退可以，你要用身體安慰我。」

「像上次一樣擁抱可以嗎？」

「不行，不是那個。」

「什麼？」

「當時你腦子裡想像的，這次就照那樣做吧。」

突然腦海中閃過一個畫面，學長的手指不停穿透另一隻手比成的圓圈……不，到此為止，我什麼都不知道。

「我不知道學長在說什麼。」

「你明明知道啊，像這樣。」

我的手仍被學長以十指交扣的方式按在牆上，他手上使勁，腰部猛力一頂，我的下半身被壓得嚴嚴實實。

「呃——」

那裡完全得到力量，氣勢洶洶地朝我的腹股溝一撞，別說有多硬多厚實了，我整個覺得不舒服，快疼死了。雖然不想承認，但是他的自信是有根據的自信。

外面屍體滾來滾去，血腥味熏天，他竟然和濕透的學弟在這裡貼身勃起，他真的瘋了。雖然我一直不停說他瘋了，但是完全沒想到會如此的狂。

奇永遠學長真的是瘋子。

「你別這樣看我，會讓我更興奮啊。」

「學……學長……呃……拜託，不要這樣。」

「哇，太性感了。越來越沒有自信忍耐了。」

真是令人無言，太露骨了，我喘息漸漸加重，什麼都沒做卻氣喘吁吁。

學長似乎很開心地觀察因震驚和尷尬而顫抖的我，卻突然抹去笑容。看起來不好惹的臉孔在表情消失後顯得更冷冽。

「護現。」

與剛才的語氣截然不同，我抖得更凶了。

「是。」

「答應我，不要隨便說什麼死不死的。」

「……」

「答應我，我就放了你。」

「……我答應你。」

「一定要遵守約定。就算你忘記了，我也會記住。所以，一定要守信。」

現在可不能開玩笑地說不答應，我慢慢地點了點頭。學長好像什麼事都沒發生一樣鬆開手，轉身就走了，水仍留有餘溫但周圍的空氣卻是涼絲絲的。

「學長，對不起。」

我急切地開口說，純粹是衝動，覺得好像應該這麼做。

「學長說的話，我並沒有全部聽懂，但是在某種程度上還是接受了。沒錯，是我太壞了，一直躲在學長後面，就是因為我不想有負擔，所以才隨時想逃。」

「……」

「我無法理解，學長要我做什麼，為什麼會對我發火，我到現在還是不知道。但我想或許我在不知不覺中，真的對學長犯了足以讓你生氣的錯誤，所以我要向你道歉。」

我說完之後，學長有一段時間沒有反應，只是面無表情地看著我。我有點後悔，是不是我白說了？該不會因為這樣又有生命危險，又要挨罵吧。

「鄭護現。」

堅實的手包覆在我的手背上，現在他的體溫比我高，我的手感覺熱燙燙的。他一用力把我拉近，距離瞬間縮小，學長烏黑的眼珠裡可以看到清晰的瞳孔。

「你，真是的……這是要我拿你怎麼辦啊。」

學長噗哧一聲笑了，他的笑容不像平常那樣給人嘲諷的感覺，上揚的嘴角都快裂開了。

「你這樣說……我會有期待的。」

「……」

這句話又是什麼意思？在我不知所措發呆的時候，他又驟然放開我的手。直到他走出去，我都還站在原地。

「護現哥、護現哥，你出來了嗎？」

用毛巾擦拭濕透的頭髮，一走出淋浴室，崔多彬就大聲叫我，我趕緊過去。

「多彬？」

她在更衣室最裡面的角落，剛好有個轉角可以擋住視線，看不到遍地沒來得及清理的屍體。

「你過來看看。」

「怎麼回事？」

「俊錫哥很奇怪。從剛才開始呼吸聲一直很奇怪，人看起來也沒有精神。不知道是不是哪裡不舒服。」

崔多彬說不下去了，她手指的地方，看到尹俊錫蓋著血跡斑斑的羽絨外套蜷縮著躺著，他從戰鬥結束後就一直處於那種狀態。

「俊錫哥，哥？沒事吧？」

我走近他身邊，跪坐下來。近距離叫他的名字也沒反應，我搖了搖他，一樣沒有回應，只是從厚厚的羽絨外套下傳來了粗重的喘息聲。

我把羽絨外套掀開，他那黝黑的皮膚已經發白了，臉上和脖子滿是汗。崔多彬不敢觸碰他的身體，我伸手摸了摸他的額頭，熱得燙手。

「發高燒了。」

「真的生病了嗎？」

「有可能，因為一直沒吃東西，又經歷了這麼多事。」

「退燒藥應該在一樓管理室，啊，綜合感冒藥應該也可以，在便利商店有……」

崔多彬突然說不下去，講到便利商店就會想起某人，一個頭顱被砍斷，倒在血泊中的女孩。崔多彬抱著膝蓋，身體開始顫抖，緊閉的嘴唇流出哭泣般的呻吟。

那種心情我也能理解，只要閉上眼睛，就會清晰地看到那些慘遭殺害的人們。每次吸氣，鼻尖上都會有一股血腥味，讓人噁心，但不能一直這樣下去啊。

「我們還是儘量做可以做的事吧。我去弄濕毛巾過來。學長呢？」

「奇永遠學長嗎？」

「嗯。」

除了那個學長還有哪個學長？我心裡這樣想，但沒說出來，看崔多彬一提到學長臉就暗淡下來，好像有點害怕，又好像不喜歡那個人。

「暫時出去了，說要去外面看看。」

「是嗎？」

「我，那個……護現哥，因為只有我們兩個我才跟你說的。」

「嗯。」

「那個學長有點……你不覺得有點奇怪嗎？」

她低垂著眼睛繼續說下去。

「我以前也說過，奇永遠學長本來不是那種性格。但我怎麼想都覺得奇怪。」

「哪裡奇怪了。」

「感覺他好像很習慣。一下死一下活的，大家都快瘋掉了，現在都搞不清楚是什麼情況了，可是他卻好像一個人在玩遊戲一樣。」

「所以，多彬。妳現在的意思是懷疑學長嗎？」

尖銳的問題反射性地彈了出來，說完我自己也覺得有點咄咄逼人，不像我的風格。

「不，我不是那個意思。剛才若不是奇永遠學長的話，我們早就死了。只是……有點……」多彬縮了縮肩膀，視線仍看著地板，「會讓人起雞皮疙瘩。」

「……」

如果是幾個小時前的我，內心肯定非常同意這句話。因為到目前為止，最清楚地感受到前輩的可疑之處的，不是別人，而是我，我有信心說那個人真的瘋了，簡直就是腦袋壞了。

但奇怪的是，我不想附和她，相反地，想袒護奇永遠學長的話一直縈繞在嘴裡，為什麼會這樣我也不知道。

「嗯──嗯──」

崔多彬和我之間尷尬的沉默被打破了，尹俊錫痛苦地呻吟著，沒有血色的嘴唇裂開了。再怎麼惹人厭的傢伙，看他病成那樣還是會覺得可憐。

「不能就這樣不管他，我先把毛巾弄濕。」

我站起身來，尹俊錫發出呻吟翻了個身，T恤被往上拉，就在這時我看到，在他肋骨下清晰的紅色齒印，不知怎麼咬的，皮開肉綻，從圓形的齒印可以瞥見紅通通的肉。

在剛才展開殊死搏鬥的過程中，尹俊錫一直魂不守舍，當時生死交關，事後我也沒有注意，也許他是在那時受了傷。

「呃，嗯——嗯——」

呻吟中夾雜著金屬般的聲音，背身躺著的尹俊錫突然身子抖動，乍看像是被高燒折磨的病患，但仔細一看，他的胳膊和腿不停抽筋。

我背脊生起一股涼意，崔多彬也察覺到異狀，緊貼在我身邊。

「護現哥……」

我的腦子轉得飛快，不能再和尹俊錫在一個空間裡，不是讓他出去，就是我們要出去。透過之前的經驗學習到，被「它們」咬死的人很快就會變異。就像先被戀人咬斷脖子，以慘不忍睹的面貌復活後，第二次被前輩砍死的朴建宇一樣。

如果繼續這樣下去，我和崔多彬也會變成殭屍。

尹俊錫身材高大，估計體重超過九十公斤，而且失去意識會更加沉重，即使我和崔多彬齊心協力，也很難穿過寬敞的更衣室把他帶出去。就算能成功，也得花很長時間吧。而且沒有人可以保證，在揹著他或拖著移動的過程中，他會不會突然撲咬我們，這太危險了。

還有其他的選擇，就是在他完全變異之前了斷他，但是……我怎麼也不敢想，雖然說被感染了，但尹俊錫還是人，被滾燙的體溫折磨而痛苦。如果學長在，也許會毫不猶豫活生生砍斷他的脖子，但我做不到。

「你看俊錫哥……」

崔多彬說不下去了，直到剛才還在痛苦掙扎的尹俊錫平靜了下來，身體再也沒動靜，只是維持蜷縮的姿勢，癱軟在地板上。即使不湊近看也知道，他停止呼吸了，他已不再是活著的人，馬上就要發生變異了，就像朴建宇那樣。

我反射性地回頭看了看，黑漆漆的更衣室裡充滿了血腥味，屍體散落在血肉模糊的地板上。應該怎麼辦？現在沒有學長可以依靠，也沒有時間表決，再耽擱就來不及了。

「怎麼辦啦？」

崔多彬陷入恐慌，不知所措。在她的聲音上面重疊著學長的聲音。

『別裝模作樣了。你想一直當好人嗎？就算你死了也……』

討厭麻煩、討厭出頭。不管是什麼情況，我的信條就是活得長長久久。殭屍？學生被關在校園裡集體死亡？一點都不好笑。

平時根本不看這種類型的電影或玩遊戲，那種東西只要透過螢幕看到就讓人想倒抽一口涼氣。我以前還跟朋友們開過玩笑，說如果真的出現了殭屍，我要第一個感染，然後在殭屍同伴之間度過平靜的日子。但是現在要我真的成為電影裡的角色，簡直是糟糕至極。

我深深地吸了一口氣，強壓抑住撲通狂跳的心，抹了抹臉，亂七八糟的思緒變得平靜。

「出去吧。」

崔多彬嚇了一跳，抬頭看著我。

「什麼？」

「我們離開這裡，出去外面先和學長會合。」

「可是外面……」

「會不會危險，不出去永遠不知道，但是在這裡面是百分之百危險。」

「可是……護現哥。」

「如果俊錫哥重新站起來，妳能做好殺了他的覺悟而戰鬥嗎？能像學長那樣拿斧頭砍了他嗎？」我嚴肅地問。

崔多彬無法回答，我抓住她的手急忙朝外走去。她慌慌張張地跟著，穿過昏暗的更衣室，分秒必爭，就連開燈都沒想到。

「啊！」

到處血跡斑斑，崔多彬滑了一下，我握住她的手更用力些。

「沒事吧？」

「沒事，是腳滑了一下。」

「小心點，好好跟著我。」

只依靠隱約可見的視線走向出口，只要按門上的門鎖按鈕出去就行了。

「咳……咳咳！」

從後面傳來了不祥的聲音，我心裡咯噔了一下。

「多彬，門！」

「我找不到。看不見。」

咔嗒，嚙嗒。

後面又傳來關節折斷令人毛骨悚然的聲音，這也是因呼吸停止而僵硬的人重新復活的聲音。我不由自主地冒了一身冷汗。

「等一下。」

我想到了放在口袋裡的手機，拿出來開啟螢幕，因為心急，手忙腳亂好幾次才成功，靠著螢幕

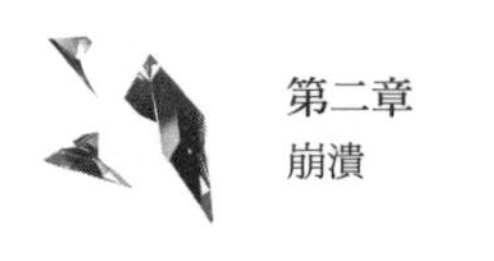

發出的微弱照明勉強打開了門。四周一下子亮了起來，眼前一片銀白。從敞開的門跑出來的同時，後面黑乎乎的東西也撲了過來。

「啊——」

我慌忙轉身，躲到門旁邊。

一個笨重的形體大力撞擊到門對面的牆壁上，尹俊錫搖搖晃晃地費了好一番工夫才抓到重心，發出嘎吱嘎吱的聲音，從奇怪的角度轉過來。

他用死者特有無表情的臉掃視我們，慘白的臉上到處都是血管破裂後的斑駁。因為是剛才還在呼吸的人，所以不會像李宥真和徐仁奎那樣身體腐爛。但是，這足以讓人毛骨悚然。

尹俊錫搖搖晃晃地走過來，現在沒有時間為他的悲劇感到悲傷，我們趕緊沿著走廊跑。

「我們……呼……要去哪裡？」

「先甩開他。沒有武器……哈啊……現在也沒辦法。」

我平常也有慢跑，卻越跑越覺得喘不過氣來。由於缺氧，頭昏腦脹，肺部似乎要炸了。雖然正在使出吃奶的力氣，但是我們兩個本來都是平凡的大學生，也只能氣喘吁吁了。

因為學校位於山谷裡，去哪裡都遠得要命，所以為了打發時間，平常就有在做各種運動的我比崔多彬稍微強一些。

雖然要甩掉尹俊錫，但是不能一直這樣逃跑，不利的還是我們。因為它怎麼跑都不會累。直線延伸的走廊來到盡頭，出現了樓梯。沒有時間猶豫，我們往下跑。

尹俊錫在不可能思考的情況下，咚咚咚咚地追上我們。

從樓梯欄杆之間隱約看到了下層欄杆的樣子，我突然靈機一動。

「去對面。」

「呼，呼，呼——」

我拉著崔多彬，穿過樓下的走廊，她拚命地跟著我，我可以感覺到她身體越來越無力了。

「我，待會兒，會放開妳的手。」

「護現哥？」

「不管是什麼……不管是什麼，去找找可以打的東西。」

「那個……什麼？」

沒有時間一一說明，我回頭瞥了一眼，隔著十公尺左右的距離追趕我們的尹俊錫，眼睛裡泛著紅色的血絲，從隨意張開的嘴裡，黏糊糊的口水嘩嘩地掉下來。

剛才被咬的人有可能是我，如果是這樣，現在追趕倖存者的不是尹俊錫而是我了。

我知道尹俊錫犧牲的事實，並不是因為我比尹俊錫更厲害，我只是運氣好一點而已。想到這裡，我毛骨悚然。

我們很快就跑到了對面的走廊盡頭，宿舍左右對稱，兩側有臺階，我看到了外型和剛才一模一樣的欄杆。

「多彬，現在！」

我放開崔多彬，把她推開。

她搖搖晃晃地被推到走廊的邊緣。一起逃跑的崔多彬突然離開了視野，尹俊錫還是盯著我，似乎只把我當目標。

幸虧是這樣，如果是相反的情況就糟了。

「啊啊啊啊！」

尹俊錫伴隨怪聲向我走來，我看著他漸漸逼近，什麼也沒做，為了活命，我得強忍住逃跑的衝動等著，現在還不行，再近一點、再近一點……

終於距離越來越近，直到看到他嘴裡紅通通的牙齦和牙齒為止，就是現在。我瞬間放低身子，

往旁側翻滾躲開。

尹俊錫並未減速，身體直接撞到鐵欄杆上，撞擊的聲音震得整個走廊響噹噹的。欄杆在他的腰部，尹俊錫上半身的重心瞬間向外傾斜，他伸出雙臂掙扎著。

「這裡！」

崔多彬跑來了，手裡拿著不知哪裡找來，沉甸甸的參考書。我叫她去找可以用來打的東西，她拿來的雖然不在我預想範圍之內，但還算差強人意，她拿起書，猛打尹俊錫的頭。

「去死吧，去死吧。你這傢伙！」

崔多彬氣得大喊大叫。我瞥見了她所拿的書封面寫著《多益聽力，一本打遍天下無敵手》，在「打遍天下」那幾字上沾了紅色的血跡，就像一部令人作嘔的黑色喜劇。

我趁機猛踢尹俊錫的腿，尹俊錫的腳懸空了。

「咔，咔，咔……」

他的大肚皮在欄杆搖搖晃晃，逐漸移到外面，一旦重心偏了，速度就快了，沒過多久，他的身影就墜落在欄杆的另一邊。

碰！傳來震耳欲聾的聲音，剛才發了狂猛砸書的崔多彬，還有毫不留情地踹尹俊錫的我，都同時站直了身子。

「……」

「……」

勝利的喜悅卻無法盡情享受，緊張和興奮消失，開始自責，我剛剛做了件可怕的事。雖然相處不算融洽，卻也是曾在同一個空間共度的同伴，我卻親手把他推落。即使知道他已不是活人，只是行走的屍體，但也不會改變我殺了他的事實。

尹俊錫一直墜落到最底層，不可能再爬起來，可能四肢都碎了，內臟也破了。但是……

「還會上來。」

「什麼？」

「俊錫哥，他還會上來。我們必須逃。」

學長說過，要燒到只剩灰為止，不然就要把頭跟身體分離，這樣才不會再復活。

「是啊，當然要逃啊，我們護現真聰明啊。」

身後傳來充滿笑意的聲音，我還沒回頭，我的腰就突然被摟住，順勢被拉走。戰鬥才剛結束，正是沒有防備的時候，我跟崔多彬都嚇了一跳。

是學長，手上沒有拿消防斧頭，換成一個箱子。我想到剛才和崔多彬的對話，雖不是有意的，但好像在背後說人是非似的，有點不好意思面對他。但學長無視我的不知所措，把頭靠在我肩膀上，笑得燦爛。

「帶我走，好嗎？」

回到樓上的淋浴間，門鎖被破壞得慘不忍睹，電池蓋子飛得遠遠的，裡面應該整齊擺放的電池不知去向，只剩下一個。

想起尹俊錫盲目追趕我們而撞到門的樣子，或許就是當時門鎖受到衝擊才會這樣吧。之前被尹俊錫抓住差點就要沒命，混亂之中另外三顆ＡＡ電池也不知滾到哪裡去，找不回來了，門鎖已經沒有作用，現在門變得非常不牢靠，雖然門把按鈕還是可以上鎖，但有跟沒有一樣，只要受到一點點衝擊就會打開。

「完全不管用了。」

學長一隻手拿著箱子，另一隻手撥弄門鎖後直接了當地做出結論，崔多彬聽了急得直跺腳。

「那現在該怎麼辦？我們還可以去哪裡？」

危機迫在眉睫，掉落到最底層慘不忍睹的尹俊錫不知道什麼時候會追上來。

「我說學弟妹啊……」學長微微側著頭，烏黑的頭髮如流沙般散開，耳廓上的銀製耳釘散發出冷光，「現在要小心的，並不是只有那個傢伙。」

心裡有種莫名其妙不祥的感覺。

「你們這麼吵，其他樓層也會聽見啊。」

「這話是什麼意思？」

崔多彬問道，我感受到深切的不安而閉口不言，學長聳了聳肩。

「還有什麼意思？我們成了肥羊啦。」

學長話音剛落，走廊那邊就傳來了聲音。

咔嗒，原本草草關上的門打開了，從門縫透出了不知所以然的東西。

一隻黑乎乎腐爛的手撐著地板，慢吞吞地爬著，像蟲子一樣蠕動，感覺很吃力地越過門檻。接著看到它的下半身，雙腿被截斷，殘破的褲腳被黑血浸濕。

沿著爬過的地方，出現殷紅的血跡，但那個東西似乎感覺不到痛苦，毫無顧忌地向我們靠近。

再定睛一看，裂開的腹部內臟外露，在地上拖行。

這是只有做惡夢才會出現的場景，雖然腦子告訴我現在應該立刻逃跑，但身體卻動不了。

還不僅如此，哐噹，哐噹，哐噹，四處傳來細微卻清晰的聲音，剛才誘導尹俊錫從欄杆掉下去時發出的聲音顯然驚動了其他東西。

「哎呀，把那些傢伙都吵醒了，現在是要集合點名嗎？」

學長面無表情用嘲諷的語氣說著，這話好像一盆冷水澆在我頭上，我立刻清醒過來。

那個東西張大嘴發出怪聲，「咯……咯……」

幾乎是同時，我們三個人像約好了似的一起轉身，連滾帶爬地往樓下飛奔，沒有時間去觀察周圍景象。

一陣混亂中，不知不覺來到一樓，已經沒有地方可以下去了。

眼角瞥見餐廳的門口，大大的玻璃門前，堆滿了原本放在大廳的所有家具擺飾，玻璃門的把手上還纏著粗鐵鏈。

「餐廳那邊不行！」崔多彬急切地喊道。

宿舍一開始發生感染就是從餐廳開始的，我也不想知道那裡現在是什麼樣子。

我點了點頭，指向走廊另一邊，「那裡。」

看到了自修室的指示牌，在宿舍內也有可以學習的空間，雖然遠遠不及中央圖書館，但外面有飲水機和沙發的休息區，再打開一扇門，就能看到一排排用隔板隔出座位的自修室。

樓梯上傳來了咚咚咚的聲音，不能再耽擱了，在那些東西找到我們之前，必須趕快躲起來。我猛然打開門跑進去，確認崔多彬和學長都安全地進來之後，連忙把門鎖上。

自修室裡一個人也沒有，雪白的日光燈像天下太平一樣照耀室內。

「呼——呼——」緊張的感覺一下子放鬆，好不容易終於可以好好喘口氣。

我的背靠在門上，無力地滑坐下來，學長把口罩拉到下巴，靠在我旁邊調整呼吸，崔多彬也不管衣服會不會沾到灰塵，癱坐在地上。

一時之間，我們三個人說不出話來。

就這樣經過了一段時間，外頭一點聲音也沒有。

我不經意地擡頭看學長，他把耳朵貼在門上專注聽著，然後朝我靜靜地點點頭。

這是安全的信號。

我們筋疲力盡，腿軟得幾乎走不動，好不容易移動到沙發上，崔多彬上氣不接下氣地說：

「呼，得救了。」

「是啊。」

「電影不是有這種情節，人在看到殭屍後被嚇得精神崩潰，只是大喊大叫，癱坐在地上什麼也做不了，我每次看到那種場面都覺得很悶，那種時候應該立刻逃跑啊，覺得那些人真是沒用。」

崔多彬用袖子揩了一下額頭的汗水，露出了自嘲的苦笑。

「但是現在自己遇到了才明白，身體真的會動不了。明知道這樣下去會死，但就是沒辦法動，真是的，像傻瓜一樣。」

崔多彬說到最後頭也低下了，她一頭短捲髮早已亂蓬蓬的。

「儘管如此，尹俊錫那小子還是死得好。我不後悔，只氣自己剛剛沒有多打幾下，那種傢伙死了活該。」

「……」

「他死得好……是嗎？我們沒有做錯什麼，對吧？」

氣氛突然變得很消沉，我趕緊轉移話題。

「學長，那個箱子是要做什麼用的？你從剛才就一直拿著不放。」

「這個？」

學長依然把箱子夾在腋下，他雖然帶著箱子逃跑，但看起來似乎也沒特別疲累。學長打開箱子，我探頭一看，一時說不出話。裡面裝滿了杯麵。

他漫不經心的說道：「路上順手撿來的。」

「哈，是泡麵，真是太棒了。」

崔多彬猛地擡起了頭，剛才的鬱悶心情似乎一下子就忘記了。看到學長和我正盯著她，不好意思地笑了。

「哈哈。」

就這樣開始了，我也忍不住跟著她笑了起來，並非感到開心或幸福，只是莫名其妙不由自主地跟著笑了。這種情況本來就很可笑，剛才還在生死關頭，現在看到吃的東西，而且還是杯麵，居然是這種反應。

笑容像傳染病一樣越演越烈，我們像瘋子一樣笑個不停，我把頭靠在沙發椅背上止不住地笑，崔多彬捧著肚子笑到打滾，甚至流下了眼淚。

看著我笑的學長，也皺著眉頭微微一笑。

「呃……」

傳來很小的聲音，剛開始因為笑聲沒發現。

「那個……」

直到第二次聽到才發現，這裡除了我們還有別的存在！還沒弄清楚是怎麼回事，身體就反射性地緊繃，笑聲驟然停止，回頭看向發出聲音的地方。

通往自修室的門微微開著，陌生人從門縫裡探出頭來看著我們。每個人的臉上都帶著複雜的表情，一半是安心和喜悅，一半是不安和懷疑。

「請問你們……是從樓上下來的嗎？」

「喔！姐姐？」

對提問者做出反應的不是別人，正是崔多彬。

「聖雅姐姐？妳怎麼在這裡？」

崔多彬像中了邪似的猛然站起來，一瘸一拐地走過去。

對方剛開始有些疑惑，不一會兒失去生氣的眼睛變得炯炯有神。

「多彬！」
「姐姐！我以為妳怎麼了……妳知道我有多擔心嗎？」
「我一直躲在這裡，我也想辦法要找妳，可是電話打不通……」
「嗚——」
門整個打開，崔多彬奔向那女子的懷裡，在大家的注視下，她放聲大哭。
「嗚——嗚——」

自修室裡比我記憶中的還要空曠，原本帶有隔板的桌子都搬走，中間出現圓圓的空地，桌子則都用來堵門。
自修室的門和宿舍其他寢室房門一樣，都是簡陋的木頭材質，但是把幾張沉甸甸的桌子堆起來後，變得相當堅固。
「給你。」我用休息室飲水機的熱水泡了麵分給大家。
「多虧了你們才得救，要不然我們一直關在這裡，簡直要餓死了。」
看來他們也一樣，一直都沒有好好吃過東西，臉上都是快哭出來的表情，小心翼翼地接下杯麵。有人等不及要三分鐘麵條才泡軟，慌慌張張拿起筷子攪拌泡麵。
「剛開始幾天我們在桌子裡翻找，找些巧克力和糖果吃，但也沒多少，我們根本不敢去便利商店和餐廳，真的非常感謝你們。」
「啊，這樣啊。」
我尷尬地笑了笑，應該接受感謝的人不是我，但實際上扛著泡麵來的學長對大家的談話似乎一點都不感興趣。

自修室裡原封不動地保留著學生們留下的東西，從坐墊、頸枕、小毯子到保溫杯、免洗筷，應有盡有，因此我們不至於慘到要用手吃泡麵。

大家蓋著軟綿綿的超細纖維毯圍成一圈，每個人面前一個免洗容器，正熱騰騰地冒著熱氣。剛才哭了好一會兒的崔多彬看來已經冷靜了，吸著鼻子緊挨在她口中的「姐姐」身邊。吃麵時安靜得讓人不敢置信，這裡有將近十個人，但誰也沒開口。吃麵時有人吸了吸鼻子，不知道是因為麵太辣還是其他原因，大家連最後一滴湯都喝得乾乾淨淨。

時隔許久才攝取到熱騰騰的食物，舌頭、食道和胃腸都高興地震盪，但同時也赤裸裸的意識到自己的原始本能，莫名有種羞慚的感覺。

吃飽喝足，把空容器收起來放在角落，大家面對面坐著，肚子飽了，自然就有空閒說話了。

「我們一直都躲在自修室裡，還好洗手間就在旁邊，想去就是輪流把風，快去快回。」

「我們躲在樓上的男用公共浴室，本來還有其他人……」

很自然地敘述我們的的狀況，但說到一半突然止住了，因為不知道該怎麼解釋其他人的死。

「那你們一直待在宿舍裡嗎？」

「是啊。」

「我們這裡大家都不一樣，有的是從宿舍寢室裡出來，也有從外面跑進來躲藏的人。」

「就是我。」在自修室那群人中有一個舉起手。雖然大家都睡不好、吃不好，但他在其中顯得特別憔悴。

「我本來在中央圖書館，忙亂之中才逃到這裡來。」

我的腦海中很自然地浮現校園地圖，中央圖書館是離宿舍最近的建築物，但那個人為什麼冒著危險跑到這裡來？

「逃過來的？從中央圖書館？這麼說來，那些東西數量不少嘍？」

「你是說死而復生的人嗎？」

「是啊。」

「喔，是啊，的確很多，不過問題不是這個。」

從圖書館來的男生突然遲疑了起來，他低著頭，感覺欲言又止。

「怎麼了？」

「在那裡……人最可怕。」

旁邊的女生苦笑著接續解釋：「在那裡發生了非常激烈的爭鬥，簡直跟戰爭一樣，人與人之間互相殘殺，真的很誇張，大家都只不過是普通學生啊。」

「還好在這裡的學生不會互相傷害。」

「妳原本就住宿嗎？」

「是的。啊，對了，我還沒自我介紹。我叫趙聖雅，跟多彬同寢室，哲學系。」

她簡短地報了學號，算來是我的學姐，不過在這種情況下還區分誰是學長姐、學弟妹，似乎一點意義也沒有。我點點頭簡單打了個招呼，自我介紹。

「妳好，我是經營學系的鄭護現，那位是……」

我轉頭望向遠離我們獨自坐在一角的學長，大家的目光都投向他，但學長看也不看他們，只是朝我招手。

「過來，學弟。」

「我現在和大家正在互相認識啊。」

「記得那些名字有什麼用？反正到頭來還不是全都會掛掉。」

氣氛急速降至冰點，絲毫沒有溫度的一句話，但學長說完毫不在意，泰然自若地又再次呼喚我：「現，快過來這裡，不要丟下我一個人，你不在我身邊我會覺得很不爽的。」

我心想「拜託你閉嘴」，不，我巴不得跑過去摀住學長的嘴。

所謂禍從口出是不是就像他那樣啊？

「……是，學長。」

但我還是違背我的心意，誰叫我吃軟又吃硬，不管對方強勢或弱勢，我都很輕易屈服，看到不平不義之事也是自己摸摸鼻子不敢作聲。

現場其他人看著我們兩個，臉上都露出無法形容的表情。

我對不起大家。我尷尬又無奈地笑了笑，希望他們能明白我無言的道歉。

學長迅速伸出手，我一抓住他的手，他就猛然把我拉了過去，瞬間我就坐在他的旁邊了。

「怎麼到處亂跑，你什麼都不會啊。」

「我只是和大家互相認識一下而已。」

「我不是說過不要離開我身邊嘛，你怎麼就這麼不愛惜生命呢？你是不是想早點死啊？我親愛的學弟竟然想用這種神奇的方式自殺嗎？如果真那麼想死的話，跟我說一聲不就得了。」

「對不起，是我的錯。我一點都沒有不想活的念頭，請放心。」

怕別人聽到這荒唐可笑的對話，所以我盡可能壓低聲音像竊竊私語一般。

學長微微側過頭，聽了我的話微微一笑，黑黑的睫毛輕輕垂在冷冽的眼眸上。

他的長相與親切善良相去甚遠，就算他身上有很多可怕的刺青，我也不會感到奇怪。不過事實上他脫了衣服的上半身不是刺青，而是更可怕的疤痕。

但是那笑容足以平衡這一切，至少在這一瞬間，學長就像個普通大學生一樣。

「你知道嗎，學弟。」

「是。」

「我起立了。」

……我當你沒說。

「一看到你緊張的臉龐，我就忍不住了。你說該怎麼辦，嗯？你要負責啊。」

我僵硬地擡起頭，拚命把視線向前看，因為如果往下看的話，我怕會出事，我絕對一點都不想知道他的下半身發生了什麼事。

學長看著我輕聲笑了起來。

「瞧你更緊張了。」

平靜的時間流逝，在自修室裡不知是誰留下了整套盥洗用品，大家用休息室飲水機接水簡單梳洗，然後再排好位置，各自枕著軟軟的墊子、蓋著小毯躺下。

解決了最急迫的飢餓問題，大家的情緒也明顯穩定了許多，總是神經緊繃的崔多彬，現在也放鬆心情和室友聊天，還不時露出笑容。

「姐姐，現在感覺好像在參加營隊喔。」

「什麼參加營隊，現在說這話對嗎？」

「又沒什麼關係，我只是說感覺像而已啊。」

大家並排躺著仰望天花板，輕聲細語的交談著。

「如果，大家都能從這裡出去，你們會想做什麼？」

有人突然提問，每個人都陷入了沉思。

「我第一件事就是要去找我爸媽，還有親戚朋友。」

「我要先吃飯。剛煮好熱呼呼的白米飯，配上有滿滿豬肉的泡菜鍋，還有沾滿蛋液的火腿煎得香香的……」

「喂，不要說吃的，越說越餓。不過要是我的話，我要吃炸雞，無骨醬燒口味。不，一隻醬燒、一隻糖醋，我要一個人全吃完，吃飽了再好好睡一覺。」

「我要開設一個頻道，講述我所經歷的事。名稱已經定好了，就叫做『嚇破膽！殭屍校園真實版』訂閱者一定會大爆發。哇，那我不就會成為百萬網紅嗎？」

「有可能嗎？就憑學長這副長相？」

「喂，不要隨便虧人喔，誰說網紅一定要長得帥啊？」

現在話題已經轉移到「獲救之後接受媒體採訪時，會說什麼話？」原本就躲在自修室的人早已熟悉，因為趙聖雅的關係，崔多彬也很快就和他們打成一片，只有初次見面的我和學長都沒有講話，不過大家似乎並未受到影響。

他們的對話我是左耳進、右耳出，靜靜地閉上眼睛入睡。人們吵鬧的聲音都像催眠曲一樣悅耳，感覺今晚似乎可以睡個好覺。

一箱杯麵很快就見底了，短暫的和諧氣氛轉眼停滯。大家都避免走動，只待在自修室內，加上有書桌堆成路障，就連要人把風去旁邊上廁所都極力避免。

說得好聽是謹慎，說不好聽點就是過度防禦。

我們從公共浴室下來的人想分組出去找糧食，但可能是因為有人在別的地方經歷過危險，好不容易才逃了出來，所以對這個提議畏縮不前。

DEAD MAN
末日校園
SWITCH · 1
아이제（Eise）/ 著
愛呦文創
愛呦文創

那種心情也不是完全不能理解，因為一打開門，就看到在對面的餐廳。用鐵鏈纏住門把，以各種家具擺飾堵住門，從這些可以感受到之前經歷了多麼恐怖又瘋狂的事，那比任何「禁止出入」的標誌牌都要強烈，只要想像在那裡面的人變成什麼樣子，現在會變得畏手畏腳也是情有可原。

我們把自修室翻了又翻，看看有沒有之前學生留下的東西，事到如今雖然明知已經再也找不出什麼了，但還是沒能放棄希望。

「今天找了很久，只找到這個。」

大家緊挨著領取糧食，但落在手掌的就只有兩顆小小的軟糖，而且還是造型與現在這種狀況完全不搭的可愛小熊軟糖。那是好不容易在某個被遺留的背包角落挖出來的一包軟糖，近十個人分一分的結果，一人只能領到兩顆。

「只吃這個怎麼撐得下去？」

大家一邊嘟囔卻同時立刻收下軟糖，這是今天第一次放進嘴裡的食物，但是確實不足以緩解飢餓感。

「明天又得挨餓了？」

「煩死了，真是的。」

大家的情緒都變得非常敏感，就像即將爆炸的炸彈一樣，這時有人像是自言自語地說：「如果沒有那些人，我還能多吃一個呢。」

雖然聲音很小，但是在密閉的空間裡聽得很清楚。

我呆呆地看著我的軟糖，一眨眼的工夫，胸口像被什麼尖銳的東西刺痛，即使不明說「那些人」是誰，也很容易猜到。

不過就一個小不拉幾的軟糖，有吃跟沒吃一樣，但是壓力和飢餓已經把人逼到了極限。

擡起頭，沒有人朝我這邊看，就像剛才沒人說過那句話一樣，大家又像平時一樣裝沒事的閒聊。一切都和之前一樣，但是空氣卻變得有種微妙的陰森感。

第二天，自修室裡已經連一顆軟糖也找不到了。

「看來得到外面去找吃的了。」趙聖雅說。

她在這當中看起來年齡最大，而且在宿舍生活最久，所以對這裡的情況很了解，就像個大姐頭一樣。

「可是已經沒什麼地方有吃的東西了，餐廳進不去，便利商店又……變成那樣了。」

崔多彬反駁道，其他人也紛紛附和。

「是啊，聽說其他樓層也沒有什麼兩樣。」

「學姐，妳該不會想要移到其他地方去吧？我不要，我可不要再來一次。」

「其實……這裡應該還有糧食。」

大家都看向趙聖雅，她先嚥了口唾沫，接著說：「餐廳裡。」

「欸，我還以為哪裡咧。」

「誰不知道餐廳有吃的啊。」

四處傳來洩氣的嘆息。在一切爆發之前，學生們都還在餐廳裡愉快的用餐，裡面當然有很多食物。但是，現在誰有勇氣去打開那道之前的生存者們拚命堵住的門呢？又不是不知道裡面有什麼。

但趙聖雅繼續說：「你們知道廚房的位置吧？在配餐檯後面，那裡應該還存放著食材，其他東西不知道，但至少冷凍食品不會變質。」

「可是要去廚房勢必得進入餐廳啊，妳說要怎麼進去？啊？」有人受不了她老說些不著邊際的話，沒好氣的反駁她。

趙聖雅打斷那人的話說道：「貨梯。」

四周像被潑了盆冷水一樣瞬間靜了下來。

「從宿舍後門出去到地下停車場，角落裡就有電梯，食材進貨都直接從那裡送上去。雖然是貨物用電梯，但是很大，坐那個上去拿糧食就可以了，不必走餐廳正門也行。」

如果不是在宿舍住得夠久，是不會知道這種事的。地下停車場一般只有業務用車輛才能出入，去過的學生屈指可數，知道那裡面有貨梯的人更少。

「哇——」有人發出一聲小小的讚嘆。

「為什麼現在才講？我都快餓死了。」

「還等什麼，快點去拿吃的吧。」

「不管怎樣總是要出去，但這和去洗手間不一樣，雖然只是暫時，卻必須離開這棟樓到外面，會比現在危險很多，所以我之前才不敢貿然提出來。」

又恢復成一片寂靜。大家都互相瞟來瞟去，彷彿用眼神在問：所以呢？誰要出去？有誰會為了所有人冒著危險出去呢？

我算是很會看臉色的人，有記憶以來憑藉著超乎常人的看臉色能力，從來沒有吃過什麼大虧，但現在我卻討厭自己有這種能力，因為不想知道的事都看出來了。

我感到很不舒服，如坐針氈。空氣刺痛著皮膚，大家都往這邊瞟。

「不好意思，可以請你們兩位去拿嗎？」

緊閉雙眼，我就知道會這樣。

「不是，你們也不要想太多，只是我們一直守在自修室，這段時間真的很辛苦，好不容易都安頓好了，你們才中途闖進來坐享其成，所以你們也該盡點力吧，不是嗎？」

「……」

「況且，其實想想有點不公平，說實在的，現在會出現糧食不足的問題，總不能排除跟人員增加有關吧。」

其他人都閉著嘴，沒有人附和，但也沒有人反駁，只是眼睜睜地看著我和學長。危險的沉默，意思已經非常明顯了。

這是把學長扛來的泡麵呼嚕嚕分著吃得精光的人該說的話嗎？我心裡憤憤不平的抗議著，但卻一個字也說不出口。總之，在這裡我們是外來者，即使提出抗議，也只會招來更多的憎惡。

但是我也不想這麼簡單就乖乖答應，我眼睛直直地看著站在趙聖雅身邊的崔多彬，如果學長和我因為是後來才加入，所以必須去拿糧食，那麼她也應該一起去。

「啊——」崔多彬看到我的眼神嚇了一跳，不敢和我對視，眼神游移，最後乾脆轉過頭假裝沒看到。我的心涼了一半。

趙聖雅悄悄把她拉到自己身後。是啊，因為是最疼愛的學妹，所以不能讓她出去是吧？反正我是才剛認識不久的人，兩手空空出去送死也沒關係。

我實在不知道該說什麼，連發火的力氣也沒有。

「靠么的理由還真多啊。」

學長突然開口，原本已經夠冷的氣氛直接降至冰點。

「喂，既然要拜託人家就該坦誠一點啊。『就算要死，也希望你們代替我們去死。』不就是這個意思嗎？」

「不是，等一下，你那是什麼意思？」有人語帶哽咽提高了嗓門。

「什麼意思？不就是想吃又不敢自己去拿？」

他們聽了都一臉憤慨的怒視學長，但學長卻不屑地笑著，最後再補一刀。

「連吃的都弄不到還想活下去啊。」

如果繼續放任學長再說下去，情況將走到無法挽回的局面，我連忙出面打圓場。

我向前邁出一步，伸手用力握住學長的手，那一瞬間感覺學長似乎輕輕抖了一下。

「好，知道了，要我去我就去。」

一個個銳利的視線原封不動地射向我。我習慣性地笑了笑，深吸一口氣，盡量清清楚楚的說：

「就像學長說的，你們還不如直接了當一點，因為是陌生人，所以才要我們出去……這樣講的話，或許我們心情就不會那麼糟。」

之後我們就這樣兩手空空地離開了自修室。

學長剛剛還凶狠地冷嘲熱諷，但聽到我說要去，他一句話也沒說就跟著我出來了。直到關上門，自修室裡的人都不敢和我們對視。

要不乾脆拿了糧食逃到別的地方去吧。這個想法我不是沒想過，但是能去的地方最終還是只有這裡，他們應該也是知道這一點，才毫不留情地把我們送出來吧。

我看到被封鎖得嚴嚴實實的餐廳大門，透過玻璃門看到裡面好像有什麼東西在動，我不自覺地看著，那並不是錯覺，餐廳裡擺滿了桌椅，屍體四處走動，拖著緩慢的步伐在密閉的空間裡徘徊。一個臉被撕扯得慘不忍睹，滿臉血淋淋的人站在門口朝我這邊看，彷彿感受到了我的視線。從他破爛的臉頰和撕掉一半以上的嘴唇，可以原封不動地看到腐爛的肌肉。

「呃……」我僵在原地動彈不得，到目前為止看過無數次慘不忍睹的畫面，我以為自己已經產生免疫力了，但似乎還早得很。

「不要看。」

學長伸手遮住了我的眼睛，擋住塞滿視線的可怕景象。我被學長拉著走，一直到離餐廳很遠的地方他才放開我，冰涼的手毫無留戀地落下。

「奇永遠學長。」

「是，鄭護現學弟。」

學長看也不看我，心不在焉地回應。

「說要去找糧食的是我，為什麼連學長也一起出來了？學長不是不願意嗎？我以為你會拒絕出來呢。」

「怎麼能讓你一個人去呢？雖然是學弟你自己說要去的。」

「所以學長沒必要也冒著危險……」

「如果你說要去死，我也會跟著去。要是你叫我殺了你，我就會親手殺了你。你要做什麼都沒關係，只要在我看得到的地方，在我身邊就好。」

「那是什麼意思？」

我聽了連指尖都發涼，全是些讓人無法理解的話，我聽到的每個句子的每一個字都分崩離析，在我腦海裡打轉。

學長呆呆地看著我，突然吃吃笑了起來。

「突然說什麼瘋話是吧？我看起來是不是很像傻瓜？」

「……」

「沒關係，我也一樣。」

他講完莫名其妙的話，突然又像什麼都沒發生過一樣，收起笑容，閉上了嘴。讓我瞬間不知道到底該配合哪一種節拍。

我跟在學長後面，像機械一般的走著，到了走廊盡頭的門前，踮起腳尖伸手解開了上面的鎖。門的另一頭是宿舍外，那裡不知道隱藏著什麼，沒有牆和門可以讓我們藏身。

「我要打開門了。」

深呼吸，然後打開了門，一股寒風撲面而來，一直都待室內而暫時遺忘的冬天襲來。學長起碼還穿著外套，但我身上只有一件襯衫和一件薄薄的開襟羊毛衫，我忍不住瑟縮起肩膀。

嚴冬中的校園冷冷清清，天空是灰暗的淡藍色，沿人行步道栽種的行道樹葉子都幾乎掉光了，只剩光禿禿的樹枝垂掛著。越過貼有禁止出入標誌的籬笆對面，是一片枯黃的草坪。

「啊！」

臉頰上一陣冰涼，我直覺地伸手一抹，手背沾上了水分。擡頭仰望，陰沉的天空中一片片的雪花落下。米粒般的雪花飛舞，刺骨的寒風吹得頭髮亂蓬蓬的。

「學長，下雪了。」

看著這情景我不禁喃喃自語，但隨即就後悔了。自己聽起來也覺得是傻話，現在可是冒著生命危險出來找糧食的當下，居然還管下不下雪。

「是啊。」

但是學長並沒有無視或嘲笑我，只是平靜地點點頭。

「學長，如果能離開這裡出去的話，你有沒有什麼最想做的事？」

我的嘴巴又不自覺說話了，既然腦子裡一片混亂，乾脆想到什麼就說什麼吧。雖然覺得學長很像一出生就拿著沾滿血跡的斧頭一樣，不過那當然只是我的想像。總之，我很好奇這樣的學長回到日常生活中會想做什麼事。

「這個嘛……好像有但一時忘了。」

「……」

「你幹麼問這個？」

「沒什麼，只是有點好奇。」

「這就奇怪了，你不是很討厭我嗎？」

令人無法猜透的眼神從我眼前掠過，注視著天空。

我並不討厭你。但這話只有在嘴裡打轉，然後就消失了。

「差點就上當了。」學長自言自語地說。

空氣中瀰漫著白茫茫的氣息，我怔怔地看著他的側臉，烏黑的頭髮和蒼白的臉，就像舊詩集中的黑白照片一樣，一點都不現實。

學長說的話總是像謎一樣，像蒙著眼睛拼圖似的，與他交談的每個瞬間都出現新的疑問。這是一種既害怕又不安，想知道又不該知道的好奇心。就像用手遮住眼睛，從指縫看完恐怖電影，或是皺著眉掀開ＯＫ繃看化膿的傷口一樣。

我本來對其他人就沒什麼興趣，即使像尹俊錫那樣發瘋、像崔多彬背叛，雖然會覺得心寒，但也沒有太大的情緒，更不會想表現出來，因為反正我對他們一開始就沒有感情、沒有期待，也就談不上失望了。

但是對學長卻是例外，如果他像其他人一樣平凡，或許我也不會有什麼感覺，但當發現他隱藏著某種祕密時，我就沒辦法裝作不知道了。他說的那些莫名其妙、偶爾令人毛骨悚然的話，讓我整個神經都集中在他身上，就像磁鐵一樣不得不被他吸引。

雪花落在學長高挺的鼻梁上，或許是因為冷，鼻子不知不覺變得有點紅潤。也許開口並不是希望得到任何回答，學長隨即轉身往地下停車場走去。

小心翼翼地彎下身子，從停車場入口的隔離柵欄下穿過，地下室特有的惡臭刺鼻。進入積塵已久的地下停車場內，一直到最角落的電梯為止，這一路上我們未曾遇到任何東西。

貨用電梯門打開，正如趙聖雅說的，電梯內部很大，配餐用推車和拖車都可以順利進入，學長和我兩個人在裡面都還有很大的空間。樓層按鈕只有兩個，地下室和一樓，按了一樓的按鈕，電梯門就嘎嘎地關上了。

電梯運行得很慢，我不自覺的反覆握拳又放鬆，覺得口乾舌燥。

不知道我們現在要去的地方會有什麼，幸運的話有滿滿的糧食，相反地，也有可能已經有別人搶走，什麼都沒有了。而最壞的情況，是門一打開就有可能遭到襲擊。

「如果連廚房內也有那些東西該怎麼辦？我們現在連武器都沒有。」

「就戰到不能戰為止，反正大不了就是死啊。」

學長若無其事地回答。面對悲慘的死亡，他顯得非常泰然自若，就像是在自家門前散步一樣。那樣漫不經心地說完，學長才想起什麼似的回頭看我，瞇起細長的眼睛笑著說：「不過可以的話當然還是活下去比較好啊，是吧？」

我默默地咬住下唇，一時不知道該怎麼回答。

「我們護現牽了我的手，還主動先問我有沒有什麼想做的事，要是就這樣死了多可惜啊。」

「……」

「啊，我想到出去要做什麼了。」

「是什麼？」

學長滿面笑容地用拇指和食指做了一個圓圈，我可以猜到他接下來要做的動作，背脊發冷。

「啊，不用，我知道了、我知道了。我死都不想知道的事。總之可以不用再說下去了。」

一肚子髒話憋著差點就爆粗口，我強忍下來隨便敷衍過去。按我心裡真正的想法，是抓住他另一隻手的食指和中指，一起折斷。

哐噹，哐！緩緩上升的電梯終於抵達，門慢慢打開，我不知不覺吞了一口唾沫，為了應對隨時可能出現的危險，繃緊神經。

廚房大到可以在裡面跑步，放眼望去是各種烹飪器具、洗碗機、堆積如山的餐盤。沒有任何動靜，透過及腰高的出菜窗口，只能瞥見徘徊在餐廳的形體，我暫時先鬆了一口氣。

事情發生時正是用餐時間，廚房裡的東西都原封不動地停留在那個時間點。大鍋裡滿滿海帶湯已經餿掉了，洗碗槽裡堆積如山的碗盤看來也發黴了。

環顧四周，發現了巨大的營業用冰箱。打開門，一股寒氣撲面而來，裡面的食材按種類排放，肉已經變黑了，菜也都爛了，玉筋魚露[1]……就算拿走也沒什麼用，不過還有炸豬排和包子之類的幾種冷凍食品看起來狀態還不錯。

我們找幾個空桶子，把要拿走的東西放進去，裝得滿滿的，兩手一擡感覺還挺沉重的。

「學長，這些給你。如果想按人數拿，這麼多我一個人拿不了，請你幫忙一下。」

「你管那些傢伙幹麼。」

「不管怎樣，還是要拿走啊。」

「真是偉大的聖人君子啊。」

學長非但不幫我，還譏諷我。

「反正你就是個爛好人，自己一個人都自顧不暇了，還想到要先照顧別人。」

「我也不是多喜歡他們，但不管怎樣還是要一起活下去啊。」

「就算你自己會完蛋也要這樣？」

「這話是什麼意思？」

「沒什麼，算了，隨便你。也是，這樣才是鄭護現啊。」

學長輕輕地搖了搖頭，自顧自地停止對話，假裝沒看到我疑問的眼神。

我把手裡的桶子交給他。

之後我們兩人一句話都沒有說，沉默而迅速地搬走裝滿食物的桶子。結果事情就發生在糧食都搬到了電梯前，只要進電梯安全離開就可以的時候。

冷凍食品堆上突然有一袋包子掉下來了。凍得硬邦邦的包子先落在不鏽鋼板上，發出一陣響亮的撞擊聲，接著彈了起來，四處碰撞，然後咕嚕咕嚕滾出去，在寂靜的廚房內聲音特別宏亮，哐噹哐噹吵得耳朵都覺得痛。

我和學長都沒預料到會發生這種事，我們兩人四目交接。

「……」

原本在餐廳裡一瘸一拐走著的東西都停在原地，無意義響起的咳痰聲也戛然而止。不祥的寂靜，然後，下一瞬間……

「咯……咯……咯咔……」

許多感染者一起湧向出菜窗口。

有的沒了胳膊，有的頭型凹陷、腦漿外溢，有的眼球外露，更多的是四肢呈不合理狀態彎曲，各種面目全非的感染者全都擠在出菜窗口，貪婪地掙扎著想塞進來。

我把瑟瑟發抖的手向後伸，瘋狂地連續按壓電梯按鈕。該死的電梯紋風不動，要等它開門還要好一段時間，我不得不先尋找防禦武器，在周圍摸到什麼就拿什麼，但定睛一看，才發現手裡拿著圓圓的湯勺，瞬間感到一陣虛脫，學長噗一聲笑了。

「你拿這個要做什麼？要打爆他們的頭嗎？」

「現在不是開玩笑的時候啊！」

註釋①：玉筋魚露：用玉筋魚做的韓式魚露，適合拿來醃蘿蔔泡菜。

「拿去。」

學長突然拿出一把鋒利的大菜刀。

「如果那些傢伙向你撲來，就從下巴，像這樣插進去，直到插不進去為止。」

他在自己的脖子前比劃著。

「如果是活人，應該會很難用力，但是它們死了，肉都爛了，刀子很容易進去。不要猶豫，就插進去。」

我猶豫了一下，還是接過菜刀。

手感沉甸甸的，刀把上還有學長的餘溫，這反而更令我毛骨悚然。

有個人的胳膊被卡在出菜窗口內側，頭從中間的縫隙擠進來，發黑的臉以奇怪的角度扭曲地瞪著我。

因為有太多人在後面推來擠去，所以即便不得要領的掙扎，還是一點一點地進來了。從脖子、肩膀、上半身都進入廚房了，遲早會來到我們面前的。

叮！響徹雲霄的鈴聲，電梯門終於開了，我一把拉了裝滿食物的桶子就跑進去電梯，但是關門又得花同樣漫長的時間。

我不停瘋狂地按關門鈕，門還是大剌剌的敞開著，怎麼有這樣老舊的電梯啊？

「這該死的學校，住宿費收得那麼爽快，到底都用到哪裡去了啊！」

我又著急又憤怒，但學長並沒有跟進我進電梯，他似乎在找什麼。

「學長？」

他把地上的食用油拉了出來，那是裝在四方形大桶子裡的業務用大包裝食用油。他打開蓋子，猛力一擡，把裡面的東西嘩嘩地倒在地上。透明的油順著瓷磚縫一溜煙就蔓延開來，光滑的地面瞬間變得濕漉漉、油膩膩。

學長扔下空空的油桶向我伸出了手。

「鄭護現，打火機。」

隨身攜帶的香菸都抽完了，我的褲子口袋裡只有手機和打火機。我直覺把手伸進口袋。

「算了，不用。」

沒等我拿出來，他搖搖頭往另一邊走去。他到底想幹什麼？但我現在沒有心思去推測，因為一個體型較小的感染者用滾的，已經成功越過了窗口。

我只好又走出電梯，因為學長還在廚房裡，我不能丟下他一個人坐電梯逃命。

「啊！」那個東西像漫無目的似地往這邊跑，接著踩到地上的食用油，開始搖搖晃晃轉了起來。一般正常人都很難抓住重心，處於無理性狀態的東西更不可能。那個東西摔了個四腳朝天，在地上動彈不得，但這只是暫時的，它渾身沾滿了油，四肢掙扎著站了起來。

距離越來越近了，我握著菜刀的手不自覺更用力。

咔嗒、咔嗒，後面接二連三地傳來小小的聲響，但我還沒來得及注意，感染者已近在咫尺向我撲來，大大裂開的嘴看起來好像在笑，身上散發出一股惡臭。

「呃！」我驚險地閃開，學長剛才毫無保留倒光的食用油不知不覺已經蔓延到我的腳邊，我差一點就摔倒，好不容易才抓住重心站穩。

突然想起學長的話，把刀從下巴插進去。說得容易，但眼前就是張著嘴撲上去的敵人，我實在不敢，搞不好還沒刺就先被他咬了。要一個平凡大學生拿起刀，突然變成專業殺手，這未免也太違和了吧。

但更奇怪的是，學長怎麼知道該如何殺死感染者，他到底是怎麼知道的？難不成現在雕塑系還教學生殺殭屍的方法嗎？

「喝！」我牙一咬用力揮刀，感覺刀刃上沾了什麼軟爛黏糊糊的東西，那骯髒噁心的感覺無法用語言來形容。過了一會兒我才意識到自己做了什麼，渾身頓時起了雞皮疙瘩。

刀子從那個東西的頸部側面斜穿過去，那個東西胡亂掙扎，即使脖子上插著刀，也想盡辦法要咬我的胳膊。

「很好。」

學長突然走過來，毫不留情地踢了那東西一腳，拔出刀刃，隨即噴濺出黑色的血。學長又使勁踩踏在地板上滾動的感染者的脖子，傷口更大了，然後抓著那個東西的後頸拖著走。

學長走到一排裝設了八個營業用的大型瓦斯爐前，火力似乎已開到最大，紅紅的火勢熊熊燃燒。我現在好像知道了剛才聽到的嘎吱聲是什麼，下一秒讓我驚愕不已，學長抓起那個東西，把他的頭塞進熊熊烈火裡。

難以形容的怪聲接連響起，我好想捂住耳朵，腐肉燒焦的味道撲鼻而來，雜亂無章的頭髮碎化，嗆人的煙冒出來。

學長制服了瘋狂抵抗的感染者，面無表情地使勁按壓那個東西的後腦杓，手背上青筋凸起。不知何時，那個東西整張臉都著火了，由於被油浸透，火勢更猛烈。在火勢蔓延到自己手上之前，學長把那東西一扔，從後面靠近的其他東西因踩到油而滑倒，又絆到著了火的感染者，腐朽的肉體在潮濕的地面上扭動著，地獄就是這個樣子吧。

然而還有其他幸運躲過火苗的感染者繼續向我們撲來，數量太多，用一把菜刀不可能應付。

咔嗒咔嗒，後面傳來小小的聲音，電梯門正在關閉。

「學長，快走，快點。」

現在真的沒有時間耽擱了，我緊抓著他的手，一股腦的就往電梯狂奔。

哐！肩膀和後背猛撞在電梯內牆上，但根本就沒有時間感到疼痛。門還沒完全關上，縫隙中夾著一隻胳膊。

「給我滾開！」

我狠狠地踢了一腳，那隻胳膊輕易的脫臼了，骨頭外露的手指以奇異的角度蠕動，在空中漫無目的地抓撓。

學長撿起掉落在電梯地板上沾滿血的菜刀，插進那隻胳膊裡，然後像拿鑰匙開門一樣轉了半圈，咔嚓，肌肉和肉塊被撕裂了。

隨著一聲令人毛骨悚然的吶喊，那隻胳膊好不容易縮回去，電梯門緊緊關上。雖然聽到外面咚咚的敲打聲和恐怖的哭號，但隨著電梯下樓，聲音逐漸變弱、消失。

離開了廚房，四周像什麼都沒發生一樣寂靜，外面還下著雪，像鹽一樣的雪似乎變粗了。糧食要一次搬運相當重，我們決定先放在電梯前，能搬多少就搬多少，因為如果勉強拿太多，半路上又突然遭到襲擊就無法應對了。

短時間內被極度折磨的身體訴說著疲勞，好不容易挪動幾乎已無力的胳膊和腿，在回到安全的地方之前，絕不能掉以輕心。

我們環顧四周，小心翼翼地前進，所幸宿舍後面和出來的時候一樣沒有人跡。

走到宿舍後門，透過玻璃映出人的形體，我心裡一驚，不知道是不是感染者，但仔細一看，發現是在自修室裡的幾個人在門內朝我們揮手。

「你們辛苦了，一切都還好吧？」

我的樣子很驚人，額頭上的瀏海被汗水浸濕，衣服上濺著點點血跡，不管誰看了都知道我一點也不好，你們看到了居然還問我「一切還好嗎？」我不禁嗤之以鼻。

「你們怎麼到這裡來？剛才不是說死也不會出來的嗎？」

感覺自己被擺了一道，講話自然很酸。他們尷尬地笑了。

「你說的也太嚴重了。遇到這種狀況大家都很敏感，所以態度比較硬了一點。不好意思。」

「……」

「在你們兩位回來之前，我們一直都在這裡把風，雖然說抱歉也於事無補……但我們也想盡一點力。」

「危險的事叫我們去做，然後現在才出來擺擺樣子迎接我們，老實說還真讓我受寵若驚啊。」

「怎麼這麼說呢？下一次就排定順序，輪流出去。你這次已經出去過了，下次就跳過。總之真的很抱歉，大家都覺得很不好意思。」

那人字字句句說得頭頭是道，看來除非我們接受道歉，不然他是不會放棄的。

我輕輕地嘆了口氣，一直拿著沉甸甸的桶子，手臂開始痛了，不進去耗在這裡又有什麼用呢？看大家耗著，學長似乎不耐煩，放下手中的東西轉身。

「我去拿其他東西。」

看他輕快轉身的背影心裡忍不住埋怨，麻煩都交給我是吧？隨心所欲對人們亂說一通，把氣氛搞僵之後再由我善後。我深深感受到弱者的悲哀。

「啊，對了，這些接下來交給我們，應該很重吧，你們只要拿到門口，我們再接力搬進去。」

站在門內的其中一人接過桶子，消失在走廊，我僵硬的手臂瞬間變得輕鬆，雖然還有一些要拿過來，但感覺總算是活過來了。

「那個……」有人叫我，聲音比剛才還要低一點，像是要說什麼祕密似的：「如果你想加入我們，就自己進來。」

「什麼？」

我一時沒聽懂，站在原地反問，我無法立即理解對方的意思。

他看了一下四周，確認學長還沒回來，小心翼翼地悄聲說道：「別管那個人，你自己加入我們就好。因為你是多彬認識的學長，所以我們可以信任並接受你，但是另一位實在不行。」

「你說什麼？」

我覺得荒唐又好笑，他似乎不解我的反應，更積極的遊說。

「你應該也知道，只要和那個人在一起，不管遇到誰都不會受歡迎。他那個樣子誰敢接受啊，只要不被罵被砍，就謝天謝地了。」

「……」

說實話，我無法說我完全不同意他的話，特別是被罵、被砍這種話，內心不由自主地拍手稱是，我想把那句話原封不動地告訴學長，但我知道生命很寶貴，所以不會那樣做。

但說句題外話，現在好像趁當事人不在場，在背後說人閒話似的，真是令人咋舌。剛才在學長面前明明就龜縮成一團，連一句話都說不出來的人，現在居然跟我說這些話。

「不管你想當好人、愛管閒事，但現在這種狀況，你還想包庇那個人，然後被大家排斥嗎？」

「你現在提出的建議，和其他人討論過嗎？你是代表大家傳達意見嗎？」

他沒有回答，只是定定的看著我，算是默認了。

我一下子洩了氣，下一秒，一股熱氣湧上心頭，我緊握拳頭，努力抑制怒氣平靜地說：「意思是大家都贊成，為了生存而驅逐一個人。」

「要切割就盡快切割，雖然不知道你們倆是什麼關係，但是在這個情況下還是為自己著想，別管他了。」

如果我只為自己著想，大可甩了那個大麻煩；但是有用處就帶在身邊，大家不喜歡就不管他死活，還不惜背叛他，我不想那樣做。

在各種災難事故中，有無數人為了救他人性命而努力，甚至犧牲生命。例如在火災現場、在海嘯掃過的廢墟中、在沉船和墜毀的飛機中、在倒塌的建築物中，總有人甘冒生命危險幫助別人，卻不會計較利害或好壞。

我雖然不如他們那麼厲害、有能力，但至少我不會想要犧牲別人的生命來讓自己活命。即使不能救出所有被困在這裡的倖存者，但至少盡力幫助眼前的人，我一直相信這是理所當然，也是正確的事，直到現在聽見眼前這個人說的話。

其實他的話也不是沒有道理，跟在學長身邊並非好選擇，跟一個性格分裂充滿謎題的人一起行動，不如加入其他群體可能還比較有利。大家分工負責偵察和守夜，可以分散風險。只要配合別人的意見，規規矩矩地過，至少也可以維持中庸。

但是……我一點都沒有那樣的想法，看樣子我並非徹頭徹尾甘於平凡的命運。

「你的話還真有意思。什麼叫不要管了，又不是丟垃圾。啊，對了，話說這裡也有垃圾啊，無法回收利用的人類垃圾都堆積如山了。」

「哈，真是讓人不知道該說些什麼。喂，你是不是沒搞清楚狀況，你要繼續跟著他，等將來後悔了再來哭著求我們收留你可就沒用嘍。你有信心不會後悔嗎？」

如果是剛認識學長不久的我，或許會和他們有一樣的想法。但是經過這段時間的相處，在他粗暴、不正常的言行之間，又聽到他那些無意間說出的話，讓我對他的想法有些不一樣。

他伸出手急切地想從我這裡得到一個承諾，承諾我不會輕易死去，不會讓他一個人活著。他改變自己「死了也無所謂」的輕率態度，笑著說「希望活著」，而這都僅是因為我先牽起了他的手。

我還是覺得他讓人感覺很彆扭，讓人害怕又覺得不自在，偶爾還有點煩。但是我並不討厭他。是啊，不討厭，只要有這個理由就很明確了。我的心裡很清楚。

「是的，我不會後悔，所以就不勞你擔心了。」

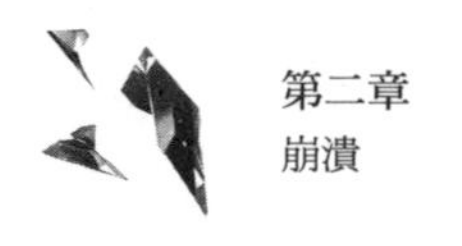

本來不想沒事站出來製造矛盾，本來想乖乖地隱藏在人群中，然後安全逃脫，但不知道怎麼會變成這樣。

我咧嘴笑了，不，本來不想笑的，但無法控制自己的表情，嘴型不知不覺便扭曲了。

「那你就閃開點吧。」

話音剛落，就被一股蠻勁推開了。我搖搖晃晃地向後退，好不容易才抓住了重心站穩，眼前的玻璃門已緊閉，那人在裡頭上了鎖。

「很抱歉，我們也要活下去。剛才叫你一個人進來你不進來，現在也只能這樣了。」

我拉了一下把手，門只是輕輕晃動，並沒有打開。我的眼睛一下子失焦，本能的因憤怒而變臉，玻璃門內的人看到我的表情嚇了一跳，拿著學長和我拚死拿來的糧食往後退。

「喂！你們這些傢伙！」我咬著牙，用拳頭猛砸玻璃門，仍無法發洩心中怒火，我不管會不會受傷，拚了命地連連搥打。

碰！碰！碰！門只發出笨重的聲音卻一點也沒動靜。

「就為了那些食物而拋棄別人？你們還是人嗎？你們用這種骯髒齷齪的手段維持生命，你們還算是人嗎！」

我擡起腳踢門，整扇玻璃門劇烈晃動，岌岌可危。

「可惡，你們比餐廳裡那些東西還噁心。」

我一股就要把門踢開的氣勢，裡面的人一陣議論紛紛，然後有人不知從哪裡拿了鏈子來，材質就跟綁在餐廳大門上的一樣。為了不讓學長和我進來，把門上鎖還不夠，現在還要綁鏈子！人被貪慾蒙蔽了雙眼，就會變得如此醜陋。

他們把鏈子緊緊地纏在門的把手上，我感覺到有一股「不管你們在外面是死是活，只要我們安全就好」的強烈意志。

「馬的，如果我死了，變成殭屍，我第一個就先去找你們，殺了你們！」

我氣得拚命敲打面前的玻璃門，隔著一片玻璃裡面的人露出驚恐的表情，但隨即逃避我的視線，更迅速地纏鏈子。

好久沒這麼生氣了。在我這不算太長的人生中，情緒似乎沒什麼大起伏。一般與人產生矛盾時，就算會輸給對方我也還是笑嘻嘻地就算了。不管什麼事，只要不費力、不會給我添麻煩，圓滿的解決最好。

「學弟，我不是叫你不要隨便說什麼死不死的嗎？」

從我身後伸出一隻手包住我搥到瘀血的拳頭，那一句話使我恢復了理智，被染成紅色的視野逐漸消失，我看到學長的臉。

剛才分明說要去拿放在電梯前的糧食，可是他卻兩手空空的回來，而且還有點喘的樣子，難道是急忙跑過來的嗎？

「……學長。」

「我有話要告訴你，可是剛才學弟太激動，我一時被迷住就忘了。」

「太激動？我嗎？」

「你真他馬的太可愛了，剛才在吵架的過程中那樣子太迷人，讓我深深著迷，於是只好先跑過來了。」

他這段話沒頭沒尾的讓人根本不知該回應什麼，讓我忘了自己剛才還氣得翻白眼直跺腳。

學長又摸著我的手說道：「那裡，我沒關瓦斯就出來了。」

我呆呆地轉過頭，裡面的人還充滿警戒心注視著我們，而在他們後面，餐廳看起來很小，突然我看到玻璃上好像映出了一團紅光。

叮鈴鈴鈴！火災警報聲震耳欲聾，響徹整棟建築。

「怎、怎麼回事？」

「是警報聲。」

「怎麼會突然響了？」

當所有人都驚慌失措僵在原地時，自動灑水器啟動了，從天花板傾瀉出霧狀的水柱。

「啊……不行。」我不由自主地喃喃自語。

一般火災，灑水後不久就會熄滅，但是食用油引起的火勢反而會……

我還沒想到最後，砰！裡面傳來爆炸聲，整個餐廳的門都震碎了。濃密的黑煙、火焰滾滾竄出，用來擋門的鏈條和路障都成了無用之物。

宿舍一樓變成了慘不忍睹的災難現場，被火舌包圍的感染者湧向大廳，全身被燒得像竹炭一樣黑漆漆的，身上的膿水稀哩嘩啦地流淌，走廊裡煙霧瀰漫。

而門內的人急著找地方避難，有人跑過來瘋狂地想解開纏在門上的鏈子，大廳變成那個樣子，無法從正門出去，只能走後門。但是他們自己緊緊纏上的鏈子沒那麼容易解開，再加上心急，手忙腳亂反而更打不開，只能劇烈地搖晃著門。

門內的人被煙嗆得喘不過氣來，而走出餐廳的東西越來越多，四處傳來悽慘地吶喊，死者和活人不分，淒厲的慘叫聲穿透了玻璃門。

「啊！啊！啊！」

裡面火焰和熱氣瀰漫，外頭則是寒風凜冽下著大雪。僅隔著一道門和牆，形成了鮮明的對比，三流的災難電影也不會有如此狗血的畫面。

「走。」

學長一把拉住我的手，這時逐漸變強的風雪掠過我們的臉頰，我糊裡糊塗的被他拉著跑了起來，根本沒心思問要去哪裡。

穿過開始積雪的校園，學長沒有走人行步道，反而偏偏越過欄杆、踩草坪或走狹窄的小路，或許因為這樣，我們在校園裡並未遇到其他殭屍，就算遠遠地看到了，也能在它們發現我們之前逃跑。一路上我完全無法思考，只能緊緊握著學長的手，奔跑過程中一直魂不守舍，似乎把所有的想法都留在燃燒的宿舍裡，腦子裡一片空白。

直到離宿舍很遠之後才回頭看，正門上的聖誕樹裝飾看起來很小，黑煙團團升起，在陰沉的冬日天空蔓延開來。

我們抵達中央圖書館一樓咖啡廳的戶外露臺，這裡擺放了許多圓桌和椅子，這是為了讓學生在用功之餘可以喝杯咖啡喘口氣，如果館內自修室沒有位置，也可以在這裡打開電腦和學習。

當然，現在露臺上沒有人，只有乾枯的行道樹葉子掉落在冷冷清清的桌子上，上面積了一層薄薄的雪。

咖啡廳內部則是一片漆黑，學長看了一會兒，直接越過露臺上的金屬欄杆進入。

他不慌不忙穩穩地拿起椅子，哐！哐！用椅腳砸碎大門玻璃，砸出一個約莫人的腦袋大小的洞，學長把手伸進裡面解鎖，緊閉的咖啡廳大門輕鬆地打開了。真是令人無語。

「進來。」他微微擺頭示意。

打破玻璃開鎖這種事本來就這麼簡單嗎？就算是小偷闖空門也不敢那麼大膽啊，但我就像被迷惑一樣跟著進去。

咖啡廳內部同樣荒涼，陳列架上只堆積了灰塵，本來應該有糖漿或各種粉末容器的櫃檯後面，像被暴風席捲過一樣亂七八糟，檯面空蕩蕩的。

沒有照明、沒有暖氣，咖啡廳裡一片陰沉。我們靜靜站在那裡好一段時間，陣陣寒氣吹來，不禁瑟縮起身子。

「那些人，都死了嗎？」過了好一會兒我才勉強開口。

「應該死了吧。除非運氣特別不好。」

「學長……你是不是早就知道會變成這樣？」

我提出從以前開始就不停縈繞在腦中的疑問，雖然明知道是不可能的，但還是忍不住問了。

「之前學長就說過，說那些人反正都會死。」

「也沒什麼，只是看到他們那副德性就知道，那種傢伙活不了多久。」

「你說過即使其他人都死了，也要我繼續活下去。這話又是什麼意思？」

「就是那個意思。」

「對學長來說我一點用處也沒有，只會給你添麻煩不是嗎？就像他們一樣。可是你為什麼非要救我不可。如果看我不順眼，你大可不管我死活啊。」

「你現在還是很討厭我，知道原因會更厭惡的。」

又是像往常一樣讓人摸不著頭腦的話，胸口好像被堵住般悶悶的，我咬著牙，雖然想忍，但這回無論如何也忍不住了。

「我聽不懂你到底是什麼意思！我就像學長說的，是個傻頭傻腦的傢伙，我聽不懂，所以拜託你解釋一下。你說我討厭你？不對，應該是學長不喜歡我。從一開始就是，你不是想殺了我嘛！」

「……」

「我一點都聽不懂你在說什麼，完全沒有頭緒，包括學長在內遇到的每個人都說我做得不對，我要瘋了、要瘋了……」

因為憤怒，我的聲音微微顫抖，因為衝動，想到什麼就說什麼，全都吐出之後我緊閉眼睛用手搓了搓臉。

前輩始終沒有說話，只是低垂雙眼，沉浸在思考之中。

我撲通撲通跳動的心臟逐漸變冷沉了下去，還是不要期待可以從他那裡得到答案比較好。是啊，學長哪時候是個可以正常好好對話的人呢？如果是的話，也不會從第一次見面開始就對我不分青紅皂白的說那些話。

我們再次陷入不安定的沉默。

我的頭靠在牆上，凝視著天空，在寒冷的空氣裡看到飄浮的灰塵，透過窗戶穿透進來的光暈裡也有，手搆不到的櫃檯上也有。感覺失魂落魄又無力，突然覺得應該道歉。

「對不起。」

我能感覺到學長正看著我的側臉，脖子發涼。

「費盡千辛萬苦才找到吃的，結果一半被搶走，一半被迫扔了。」

「是因為我放火，那些食物才會報銷啊。」

還以為學長會指責我為什麼腦子轉得這麼慢，沒想到他很淡定地回答。

我想起剛才在門內的人說過的話，說我要是護著學長，最後連自己都會小命不保，現在我們真的要餓死了。但是，即使時間倒流，無論再給我幾次選擇，我也不會改變決定。

「學長，我很搞笑吧。在這種情況下，還在擔心吃的東西。」

我縮著脖子，露出乾澀的苦笑。

「一點都不會，你剛才在餐廳拿著湯勺一副彷彿失去國家的表情時，說實話非常好笑，但現在不會。」

「啊，是嗎？好吧。」

突然覺得全身都洩了氣，沉浸在憂鬱中的我像傻瓜一樣。

「拿去。」

學長從口袋裡突然拿出個東西，是蘋果。記得在廚房裡曾拿了冰箱裡的幾顆蘋果，那大概是在晚上當作飯後甜點用的吧，但是裝蘋果的桶子應該放在電梯前，他到底是什麼時候拿來的？

「來的路上撿的。」

「撿的？」

「剛才我去了電梯那裡，在返回途中想起了你，你不是喜歡蘋果嘛？」

他微微歪了一下頭，催促我收下，我一時失了魂，猶豫了一下接了過來。是顆又紅又圓、沒有蟲蛀或撞傷的漂亮蘋果。

「學長。」

突然想起了一件事情，我急急忙忙翻找口袋，指尖碰到了最近幾天沒有用到，塞在口袋深處的打火機，還有旁邊的東西。

「這個。」

是二根手指頭大小的迷你巧克力棒，放在口袋裡忘了，包裝被壓擠得有點皺巴巴，但裡面的東西應該完好無損。

這是在自修室裡分配到的糧食，有人在休息室沙發後面牆壁角落找到，不知是多久前有人買了好幾袋迷你巧克力棒，結果不小心掉到沙發後面，都沾滿了灰塵。

「你怎麼沒吃。」

「想說以防萬一就先放著了，當時就覺得氣氛怪怪的啊。」

從察覺到情況發生微妙變化的時候開始，我就偷偷地揣著巧克力棒。因為照當時的情況推測，很有可能會減少給我們的食物，甚至不給。只是沒想到居然是把我們推出去找吃的，果然醜惡的現實總是超出想像。

「其實我本來就不愛吃巧克力。」

「……」

「學長該不會也不喜歡吃吧？」

他輕輕地搖了搖頭，接過巧克力棒。我拿在手上的巧克力棒已經很小了，但放在學長的大手上顯得更小。現在我擁有蘋果，他擁有兩個小巧克力棒。

這就是我們所擁有的一切。冒著生命危險翻找廚房，從起火的建築後逃跑，最後剩下的就只有這些，真是令人心痛，比起因為一氣之下砸玻璃門而流血瘀傷的手更難受。

「哈哈。」

我突然像嘆氣一樣笑了起來，蜷曲著把頭埋在膝蓋裡笑了。笑容不但沒有收斂，反而變得更大，肩膀胡亂地抖動起來，我知道這樣看起來很奇怪，但是無法控制。

像發作一樣咯咯笑得喘不過氣來。下顎顫抖是因為笑還是因為其他原因不得而知。笑到後來我強忍住，輕輕地咬住嘴唇。

「是啊。」

擡起頭來，喉嚨乾澀，發出難聽的聲音。因為眼眶裡含著淚水，學長的臉顯得模糊不清。

「可是我記得我沒對學長說過我喜歡蘋果。」

「……你不喜歡？」

學長停頓了一下，提出了個有點莫名其妙的問題。雖然是很不合理的想法，但是他看起來有點不高興。

「不是。」

不經意的一笑，滿滿的淚水順著臉頰流了下來，這時視野才變得清晰一些。

「我喜歡。」

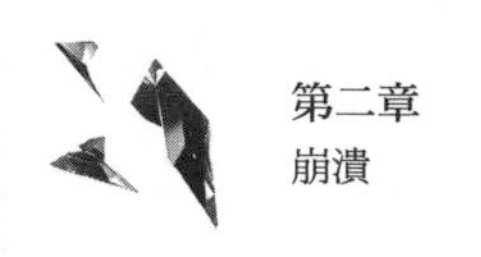

微弱的光把他的頭髮照得冰冰涼涼的，眼睛出現了淡藍色的陰影。四周靜悄悄的，靜到能清晰地聽到彼此的呼吸聲。

學長捧著我的臉頰，因為他的手大，不僅是臉頰，我的下巴、耳朵也全都被他的大手包住。看著他的臉漸漸靠近，填滿了視野，我愣住了，接著碰觸到他溫暖的嘴唇。他微微扭了一下頭，我的下唇被輕輕含住，又慢慢地脫落，我一直神魂顛倒的。

「……」

我們在一片廢墟般的寂靜中四目相交，學長好像在等我的反應一樣，眼睛直愣愣地看著我。視線所及之處，感覺都變得非常敏感。

他用大拇指輕輕地拂過我的下唇，嘴唇因剛才不像吻的吻而有些濕潤。他用拇指輕輕按壓唇中間，接著手指輕輕地往上推，我的嘴微張。我什麼都做不了，只是任由他撫摸。

學長吸了一口氣，我憑直覺就知道接下來會發生什麼事。下一瞬間，他用撫摸我嘴唇的手捧住我的後腦杓，舌頭伸入我無力張開的嘴唇裡。

他溫熱、柔軟、濕潤的舌頭在我口內輕輕翻攪，耳邊傳來了偌大的風聲，窗外凜冽的寒風不可能吹到這裡，應該是我的呼吸聲。

「嗯……」

急急忙忙地把空氣吞了下去，他連這短暫瞬間也沒忍住，再次撲了上來。我的舌頭被纏住，被拉走，好像要被吃掉一樣。門牙磕了幾下，不知從何時起，嘴唇邊緣開始刺痛。

最後我上半身不支往後倒下，癱倒在地。

學長好像等了很久似的，騎到我身上，我張開的兩腿之間承載著沉沉的體重，急促的呼吸交織在一起。衣角窸窸窣窣的聲響太明顯了。

我的大腿被深深地卡了什麼東西似的，硬邦邦的。胸廓隨著呼吸膨脹，腰部和腹部肌肉因緊張而緊繃。因為我們的身體緊密貼合，所以能感受到每一個小小的變化，而每一個變化都讓我像打寒顫一樣敏感地抽搐。

我不由自主地抓住了他的肩膀，手背上骨節突出，使勁拚命地攬著，這是要繼續還是停止，我自己也不知道，他支撐我後腦杓的手也不斷用力。

舌頭一頂感覺上顎磨破了，撥開敏感而脆弱的表皮，吮吸著嘴唇，我呼呼的喘息聲全被他吞沒，完全六神無主只能不知所措的隨著他的節奏，但我心裡知道這樣下去可不行。

抓住他肩膀的手瞬間用力，用力反推，雖然不知道是故意沒有抵抗還是大意了，但學長的身體毫無防備地被我推開，一個轉身，這次換他被我壓在下面，為了不讓他起來，我乾脆坐在他腰上用力把嘴唇分開。

「呼——呼——」

我一邊調整呼吸，一邊用手背擦抹濕漉漉的嘴唇，手背上沾了淡淡的血，果然嘴唇都裂開了。

「學長，等一下。」我發出深沉又乾啞的聲音。

由上往下看學長又是另一種感覺，烏黑的瀏海蓬亂，露出了額頭，因發熱而顯得無力的眼神卻給人神妙的迷蒙感。

他似乎沒聽到我的呼喊，像著了魔似的伸出了手，抓住我的後頸粗魯地拉近他。我撐著地的胳膊冷不防一下無力彎曲，無可奈何地倒在他的胸口，正要張嘴說話時，嘴又被堵住了。

我們像野獸一樣，像沒有明天的人一樣交織在一起。一切都只是衝動而已，急促的用手互相拉住對方，互相壓住對方，翻來覆去地在冰冷的地板上打滾。

學長這回把嘴唇湊到我的耳邊，他輕輕地咬了一下耳垂，然後又用舌頭輕輕地揉了揉我的耳朵。面對突如其來的刺激，身體反應非常誠實而敏感。

「啊！」我不禁發出呻吟，咬緊牙把頭一仰。

學長停止動作俯視著我，空氣中只有他和我粗重的喘息聲填滿了。他輕輕地掐住我的脖子，長長的手指緊密地包覆著我的脖子，雖然幾乎沒有用力，但足以構成威脅，我的頸動脈在他的手掌下快速跳動。

我漸漸喘不過氣來，血聚集在一起，臉頰發熱，不用照鏡子也知道，現在兩頰應該都通紅了。不只是我，學長那油光發亮的嘴唇也變得紅潤起來。即使在暈頭轉向的情況下，還是吸引了我的視線。

學長一邊調整混亂的呼吸，不帶任何表情的看著我，好像在糾結著手到底要不要用力，難道是我的錯覺嗎？他的頭向我傾斜，陰影籠罩在我上方，掐住脖子的手沒有鬆開，然後再次親吻我。不同於剛才那樣激烈，這回卻是小心翼翼。

緊咬的嘴唇鬆開，重新接受了他的唇，而我的日常也徹底崩潰了。

CHAPTER 3 ▽ 目標（上）

我在睡夢中翻了個身，蓋在身上的東西沙沙作響。

一股陌生的香氣撲面而來，這才有點清醒過來。

我蓋的是什麼？懶洋洋地睜開了眼睛，身上蓋著一件大大的黑色外套，是學長的外套。

「學長？」無意中叫出口，我自己也嚇了一跳。嗓子啞得厲害，瞬間還以為不是我的聲音，就像吞下一大碗石頭似的。

我坐了起來，但光這微小的動作就讓我像被揍過一樣渾身痠痛，我不自覺的咬緊牙，勉強轉動像石頭一樣沉重的頭環顧四周，沒看到學長。

他常常這樣，只留下一句話說要去觀察周圍，然後就消失了，沒多久又冷不防地回來，還突然拿出路上撿到的物品。也許這次也是這樣吧。

我這時才清醒一點，有精神仔細觀察周圍。

一張長桌和五、六把帶輪子的椅子勉強塞進這個小房間，一邊的牆壁上掛了大投影幕，雪白的日光燈刺眼。

這是中央圖書館裡的一個小型學習室，通常是學生們做小組報告或社團活動時會借用的。因為房間不大，所以椅子都擠在角落，中間空出大概只容一、兩個人能躺下的空間，不過比起寒氣騰騰的咖啡廳，這裡好多了。

我一直一個人躺在學習室的地板上睡覺，我是在什麼時候睡著的？我記得自己坐在漆黑又冰冷的咖啡廳裡。因為從宿舍跑出來時一路都在下雪，所以衣服和頭髮上到處都沾了雪。雪融化成水，身體變涼了。

因為發冷，身體總是瑟瑟發抖，但我不知道自己在發抖。

後來學長好像說要去別的地方，往目前還有暖氣的圖書館裡走。我幾乎是掛在他胳膊上，搖搖晃晃地爬樓梯上樓，然後……

「呃……」

我不能再繼續想下去了。頭一陣刺痛，我扶著額低下了頭，額頭和瀏海被冷汗浸濕。

口好渴，這才想到，已經很久滴水未進了，最後一次喝水是在走出宿舍自修室之前。在意識到的瞬間口渴變得更嚴重，上顎和食道都乾巴巴的。

「咳咳！咳咳！」

我忍不住乾咳，喉嚨痛得像要裂開似的，迫切想灌入冰涼清澈的水。雖然不知道學長去哪兒了，也不知道為什麼會蓋著他的衣服，但我想應該先弄點水來。要多弄一點，等學長回來也可以喝，一直躺著呆呆地等著不知道何時會回來的他有點心虛。

我把他的外套放在桌子上站了起來，眼前剎時一片黑，然後又消失，只覺得天花板和牆壁都在旋轉。

「呃，啊——」

帶著不穩定的呼吸打開了門，中央圖書館二樓有好幾間學習室，都是同樣規格的小房間，在門上掛著數字號碼牌排列著，我忽然在對面看到了國外資料室的標誌牌。

我想到每一層樓應該都有設置飲水機，就在前面，來回花不了多少時間。我走過安靜的走廊，地上鋪著地毯，走路沒有腳步聲。

放在圖書檢索用電腦前的椅子隨意亂放，牆邊的公用影印機裡，提示省電模式的紅色燈光閃爍。原本經常聚集學生的場所變得如此空，感覺很奇妙。

我小心翼翼地走著，與明亮得耀眼的學習室不同，走廊的燈是關著的，但即使如此，由於房間內的燈光透了出來，所以也並不是非常暗。

從這裡前進再拐個彎就能看到飲水機，這時……

「不是，為什麼這樣，又不是不認識。」

「大叔，你老糊塗了嗎？」

我直覺不對勁，反射性地屏住呼吸緊貼牆壁。

「呃……拜託。」

「我管你拜東還拜西，誰叫你要隨便偷東西吃。」

聲音從很遠的地方傳來，聽起來應該不會馬上發現我的存在。現在要先了解是什麼狀況，我從牆角偷偷探出頭看，洗手間前聚集了好幾個人，洗手間的燈光和綠色的緊急出口照明燈照射下讓他們的模樣顯得淒涼，他們確實不是殭屍，因為會用凶狠的語調威脅對方。

「啊，馬的，真是討厭。」

有人踢了一腳，蜷縮在地上顫抖的人吐著呻吟翻滾，我看到熟悉的褐色工作服，那是在學校工作的清潔人員穿的制服。

「喂，你有沒有良心啊，在這種狀況下，還想仗著年紀大，搶年輕學生的糧食嗎？」

「那是因為肚子太餓了啊。」

「那不關我們的事，大叔你自己要想辦法啊。」

地上那個人看起來大概六十多歲，被體格健壯的年輕人團團圍住，顯得更加矮小。

「還敢頂嘴，大叔你的薪水可是來自於我們的學費啊。你是不是誤會了，你以為連吃的也要我們負責嗎？」

「抱歉啦，同學，我真的很抱歉。一個就好，我吃一個就好，可以嗎？嗯？」

那人連尊嚴什麼都不管了，蜷縮在地上求情，他旁邊好像有什麼東西掉在地上，仔細一看，是能量棒，塑膠外包裝光亮亮的。

大叔又再次被無情地踢了一腳，剛好踢中側腰，連慘叫聲都喊不出來，只是不停抽搐，但他仍伸長了手，想盡辦法去拿能量棒。

「哇，這個大叔還真是夠了。」

「什麼事都做得出來啊。」

「呃，啊！」

暴力逐漸加大了強度，年輕學生似乎無法控制，隨意踩踏、狂踢蜷縮在地上的大叔胸口，還有人拿棒球棒連續狠打他的頭部。

身穿制服的男子再也沒有動彈，停留在拚命掙扎的姿勢。

我一時無法理解剛才看到了什麼，矇矓的意識漸漸變得敏銳，緊握著拳頭用力，連指甲都扎到手掌了。

那男子不動了，但其他人也沒有馬上停下來，又過了一會兒暴力才終於停止了。

「什麼啊？掛了？掛了嗎？」

「齁！」

「瘋子，你不會下手輕一點喔？上次不是才弄死了一個清潔阿姨嘛。」

「管他，如果這次放了他，誰知道還會在哪裡又出現，麻煩啦，還不如一了百了。」

「這個大叔應該要心存感謝啊，在變成殭屍之前能夠死得像個人。」

「哈，這是給他安樂死了。」

「總之人比殭屍更瘋狂。」

「為什麼？」

「至少殭屍不會偷吃糧食啊，也不會說些有的沒的胡言亂語。」

「說的也是，靠，沒想到你還有點頭腦。」

我靠在牆上，一動也不敢動地聽著他們低俗的喧嘩，那個倒在地上的男人一直出現在腦海裡，我咬著牙，一股熱氣已經湧上到氣管了。

強壓住氣憤的情緒，我悄悄地轉過身，在被他們發現之前應該趕快離開。

但這時突然感到頭暈，眼前一片模糊，腳步踉蹌了一下，啪嗒，鞋底敲擊牆面，不遠處嘰嘰咕咕的聲音一下子停止了。

「誰啊？」

我頓時清醒了過來，脖子後面延著背脊到腰像冰水流過一樣瞬間冷卻。

轉角那邊傳來咯噔咯噔的腳步聲。

我迅速掃視了一下，要重新回到資料室和學習室那裡嗎？但是那裡是封閉空間，只要他們封鎖入口仔細搜查，我很快就會被發現。

經由樓梯去其他樓層也不可能，安全出口就在他們的背後，走廊的另一端也有樓梯，但要想走到那裡，必須經過完全沒有遮蔽物的走廊。

在極短的時間裡，我的腦中各種想法來回不停的轉，幾個假設很快建立又迅速瓦解。而在同時，他們為了尋找我，正一步一步靠近。

我的心臟跳得太厲害，感覺要吐了。

「之前不是都解決了，怎麼還有人留下呢？」

看不見的對手吃吃地笑了，我靜靜地咬緊牙，既然這樣，應該正面交鋒嗎？我可以堅持多久？難道我也會變得像躺在地上那個男子一樣嗎？

牆角處浮現一個人影，看得出來他一隻手拿著球棒。就在他們剛要拐過轉角出來的瞬間，所有照明燈同時關閉，四周頓時籠罩在黑暗中，什麼也看不見。

「搞什麼？」

「馬的，停電了嗎？」

眼前突然變得一片漆黑，他們驚慌失措，我也沒有預料到會這樣，是因為外面的雪導致停電，還是繼電話和網路之後，如今連電力供應也中斷了呢？

沒有時間想了，不管如何，這對我是個機會，我反射性地在四周輕輕揮動手，發現我站的位置旁邊有一個垃圾桶。是一個常見的垃圾桶，裡面裝著黑色的垃圾袋，大概到我的腰部，是個大型的藍色垃圾桶。

馬上就能感覺到指尖沙沙作響的觸感。我猛然推倒垃圾桶，哐噹！哐噹！垃圾桶在走廊亂滾，裡面的東西嘩啦啦都滾了出來。

「啊！」

哐！光聽就覺得疼，好像對方有人被垃圾桶絆倒了。我本來只是想用垃圾桶暫時阻擋一下他們，沒想到居然得到意外的效果。

「馬的，是哪個傢伙？」

黑暗對每個人都是公平的，他們和我一樣，都看不見眼前。既然如此，值得一試，至少比什麼都不做，靜靜地待著被抓住要好。

我伸出手臂扶著牆，只集中感覺於指尖，朝向走廊的另一邊迅速走去。背後傳來了令人憎惡的辱罵聲，以及追逐而來的好幾對腳步聲。

牆的盡頭有冰冷的金屬感，是通往安全逃生樓梯的大門，我發瘋似地摸索著門。

「在哪裡？」

「不管是誰都要抓到絕對不能放過。」

聽著唧唧咕咕的說話聲，我心裡著急，再晚一點就會被抓住。哆哆嗦嗦的手一抓住把手，就猛地打開跑進去。

「喂，那個傢伙往樓梯間跑了！」

拋開他們的吶喊，沉重的門關上了。

因為衝破黑暗盲目地撲上前去，所以肋骨被門重重的撞到。

「呃——」

一瞬間喘不過氣來，不由自主地發出了呻吟聲。現在沒辦法察看，但是之後掀開衣服，應該會發現大片瘀青吧。

我倚著欄杆爬上樓梯，眼睛慢慢適應了黑暗。樓梯和欄杆的輪廓隱約可見，爬到一半時，下面的門打開了。

「啊，瘋子，不要踩我！」

「誰呀？誰推我？」

「煩死了。」

蜂擁而擠進來的人們各自嘟囔著，他們就在幾公尺遠的地方，我的背脊發涼。我直直往樓上的走廊走去，用全身的力量把門推開。四周亮光的時候另當別論，但是現在的話，比起盲目地展開追擊戰，安靜地藏起來更有利。

走進來時，日光燈突然閃爍了幾下，燈亮了。突然有了亮光，我不自覺的皺起眉頭瞇起眼，接著映入眼簾的是原本看起來漆黑的室內情景。

這是中央圖書館三樓，有「屍體區」稱號的空間，這當然不是正式名稱，只是學生之間這樣戲稱。理由很簡單，三樓角落有很多沙發，本來是為了讓學生們舒服地坐著看書，但是學生們卻把沙發用途發揮到淋漓盡致。到三樓常可以看到每個沙發都有戴著耳機，閉著眼睛四肢隨意伸展像死了一樣的人，因此被稱為屍體區。

然而現在這個屍體區真的有屍體。

到處亂堆著軟癱的肉身，就像扔在垃圾處理場的垃圾一樣，有的一看就知道是學生，也有看起來不像學生的人，混雜在一起。一個穿著和剛才那個男人一樣制服的中年婦女映入眼簾，還有幾個

人脖子上掛著教職員證。

「呃——呃——」

其中還有活著的人，似乎沒有意識，只是輕聲呻吟，彷彿馬上就要窒息了。

我呆呆地看著。

他的下半身附著殭屍，正抓著腿專心享用，紅通通的肉塊都吃光了，露出脛骨，嘎吱嘎吱地響起了門牙啃咬骨頭的聲音。

「嘔——」眼前一陣天旋地轉，作嘔的感覺湧上來，我急忙捂住嘴，但為時已晚。那個東西感覺到我的動靜，慢慢地站了起來，嘴角沾滿了紅色的血，如死魚般的眼珠子骨碌碌地，朝我走來。

我轉身拔腿就跑，跑進成排的書架中，厚厚的地毯吸收了腳步聲，我順手把身後書架上的書推下去，那個東西聽到書嘩啦啦掉下來的聲音，蹣跚地走到那裡，踩著堆積如山的精裝版專業書籍，跌跌撞撞。

我捂住鼻子和嘴，摒住呼吸藏在角落，因為頭暈，連站直都很吃力。好不容易稍微清醒一點，我看見那個東西在書架之間走來走去，即使肩膀關節脫臼，腿部碎裂，它仍堅持不懈地走動，用嗅覺和聽覺代替遲鈍的視覺來尋找。

我努力讓自己粗重的呼吸平靜下來，咬著嘴唇，心裡慢慢數著數字。距離越來越近了，腐爛的屍體散發出一股惡臭，眼看就要被它發現的瞬間，門突然開了。

「那傢伙明明就往這裡跑了。」

那些人大步地走進來，他們很快發現了在書架附近徘徊的殭屍。

「搞什麼，是這傢伙嗎？我還以為是誰咧，靠！」

拿著棒球棒的人不問青紅皂白就往那個東西頭上砸，其他人在一旁像看好戲似的。只有一個殭屍，但他們至少五個人。

單方面的攻擊仍在繼續，

最後，有人舉起了一把隨身攜帶的瑞士刀，連連刺向殭屍的脖子後結束屠殺。

「把屍體扔到外面去，如果一直放在這裡，殭屍就會一直來。」

「誰要把屍體拖到外面去？誰啊？你嗎？」

「一開始下手就要乾淨俐落，它們不吃死人啊。」

「看來這些殭屍胃口很高級啊。」

他們聊著沒營養的話題，漸漸走遠了。

我等他們走了好一陣子之後才行動，全身都僵硬了。我慢慢地呼出了憋著的氣，從剛才感受到的不和諧感具體化了。

事態爆發時，中央圖書館可能是學校人口密度最大的場所之一。因為聚會、考試學習、借書等原因，放假期間也有很多學生去圖書館，另外由於校園面積太大，這裡目標明顯，所以同學們也常約在這裡見面。

因此，就算生存者們把中央圖書館變成避難所，聚集在這裡也不意外，但是到目前為止，在我經過的地方都沒有感覺到異常的動靜，這當中遇到的活人只有他們。

我好像知道理由了，因為他們殺死了其他倖存者。為了獨占糧食，和殺死殭屍一樣，毫無罪惡感地把活人打死，像扔垃圾一樣扔到屍體區。

突然想起了在自修室見到那個從圖書館逃到宿舍的人說過的話。

『在那裡……人最可怕。』

我現在終於理解了。

我靜靜觀察外面的動靜，確定附近沒有人後才行動，也因此，回到二樓花費了一點時間。

我走到學習室前，看到了熟悉的身影。學長倚著門坐著，一手拿著我落下的外套，他自己穿著黑色短袖T恤。

「學長。」

他聽到我的聲音瞪眼看著我，黑漆漆的三白眼炯炯有神地盯著我。

接著他跳了起來，抓住我的手腕，好像要把我的手折斷一樣，惡狠狠地說：「鄭護現，你真的想找死嗎？」

「什麼？」

「你是不是想死想瘋了？既然這樣就跟我說啊，我可以殺了你，為什麼非要隨便亂跑呢？」

他咬牙切齒的劈頭就罵我。我吃力地喘著氣，嘴唇哆哆嗦嗦地發抖。

「學長，不是那樣的。水……啊，我是去找水了……」說到一半突然眼前一黑，好不容易清醒，發現自己抓著學長的手臂支撐著。

「咳咳！」

我忍不住咳嗽了，還是支撐不住低下頭靠著學長劇烈地咳嗽。

他冷冷地嘲諷說：「你這副德行，還想去哪裡啊？真是異想天開，是吧？」

他的手碰到我的臉頰，冷得嚇人，就像冰塊一樣。

我茫然地喃喃自語：「學長……你的手好冷。」

「是你太熱了。」

「……」

「你知道嗎？你整整睡了超過一天。」

迷迷糊糊的聽著他的話，是那樣嗎？我完全不知道，我只記得自己睡得很熟。

學長毫不留情的用手抓住我，我無力地被拖進學習室，桌子上有沒見過的東西，是小塑膠瓶裝的蜂蜜水和濕毛巾，現在好像知道剛才學長為什麼不在了。

眼圈熱乎乎的。

「想喝嗎？」

「是。」

我溫順地回答，按我現在的想法，喝自來水，不，就算是雨水，好像也能開心地喝。

「說『拜託』，我就給你。」

「……拜託。」

猶豫了一下，還是按照他的指示做了。

但是學長看起來完全沒有給我蜂蜜水的想法，他微微一笑又提出要求。

「跟著我說，『親愛的，拜託給我蜂蜜水』。」

說什麼啊？真是瘋了，在病得暈頭轉向的情況下真想罵髒話。我拚命地轉動腦子，在勉強努力評估過後，我嘴角上揚，露出最大限度的無害笑容。

「親……愛的。」

什麼親愛的，真是有病！我緊咬著牙好不容易才勉強忍了下來。

「拜託給我蜂蜜水。」

學長嘆了口氣，撥開頭髮，然後遞給我蜂蜜水。

「你真是太聰明伶俐了。」

「……」

「緊張什麼？看到你緊張害怕的樣子，我差點受不了起立了。」

現在連對學長的言行感到驚訝的力量都沒有了。我打開蓋子喝了蜂蜜水，甜甜的液體沿著食道

流入，感覺終於活過來了。

即使再渴，也不是沒有良心，我並未一個人咕嚕咕嚕地全喝光，而是把剩下一半的蜂蜜水遞給學長，他毫不猶豫地接過，直接就著瓶口喝下去。

嘴唇上還瀰漫著甜味。我平時不大喜歡吃甜食，但現在不是計較這些的時候，我不知不覺用舌頭舔了舔嘴唇。

學長怔怔地看著我，然後靠過來，微微扭過頭親吻了我，他的嘴唇上也散發著蜂蜜香。

「不要這樣，感冒會傳染啊。」

我呼出一口熱氣把他推開。他靜靜地皺著眉頭，他其實長得也不是很凶，反而挺帥的，不知道為什麼看起來這麼可怕。

「學弟，你是想挨打還是乖乖待著？」

「我會乖乖待著。」

毫不猶豫地回答了，連我自己都覺得非常卑躬屈膝。

學長微微一笑，又吻了。

他用帶著甜味的嘴唇把我的唇撥開，放舌頭進到嘴裡來，輕輕地搔了搔我嘴裡的嫩肉，牙齒咬了下嘴唇後又揉了揉。

他的手捂著我的臉頰，冰涼得令人毛骨悚然，折磨我的發燒熱度消退了點。因為太享受了，我不自覺地從喉嚨裡發出了像病得難受時的呻吟聲。

然後我不由自主地把手疊在他的手背上。學長伸直了手指，與我的手十指交叉，指關節之間緊緊交錯在一起。

和同性，而且還是長得又高大又嚇人的學長接吻，但奇怪的是我並未感到不舒服或討厭，難道是因為沸騰的熱度使理性變得模糊嗎？還是覺得既涼爽又甜蜜，所以只想再多一點？

嘴唇剛一分開，忘卻的咳嗽就上來了。

我轉過頭，用衣袖捂著嘴咳嗽。雖然舌頭已多次交纏，互相吸吮過嘴唇，但似乎沒有防止感冒傳染的效果，所以還是得遵守最起碼的禮儀。

「怎麼辦。連你無精打采的樣子都好迷人。」

再次強調，現在我連驚愕的力氣都沒有了。

我無力地回答道：「既然如此，就請稱讚我長得帥吧。」

「是啊，你連死都很好看。」

學長沒有迴避，泰然自若地說出了自己想說的話。其實他虧我也不是第一次了，如果每次我都要發火，可能早就活不下去了。

照我的想法應該是浪漫的臺詞，例如「你睡醒了也好看」、「不管你的嘴角沾了什麼都覺得很帥」之類的，但是到學長嘴裡全都變了調。

「看來你看過我將死的樣子。」我不以為然地說。

「……」

學長瞬間變得沉默，原本的表情消失得無影無蹤，他像一尊精緻的洋娃娃一樣，面無表情地看著我。

「……我開玩笑的。」

沉默過後我好不容易才說出這句話。

過了一天，我的症狀更嚴重了。

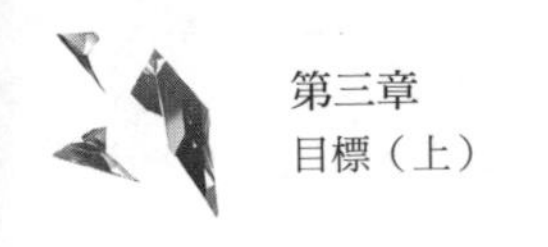

一邊逃離殺氣騰騰的人類，同時還遇到了殭屍，精神一直非常緊繃，身體過度勞累，放鬆過後導致肌肉痠痛嚴重惡化，單純呼吸也像胸部被擊中一樣疼。

已經過了好一段時間，但仍沒有退燒的跡象，我的意識斷斷續續，連眨眼睛都覺得很痛苦，或許是我的樣子太慘，就連動不動逮到機會損我虧我的學長也安靜了下來。

「昨天也去找藥，但是沒找到……」

「……」

「我再去找。」

「不……咳咳……不行。」

我費力地伸手抓住他的衣角，聲音一下子出不來，中途費勁地清了一下嗓子，然後接著說：「沒有必要為了我去冒險，我很快就會好的。人家都說感冒吃藥一個禮拜好，就算不吃藥七天也會自己好，不是嗎？」

「什麼七天啊，應該是到脈搏不動，到死亡為止倒數七天吧。」

「……」

「還真是非常有意義啊，一直堅持到現在，結果最後居然因為感冒而死。」

在病人面前，他講話的方式還是一樣尖酸刻薄。

「外面有很可怕的人，會為了物資而殺人，你不要去。」

前輩默默地點了點頭，這意思是他早就知道了嗎？即使知道了還是要在殺人犯到處亂竄的外面，去找比起糧食沒那麼重要的感冒藥？

他靠在學習室的牆壁上，俯視躺著起不來的我，突然提出了莫名其妙的問題：「你現在是在擔心我嗎？」

我沒有想太多，理所當然地回答：「是，我是在擔心你。」

「為什麼？」他再次問道。非冷嘲熱諷的平靜聲音，像是把浮在上面的所有雜質去掉，像剩下的清水一樣純澈的聲音。

「我希望學長平安無事。」

我勉強睜開乾澀的眼皮，呆呆地望著天花板，眼睛滴溜溜地轉。現在分不清是現實還是夢境，因為發燒，想到什麼就說什麼。

「如果我死在這裡，那是因為我能力不足，或者是運氣不好。雖然會很痛苦傷心……雖然對家人會感到抱歉，但我不會埋怨任何人。」

「……」

「但學長不是啊。你那麼能幹，又那麼了不起，要是被我拖累身受危險的話，那不是很委屈嘛。你會埋怨我的，所以希望學長不要為了救我而陷入危險。」

我也不知道自己在說什麼。話音剛落，腫得連口水都嚥不下去的脖子一陣刺痛，氣喘吁吁。

「你希望我平安無事？」

「……」

「現，我希望你能活下去。在這裡任何人都可以死，只有你，我希望你能活著。」

學長輕觸我的臉頰，他的手涼涼的，感覺好舒服，我輕輕轉動千斤頂般的頭，在他的手裡費力地搓了搓臉頰。

「我去去就回來。」

他安靜地起身，我根本來不及阻止，就在這時聽到外面傳來聲音。

「啊，真是的，我不是說了嗎？」

「你是不是把殭屍看成人了？」

「不，確實是人。」

外面傳來嘰嘰喳喳的說話聲，我和學長不約而同地屏住呼吸，貼在陰涼的牆壁上一動不動地傾聽外面的動靜，在寂靜中對視。

「剛開始我也以為是殭屍，但仔細一想，感覺很奇怪，殭屍會打開緊急出口的安全門逃跑嗎？那種東西不是連腳底下有什麼都不會閃直接就絆倒的嗎？這太不合理了。」

「那倒是。」

外面很亮，我們所在的學習室沒開燈，透過玻璃窗透進來的日光燈光影閃動，有一群人正往這邊靠近。

「因為是在二樓碰到的，說不定還在這附近。」

「如果抓到了要怎麼辦？」

「什麼怎麼辦？肯定是來偷糧食的傢伙。」

「可以就別殺了，很麻煩啦。」

「唉，我也不想那樣啊，可是他們死也不走，就像那個大叔一樣。」

「也是，不管殭屍還是人一定要使出殺手鐧才行。」

他們開始一一打開每一間學習室的門。

咔嚓。

「這間也沒有，是不是逃去別的地方了？」

「繼續找吧，說不定還在。」

咔嚓。

「都是那傢伙害我摔了一跤，都瘀青了。哼，敢被我發現就試試看，如果是男的，就狠狠揍一頓，如果是女的……」

「怎樣？」

咔嚓。

「先看看長相再說。」

他們發出淫穢的笑聲，厭惡感一下子湧上心頭。

開門的聲音越來越近，照這樣下去，就會輪到我們這間了。對方至少有三個人，而我們只有兩個人，而且其中一個還是使不上力的病人，獲勝的可能性有多大？

我們所在學習室隔壁的房門也被打開了，緊張達到頂點，心臟跳得厲害，脈搏聲在耳邊咚咚響，危機迫在眉睫，學長緊貼牆壁，毫無動搖地注視著門。

難不成門一打開就要先攻嗎？可現在我們什麼武器都沒有，有什麼辦法進攻。就算有幸突襲成功，最多也只能制服一個人，然後呢？

有人從外面抓住了門把手，玻璃窗上隱隱約約映出了黑乎乎的人形。

我咬住嘴唇憋氣，腦子裡一片空白。

「欸，等一下。」

「怎麼了？」

有人從遠處急急忙忙地走過來，站在門前的人鬆開握著門把的手。

「尚旭醒了。」

「聽說那小子倒在走廊，到底是怎麼一回事？」

「昨天不是有停電，他當時正要去洗手間梳洗，不知是誰從後面打了他的頭，把他打暈了，醒來說隨身攜帶的飲料和毛巾不見了。」

「瘋了。」

「殭屍怎麼會搶飲料和毛巾？是人沒錯啊，百分之百是人。」

就在我們躲藏的學習室門口，那些人嘰嘰喳喳地。距離還不到一公尺，他們的談話聽起來太清

晰了。

「那我們應該先去洗手間那邊找找才對。」

「那個強盜完全是個瘋子啊。」

「被我抓到一定要宰了他。」

談話聲漸漸遠去，不一會兒就完全消失了。

我過了很久才敢鬆口氣，一直警戒著外面的動靜，一放鬆頭就好像要炸裂般的疼。

「是學長搶走的嗎？」

學長沒有否認。

「聽起來好像是。」

在中央圖書館很難找到食物，因為館內禁止飲食。如果想吃喝東西，就只能去咖啡廳或便利商店，館內連自動販賣機也沒有，只有在每個樓層有飲水機。儘管如此，學長還是設法弄來了蜂蜜水，現在才知道原來是用那種方法啊。

我想像了一下在黑暗中無聲地靠近並毆打對方後腦杓的學長，完全沒有違和感。如果透過合法、民主的程序獲得物資的學長反而更奇怪。

「打開緊急出口安全門脫逃的是學弟吧？」

「是。」

這次輪到我承認了。我們一時沒有說話，沒想到會這樣藉別人的嘴聽到彼此的行動，學長突然噗哧一聲笑了。

「雖然沒有我什麼都做不了，只會多管閒事，沒想到還是很擅長逃跑。你當時一定又是像害怕的松鼠一樣到處亂竄了吧？」

害怕的松鼠？這是對健壯的二十多歲青年說的話嗎？我無言以對，因為發燒得厲害，還以為聽到了什麼胡言亂語。

「是啊，學弟也沒那麼差，偶爾會有些讓人眼睛一亮的華麗表現。本來漂亮的東西就值錢。」

真不知道是稱讚還是罵人……不，怎麼聽都是罵人。

雖然聽過別人說我長得還不錯，但是從沒聽過有人說我長得漂亮……啊，小時候我奶奶每次看到我都會說：「我漂亮的寶貝孫子。」

總之，好像這輩子能聽到說我漂亮的話都讓學長說了。

問題是我聽了並不覺得開心。

「昨天停電了。」

「以後會越來越頻繁，到目前為止還能正常供電、供水都是奇蹟啊。」

我沒有回應他的話，而是無力地嘆了口氣。

感覺好像有火焰從鼻子和嘴噴出來，快喘不過氣了。

「我們換地方，這裡現在變得危險了。」學長簡短地說。

我也同意，剛才是我們運氣好，但如果那些人再來的話，就逃不了了。

「你可以走嗎？」

在這種情況下，哪有能不能走的問題，就算疼痛到無法動彈的程度也要走。我輕輕地點了點頭，試圖起身，但手臂撐在地板上哆哆嗦嗦地抖著，我以為明明站穩了腳，但身體總是僵硬。

「逞什麼強，你根本連站都站不穩。」

「……」

「你要手腳並用爬出去嗎？如果你堅持我不會攔阻，但那樣子應該會很好笑吧。」

「不、不是的。」

他輕輕咂了一下舌，一把將我拉過去扶了起來。

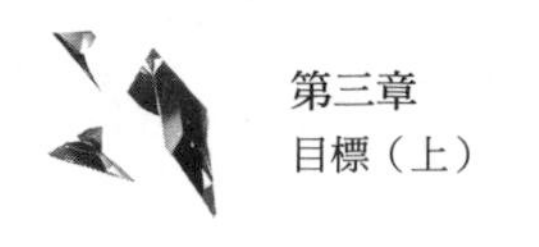

因身高的關係我的手臂差點拉到他結實的肩膀上，我也是別人口中的高個兒，絕對不矮，但他實在比我高大。

「呃……啊！」

那個，學長，我的肩膀好像要脫臼了。

雖然很想這樣說，但還是說不出口，只是急促的氣喘吁吁。

我幾乎是被他架著走出學習室，不知道要去哪裡，只能隨著學長盲目地移動腳步。我的頭無力地倚靠在他的脖子上，途中似乎嘛起乾乾的嘴唇對他說了些什麼。對不起，還是謝謝，也許兩個都說了。

我不記得他有沒有回答，只記得直到我們停下來為止，他一次也沒有鬆開緊攬著我的腰的手。

我們去了圖書館一樓。

為了避開人群，這是個不錯的選擇。一樓是主要出入口，很容易從外部侵入，所以有點腦袋的人理所當然都會選擇停留在地下室或頂樓。

但是那二個地方對躲避感染者來說並不是好地方。從剛進來的咖啡廳到二樓，我們都是直接利用緊急出口的安全梯，所以沒看清圖書館一樓是什麼情況。

「鄭護現，你要好好打起精神。」

前輩啪地打了我一巴掌。我眼皮用力，好不容易睜開了眼睛。

一樓有閱覽室，八人用書桌連在一起的普通閱覽室和每張書桌都設有插座的筆電專用閱覽室，以及學期初必須在學校網站上提前申請才能使用的指定座位閱覽室。

超過一千個座位安排得密密麻麻，代表可以同時容納一千多人，這意思就是……

「……」

我爆發了無聲的驚愕，沒有尖叫或呻吟，只是腿一下子軟了，如果不是學長緊攬著我的腰，我就要癱坐在地上了。

感染者太多了。寬敞的閱覽室裡，數不清的死學生走來走去。拖著不靈活的四肢，發出奇怪的聲音遊走在桌子之間。

桌子上放著各種專業書籍或考試用書，椅子上掛著背包和外套。牆邊的插座上插滿了筆電和手機充電器，和平時沒什麼兩樣，但此刻與感染者形成了鮮明的對比。

在遠處的一個殭屍似乎發現了我們。咯、咯咯，發出令人毛骨悚然的聲音，它的脖子轉過去了。因為距離比較遠，所以沒有馬上認出來。看來只是因為出現了以前沒見過的形體，反射性地看了一下。

我在原地一動也不動，如果魂飛魄散地逃跑，說不定反而會刺激那些感染者。

那個東西左顧右盼，空空的眼睛往這邊看，突然慢慢走近，但被及腰高度的閘門卡住，手在空中亂揮亂動。

「咯……咯……」

閱覽室內另有出入門，這是為了防止外人隨意進入，需要出示學生證或讀取手機 QR code 才能打開。

那個東西不具備拿出學生證的智慧，當然無法跨越柵門。

「走吧。」

學長無聲的用嘴型說，然後拉著我。對我們的存在做出反應的只有一個，其他感染者沒有發現我們，真是萬幸。

我想起了在廚房看到的情景。即使前面有障礙物，但殭屍數量一多也沒有用。它們不斷地推擠，製造屍體山，無論如何也要越過障礙物。

嗶嗶嗶嗶！感知到異常反應的紅色警示燈閃爍，響起了嘈雜的機器聲。平時這種狀況，只要暫時退出再重新感應學生證就可以了，雖然有點麻煩，但不是什麼大不了的問題。

但是現在，這無異於宣告災難的信號，其他殭屍開始一個個往這邊看。

不能再耽擱了，我們頭也不回地跑了起來，漫無目的地跑到昏暗的角落。正方形儲物櫃橫豎排列著，成為金屬牆遮住了我們。

「呼——呼——」

學長一放開我，我就靠在儲物櫃倒下。渾身的肌肉發出尖叫聲，好不容易緩口氣才問道。

「這裡……安全嗎？」

「嗯，說不上安全，但至少比樓上好一點。只要不刺激它們就沒事了。你知道這裡為什麼沒有活人嗎？」

到目前為止除了拿棒球棒的那些人之外，在圖書館裡沒有其他倖存者，中央圖書館大樓比宿舍大得多了，這裡是代表學校的圖書館，理所當然很大，可以容納的人員也相對較多，但是現在卻看不到任何活人。

「應該都死了，不是被人殺就是被感染者殺了。」

「很了解嘛，它們現在沒什麼好怕的。殺過一次，難道就殺不了第二、三、四次嗎？即使遇到活著的人，一想到要分享糧食，一定會捨不得。」

「……」

「所以對他們來說，我們是敵人，不是同伴。」學長斬釘截鐵地說。

我什麼也沒回應，靠著冰冷的儲物櫃閉上了眼睛，感覺非常苦澀。

「啊！」

一眨眼就睡著了，直到被尖叫聲吵醒，我在儲物櫃的角落裡睡覺，因為不知道什麼時候會發生危險情況，所以其實沒有睡好。

醒來第一件事先尋找學長，他不見了。

我還沒來得及理性思考，就突然感到不安，過了一會兒才清醒過來，仔細回想，在睡夢中聽到他說要去個地方。

那時我連回答的力氣都沒有，只點了點頭。

他用冷冰冰的指尖輕輕觸碰我因發燒而火燙的臉頰，然後才離開。我好像聽著他漸漸遠去，然後才又睡著。

「住手，快點住手！」

再次聽到某人的吶喊，尖聲震耳欲聾，我扶著牆搖搖晃晃地站了起來。

怎麼回事？我該出去看看嗎？會不會有危險？不對，就算有危險，但現在有人需要幫助……還沒睡醒的腦袋裡出現了各種想法，還沒有結論，就看到有人急急忙忙往這裡來，在密密麻麻的儲物櫃之間奔跑，對方看到我嚇了一跳。

「啊！」

一個綁著馬尾的女學生，她臉色發白，而且汗流浹背，看到我怯生生地僵住，確認是人才放心。她猛然撲向我，瞬間抓住我的胳膊。一個身高頂多到我肩膀的小女生，拚命地拉著我的胳膊，不停顫抖。

「幫……幫幫我，拜託，請救救我。」

連回答的時間都沒有，另一個人出現了，是個身材魁梧、長相凶狠的男子。

「還敢跑？妳以為這樣我就找不到妳了嗎？」

看起來有點眼熟，是在二樓走廊毆打身穿制服男子的那群人當中的一人。

「你這傢伙又是誰，跟她一夥的嗎？」

「什麼？」

我還搞不清楚是什麼情況，不由分說就被揪住了領口。

砰！對方猛力把我推到牆上。

「呃——」

本來就疼得要命的頭快要碎了，耳朵裡傳來耳鳴。

女學生拚命地撲上去，想把他從我身上拉開。

「不要這樣，快住手，不要打了……住手，瘋子。」

「妳還敢跑，偷吃糧食是要付出代價的。不過我會特別照顧妳，不會殺死妳的。」

喘不過氣來，我反射性地緊緊抓住男人的胳膊。他可能以為完全制服了我，把頭轉向女學生，一個勁地嘻嘻哈哈。

「喂，沒什麼可賣的就賣身吧，不然就像其他傢伙一樣被打死。」

用不著再聽下去了，我用力在對方臉上打了一拳，啪！突如其來的襲擊讓他跌跌撞撞，我又趁機多打了一拳。

「呃！你這個瘋子。」

他猛推了我一把，我搖搖晃晃地好不容易才站穩。

「狗崽子！通常我不會對人說這種話。」

這次我反過來抓住他的領口推了他一把，但他體型比我高大，用力推也沒用。

「你可以死了。」

對方甩開我的胳膊揮拳，我驚險地閃過，瞬間眼前卻是一片空白。在旁邊不知所措的女學生抓住了他的胳膊，似乎打算往後折，但力量遠遠不足。

「馬的。真是。」

「啊！」

那男的用力推了她一把，她無助地被推倒在地上打滾。

「你憑什麼插手？這丫頭偷了我們的糧食！」

「那不關我的事，但是你憑什麼動粗？」

「你這小子瘋了是不是？」

我不甘示弱回嗆對方，說完喘到不行。

被推倒在地的女孩突然站了起來，跑向某處。

儲物櫃的角落太窄，在這裡與體格比我大的對手進行身體對抗完全沒有勝算，只會被逼到角落挨打。再加上如果閱覽室裡的感染者聽到我們的聲音後蜂擁而至，就糟了。

我瞥了一眼呼吸急促的對手，趁他不注意轉身向外跑，但在看到閱覽室鬧門時被抓住了。

「往哪裡逃。」

他抓住我的頭髮把我摔在地上，我連慘叫聲都喊不出來，就那樣倒下，對方笨重的身體壓在我身上，我努力伸腳想踢他。

「啊，馬的，給我安分一點。」

「呃——」

他厚實的手掐住我的脖子，我無法呼吸，被他笨重的身體壓著的四肢嘎吱嘎吱響。

「什麼呀。」

就在我心想該不會就這樣死掉之際，他突然抽搐了一下。

「你怎麼這麼燙？」

勒住脖子的手有些放鬆，我好不容易才喘過氣來。

「咳——呼——」

「你……該不會被咬了吧？」

那男子驚愕得結結巴巴，他俯視著我，眼中沒了殺氣，只有恐懼。

理解他的話的瞬間，我噗哧地笑了。我被壓在他的下面，抖著肩膀狂笑。嘴裡似乎裂傷了，滿嘴是血，我現在的樣子肯定相當怪異。

「是啊，被咬了，怎麼樣？」

我咧著血淋淋的嘴笑，一轉頭咬緊對方的手臂，留下紅紅的牙齒印，加上我嘴裡有血，被咬的地方看起來怪可怕的。

「啊！」男子尖叫，把我推開，像看到一團骯髒的細菌，一時站不穩摔倒在地。

「啊！啊！啊！」

他陷入恐慌，慢吞吞地後退。

在他身後是一扇通往閱覽室的門，我的腦子裡閃過某種想法。

剛才的女學生急急忙忙跑來，抱著和她自己身體差不多大的垃圾桶，氣喘吁吁的但沒有停留，猛然把垃圾桶舉起來，套在男子的頭上，裡面的垃圾順著他的身體嘩嘩地掉下來了。

「啊！什麼啊，搞什麼？」

那女生接著用腳用力踢他的兩腿之間。

「呃啊！」

痛痛快快的一擊就中，我光看都要暈了，那一踢充滿了執著的殺意。她又連續踢了同樣的部位好幾腳，男人穿的褲子腹股溝處出現凌亂的腳印。

他痛苦地翻滾在地，雖然垃圾桶已經被掀開，但人還是沒能回過神來。

嗶嗶嗶嗶！

後面有吵鬧聲，我看向女學生，我們四目對視，雖然什麼都沒說，但心有靈犀一點通。

那男子試圖從地上站起來，但腿部無力，又再次癱坐。我們一人抓住他一隻胳膊，合力地拖，他確實很重，我的手要脫臼了，但仍掙扎著把男子從鋪著地毯的地板上拖著走，到了距離差不多的瞬間，兩人合力將他猛推向前，把他推向閱覽室的門。

他的後背猛撞在門上，發出痛苦的呻吟同時睜開了眼睛，連忙慌慌張張地想站起來，但為時已晚，無數黑乎乎的手從門縫裡伸出來，試圖抓住男子。

他的臉頰被一隻手抓住，男子的身體漸漸被拉上去，這時才驚覺事態嚴重的男子瘋狂地掙扎，但毫無用處。

「啊！啊！」

咯咔、咯咔、咯咔。

我們轉身就跑，背後接連傳來令人毛骨悚然的聲音，我們逃到聽不到聲音的地方，在奔跑過程中一次也沒有回頭。

根據之前的經驗，感染者一旦咬住一個獵物，就會全力集中，對其他一切都不感興趣，即使大聲喧嘩或明目張膽地在眼前跑來跑去，在它們吃完「飯」之前都不予理會。

「真的非常感謝你，嗚……你還好嗎？」

女生表示感謝。剛才還無情地踢著男人的褲襠，現在一放鬆了緊張感，竟流淚了。

「我沒……」我沒事。本來想這麼說的，但是女孩的臉色突然變青了。

「那個、那個……那個。」

她說不下去了，指著我的臉。

怎麼了？我還沒來得及問，感覺有東西滴下來，漫不經心地往下一看，紅通通的血浸濕了襯衫前襟，還滴在地上。

「啊——」

感覺溫暖的液體從鼻孔嘩嘩地流下來，我不自覺用手托起，但血不斷地流出來，弄濕了手掌，我的眼前一片漆黑。

「振作一點，你振作一點。」

我無力地身體傾斜，她緊緊抓住我，焦急地喊著，這是在意識中斷之前最後看到的景象。

「之前這裡發生很激烈的爭鬥，真是血淋淋啊。」

「對啊，當時不是很多人受傷，不知道那些人怎麼樣了。」

「因為太可怕了什麼東西都不管，丟著就跑，後來想想覺得可惜，所以又回來找，但沒想到會變成這樣。」

耳邊不斷傳來竊竊私語的聲音，本想睜開眼睛，但睜不開，我的額頭和眼睛上覆蓋著冰涼潮濕的東西。

「那些人把我們落下的東西都拿走了。我要他們還給我，結果他們反而說我想偷東西。他們真的是瘋子。」

我想起身，但不知從哪兒冒出來的手緊緊地壓在我的肩膀上，我一下子又躺了回去。這是怎麼回事？我伸手拿掉蓋在額頭上的濕毛巾，睜開了眼睛。

「呃……」

現在明白了，我枕著學長的大腿躺著。

「嗨，學弟，睡得好嗎？」

前輩俯視我，露出了燦爛的笑容。笑得彎彎的眼神感覺殺氣騰騰，如果不陪笑，下一秒可能就會死。雖然有些不自然，但我還是勉強笑了。被揍的下巴疼得厲害，再睡個一天醒來，或許臉上就全是腫包瘀青了。

「笑？」

「……」

「你是做了什麼了不起的事，還敢笑？」

臉部肌肉硬邦邦的，嘴變得很僵硬。

「對不起。」

「什麼對不起？」

「我昏倒了……」

「昏倒了，還有呢？」

「我……躺在學長的大腿上……」

學長嘆了口氣。

「學弟每次都這樣，連做錯什麼都不知道，就只會道歉。算了，不要道歉了。」

他轉過頭不理我。

聽他說完，感覺如果真的不道歉，不知道還會聽到什麼惡言。

我使出渾身解數坐起來，周圍的景象映入眼簾。我們在地下室，我看到了管線、空調、鍋爐等巨大的機器，室內充滿了機器發出沉悶的白噪音。

周圍人不少，除了我之前遇到的女孩之外，還有一個男生和兩個女生。他們原本離我們比較遠，看到我醒來才悄悄拉近距離。

「那個，那位真的是跟你一起的嗎？」

女孩挪動膝蓋稍微靠近悄聲問我。

「你暈倒在地上，我正不知道該怎麼辦時，他突然拿著武器過來……說了什麼來著？」

「……」

「啊，他說『如果不放了鄭護現就得受死』。」

我瞥了一眼學長，放在他旁邊的金屬工具映入眼簾，那個東西英語叫「Crow bar」，中文是「鐵撬」，我完全可以理解其他人感受到的恐懼。

「他是跟我一起的沒錯，而且他……本來就這樣。」說完又平白無故地補充了一句：「但他不是壞人。」

坐在機器嗡嗡轉動的地下室，聽著女孩他們一行人的遭遇。

我遇見的女孩叫金娜惠，男生和她是同系的同學，兩人都是大一新生，另外兩個穿著同款外套的女生則是在圖書館裡才遇到的。他們進入中央圖書館尋找糧食，沒想到遇到那些占據圖書館的惡霸，只好四處躲藏。

「事情剛發生時……就是學校變成這個樣子的時候，我正在中央圖書館附近閒晃，在等同學，就是他啦。」金娜惠說道。

「幾個放假沒回家的同學想說約了去吃炸雞、喝啤酒。」男生簡短補充。

「然後突然整間圖書館開始廣播。」

金娜惠邊說邊瞟著我的臉，準確地說是在看我受傷的部位，似乎很擔心。

「廣播叫我們不要出去，說實驗大樓那邊出了什麼事故，暫時禁止出入，又說好像不嚴重，叫我們只要靜靜地待在室內就好，後續會再透過廣播告知大家情況。」

「……」

「大家聽了廣播都不疑有他，也沒有人吵鬧什麼的，只是各自滑手機啊看書的，但是等了很久，都沒有再聽到廣播了。」

由此可知閱覽室為什麼會有那麼多學生，因為他們根本就沒有想過要離開，大家都相信廣播說的，安靜待著。

「因為不知道發生了什麼事，所以去辦公室問了一下。但高層人員已經全部離開，只有基層職員留下來收拾殘局。」

「真不知道到底是什麼狀況。一瞬間閱覽室的人都滿身是血，有些人開始尖叫，往樓上跑。」

聽完兩個新生的話，穿著外套的女學生插了進來。她的外套肩部繡著棒球圖案非常鮮明。

「我們只是來找一些醫藥品，像消毒藥之類的，因為沒辦法去學生會館的保健室，於是就想到中央圖書館內也有急救箱。」

她把外套脫掉，露出纏著繃帶的手臂。纏得相當厚，還是滲出了血，繃帶都染紅了。

「正如大家所見，手臂受傷了。啊，我沒有被咬，所以不用擔心。」

「那妳是怎麼受傷的？」

「遇到殭屍時，拿手套對抗，結果被劃傷了。」

我靜靜地點了點頭。

雖然不及前輩，但是這些人也相當勇敢。

「但是什麼也沒有，連ＯＫ繃都被他們拿走。」

「那些惡霸，還拿著寫了我們社團名字的球棒，真是不要臉。」

何只拿著，他們還用球棒殺人呢。

「啊，對了，這個。」

金娜惠突然遞給我一個東西，我收下後才看清楚，是止痛藥，只剩四顆。

「感覺你好像病得很重。這個不是感冒藥，效果不大，不過有總比沒有好。」

「……」

「其實你還在昏睡時也餵你吃過了，多的都給那邊受傷的學姐了，只剩四顆，一定要吃哦。」

怪不得感覺狀態好像有變得好一點，雖然身體仍然無法正常活動，但疼痛比之前減輕了很多。

「還有這個。」她從自己的背包裡拿出一件衣服，「你的衣服不是沾了血嘛，這件給你換。」

是一件寬大的灰色連帽T恤，怎麼看都不是她的尺寸，對我來說好像也有點大。我原本穿的衣服被血汗和灰塵弄得一團糟，單看衣服，就堪稱十足的感染者。居然落得這副德行跟大家說話，突然覺得一陣難為情。

「這是誰的衣服。」

「我男朋友的。」

「那妳男朋友現在……」

「在閱覽室裡頭……」

「……」

我沒有說話，她的話前後省略了些什麼，不問也知道。

「收下吧。我男朋友應該也希望送給有需要的人，因為是送給我的救命恩人，所以一點都不覺得可惜。我還有別的衣服，沒關係。」

「……謝謝。」

金娜惠又翻了背包，從包裡拿出來的東西越來越多，瞬間堆起了一座小山。

「這個是護手霜，這個也收下吧，還有泡沫潔面乳。要擦眼鏡嗎？啊，你沒戴眼鏡。還有什麼呢？髮圈……這個不需要吧？呵呵。」

「齁，連一點毛都沒有分給我。喂，金娜惠，乾脆全都給人家好了。」

「朴振赫你有什麼好的，我要分給你？你還是管好你自己吧。」

從言談之間可以感覺他們很熟稔。叫朴振赫的男生討了個沒趣，默默摸了摸鼻子閉嘴。

沒過多久大家陸續起身，說好要回到各自躲藏的地方，因為怕在同一個地方聚集太多人，很容易被那群惡霸發現。

「那個……學長，你能醒過來真是太好了。」金娜惠在離開前轉頭對我說：「我很感謝你不顧危險地救了我，更重要的是你讓我知道，這裡不是只有那些像垃圾一樣的人，這是我最感謝的。」

不知是不是藥效退了，疼痛漸漸加重。我強顏歡笑，無視蔓延的傷痛。

「如果再遇到那些傢伙就乾脆踩爆他，蓋上垃圾桶。那些傢伙根本稱不上男人，是垃圾。」

金娜惠也放聲大笑，無視朴振赫在旁邊追問：「妳到底做了什麼？」

她向我揮手致意，「一定要平安無事，一定喔。」

在只有冷水的洗手臺前，我顫抖著洗去臉上的血，把堆在機房一角的箱子當作床，蜷縮著躺下。但感冒不但沒有好轉，反而更加嚴重。

「睡了？」

像冰塊一樣的手觸摸我的臉頰。從指尖接觸的部分開始，我以為我的皮膚會裂開，我微微戰慄地從淺睡中醒來，前輩身上散發著冰冷的肥皂香味。

「沒有。」

「你的燒一直都沒有退，用濕毛巾敷了額頭，還把臉頰弄得冰涼，怎麼還是不退燒？是因為沒吃藥嗎？」

前輩坐在箱子的角落，我迷迷糊糊地挪了個位子給他，他也毫不客氣地躺在我旁邊，發出了沙沙的響聲。

「我不知道該怎麼做，第一次遇到你生病。」

「第一次？」

「通常在病到這種程度之前……」他說到一半突然閉上嘴，對於向來有話直說的學長來說，這是非常罕見的事。

我慢吞吞地眨了眨眼睛，漸漸清醒了。

「所以說嘛，你幹麼要多管閒事。」

「……」

「只要放你一個人，就會跑過去幹些沒用的事。吹了點冷風就著涼，好不容易把你哄睡，居然還跟別人打情罵俏，反正你就是會把人弄得跟傻瓜一樣。」

「……」

「每次我拿什麼好東西給你，你都好像很不情願收下似的，她送的東西你就收得好好的。我還以為我們護現有給她錢呢，又不是跟她買的，那麼自然地接受。」

聽他說著說著我心想不會吧？

我小心翼翼地問：「那個……學長……你……生氣了嗎？」

「嗯，永遠生氣了。」

「……」

學長很認真的回答。我啞口無言，不知該如何回應。

他不耐煩地拍了我一下，「你愣著做什麼，我都說我生氣了，永遠非常生氣，現在有點……馬的，感覺無法控制憤怒。」

話語尾聲還類似咬牙切齒的聲音，我飛快地抓住他的衣袖。

「對不起，不要生氣。」

「沒有，我沒有生氣。我怎麼會生你的氣，我只是有點不高興而已，因為鄭護現對任何阿貓阿狗都很好。」

「我知道了，你不要不高興，嗯？」

「那要不要脫掉這個？」

他用下巴指著我穿的連帽T，是金娜惠，準確地說是金娜惠她男朋友的衣服。偌大的連帽T上散發著衣物柔軟精的香味。

「好。」

我馬上點點頭，還不如直接把血跡斑斑的襯衫重新穿上，但這絕對不是因為看到學長放在箱子旁邊的鐵橇才這麼做。

我不經意地伸出胳膊，猛然意識到這動作好像要他幫我脫似的，我馬上就後悔了，自己脫就行了，又不是小孩子這算什麼啊。

「怎麼了？要我幫你脫？」

學長噗哧地笑了。

我緊閉雙眼，預想到接下來會飛來許多嘲諷和辱罵，但最終是帶著笑的和緩聲音。

「你真奇怪，為什麼總是做這麼可愛的事，這樣真的會讓人產生錯覺的。」

「奇怪的是學長才對吧。」

「所以呢？討厭我？」

「沒有。」

他用指尖輕輕撫過寬鬆的連帽T下襬，把手伸了進去。我的身體發燙，感覺他的手太涼，從微微張開的嘴唇縫隙中透出氣息顫抖著。

「啊——」

他的大手摸了摸我的側腰，乾燥的皮膚和皮膚相接，冰冷涼爽，感覺好得讓人起雞皮疙瘩。

他把手再伸入，慢悠悠地移動著，用大拇指撫摸肋骨下方，然後一把摟住腰部提了起來。我們的距離一下子縮小了，在咫尺之間的距離四目相接，每當學長眨眼的時候，感覺他又長又黑的睫毛似乎輕輕撫過我的眼皮飄然落下，不知怎麼的感覺呼吸都變得吃力。

他的手又再往上一點，我不由自主地往後縮了一下。

嗯。短暫的呻吟聲被咬緊的牙關擋住。

「你要去哪裡啊……」

學長攬著我的手用力，我瞬間被他拉回來。衣角和頭髮在箱子上擦過，發出粗獷的聲音。

他肆無忌憚的撫摸我的胸膛，固執地觀察我的表情。他手上的老繭刺激胸部肌肉，我感覺到乳頭一點一點地挺立。他的手每次移動，乳頭尖端都越發挺立。我的大腿反射性地緊繃著，眼睛瞇了起來。

「護現啊。」

他把我的衣角往上撩，我的腹部和肋骨接觸到空氣，感覺涼爽。

「你現在在想什麼啊。」

我沒能馬上回答，嚥了口唾沫，卻沒能嚥下激動的呼吸。空氣中的喘息聲赤裸裸地蔓延開來。

「學長的手好大。」

不知是故意的還是偶然的，他的大拇指擦了一下乳頭。

這一擊完全挺立，呻吟爆發。

「嗯——學長呢？」

學長咬著連帽T下襬，我不知道發生了什麼，腦中一片空白。

「在想我們學弟連乳頭都長得很美。」

他的大手捏住我的胸口，把胸脯的肉往中間集中，用拇指巧妙地碰了一下乳尖。

「這是什麼啊，真美，我靠，真的要瘋了……你那裡的顏色也是這樣嗎？」

「……」

「才沒碰幾下就立刻站起來了。小可愛，如果用吸的，感覺會紅得發亮啊，要我幫你吸嗎？」

剛才好像聽到了非常令人震驚和猥褻的話，我這輩子從沒想過會聽到這種話，而且還是男人講的。但現在我根本無法反應。

「不要……」

我急忙把學長的肩膀推開，他把我的手一把抓住，猛地壓了下來。

連帽T被他拉到鎖骨下，完全露出了胸膛。他毫不猶豫地把頭埋在我的胸前。不會吧！不會吧！真的……我的想法還沒延續到最後，乳頭就被溫暖柔和的嘴唇親吻。

「啊——」

我的腰部不自覺晃動，眼前彷彿燃起了白色的火花。學長嘴唇含著乳頭用力、深長地吸吮，我感覺到整個乳暈都濕透了。他舌尖用力撥弄乳頭，直挺挺的乳頭被壓得熱燙燙的，好癢。即使我晃動身體，也只是讓他的嘴唇更用力的抵住我胸口，感到很為難。

「嗯，呃——啊——」

我在他舔和吸吮乳頭的時候迷迷糊糊地抽噎，嘴唇不自覺張開，實在無法忍住呻吟。無處可去的腿亂顫，腳後跟忍不住踢著箱子，扭動骨盆，小腹部位輕輕地用力了，褲襠前又脹又悶。

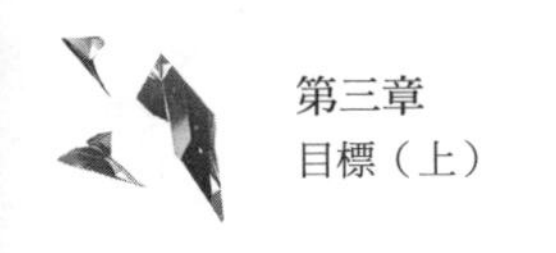

這真是太不可思議了，才認識沒多久，甚至是比我大的男人，在這個又冷又黑的地下室。如果在幾天前對我說我會和陌生男人在這裡做這種事，我會嗤之以鼻根本就不屑聽下去。

但是為什麼，為什麼我現在會這樣？驚恐萬分地把他推開都來不及了，為什麼他只要吮吸我的胸口，我就忍不住發出呻吟？我的心好亂，感覺兩邊的乳暈都油光光的，癢死了，還有我熱燙燙的身體……眼淚都快流出來了。

我本能地抬起臀部，結果腹股溝緊貼著學長的大腿，我氣喘吁吁，不管三七二十一地上下磨擦著結實的生殖器，啊啊啊！啊啊啊！即使知道自己像發情的狗，也無法停止。

學長明明知道是我發起的，他卻並未停止。

由於吸吮得太用力，我的乳頭都泛起了紅暈，不僅如此，周圍的皮膚也變得如火焰般紅。他盡情地折磨了我之後才擡起頭來，嘴唇也因刺激而發紅。

「哇，真是無法控制了啊。」

他用指尖彈了一下濕透的乳頭，幾乎是哭喊的呻吟聲從我口中迸了出來。被困在褲子裡的生殖器流出液體，感覺內褲濕了。

「只吸吮乳頭就哭了？」

「學長，不……不要這樣……好……好癢……」

這一切都不現實。學長扒光我衣服摸我全身，我是個被吸吮乳頭就勃起的傢伙，這些我連想都沒想過。發燒的精神恍恍惚惚，就跟喝醉了一樣。

「為什麼總是扭動臀部呢？要我摸那裡嗎？你真是太壞了。」

「不是……嗯……不要摸。」

「好、好，你再忍一下，待會就摸喔。」

「我說不要。」

他厚顏無恥地無視我的一切抵抗，只說自己想說的話。我忍無可忍地一下子提高了嗓門，學長靜靜地用食指貼在嘴唇前。

「不可以這麼大聲喔。」

我用力咬住嘴唇，火辣辣的氣息在舌尖打轉。

學長擡起了上半身，大腿夾住我的腰以防止我逃跑，然後把手放在我的褲弓鈕釦上，他看到我騰空的骨盆在顫抖，噗地一聲笑了。

「真是的，我又不會吃掉你。」

「……你能不能不要笑。」

我真的覺得要瘋了。

「怎麼能不笑呢？不是喜歡得要死還又揉又蹭的，真要摸了就瑟瑟發抖。」

褲子鈕釦開了，拉鍊嘩嘩地被拉下。我緊閉雙眼，用手腕遮住眼角，我沒有信心親眼看自己下半身是什麼狀況。但是很快就後悔了，還不如睜著眼睛呢，因為眼睛閉著，其他感覺反而變得更敏銳。學長輕輕觸碰內褲包覆的熱源時，我的反應超出了我的需要。

「嗯哼——」

腰部蹦登蹦登地跳了起來，小腹和臀部的肌肉非常緊繃，他用指尖擦拭前端滲出的液體。

「嘴裡說不要摸怎麼就流出來了呢？內褲都弄濕了啊。」

學長執意要拉下我的內褲，雖然我試圖扭動大腿進行抵抗，但並沒有什麼作用，內褲一下子被拉下去了。

「是一樣的顏色沒錯。我們護現怎麼連這裡都是粉紅色的啊。嗯？是為了想勾引我嗎？」

我覺得好羞恥。活了二十幾年，從沒在意過那檔事，他從剛才就拿顏色做文章，這麼在意，難道是因為他唸藝術的嗎？

「護現啊，這漂亮的東西用過多少次？上了幾個人啊？」

「我不知道。」

「怎麼會不知道，由你決定啊。」

「真的，呃，我真的不知道……」

「好吧，你也不用知道了，反正以後不會用在別人身上了。」

他的每一句話都過於赤裸裸，本來音調就低，現在聽起來更有一種詭異的感覺，說著這些淫言穢語，聽在耳裡感覺比任何用看的A片還色情。

他把我的手拉過來放在自己的前襟上。剛才感覺手好像掃過什麼尺寸不尋常的東西……應該是錯覺吧？

「打開釦子拉下拉鍊。」他瞇著眼睛悄聲說道。

「可以都脫掉嗎？」

不能只有我一個人吃虧，我也要讓他經歷在別人面前裸體的恥辱。

「嗯，可以脫得乾乾淨淨。全脫掉來摸我，舔我，用嘴叼著吸吮會更好。」

「不，是我說錯話了。」

我改變主意，決定不要了。但猶豫了一會兒，我把手放在他的拉鍊上，當拉鍊拉到一半時，我嚇了一跳。

他的勃起被緊緊地鎖在深色的平口褲裡，向哪邊延伸，前端突出成什麼樣子，輪廓非常清晰，甚至在根部還有濕潤的污漬。

我失魂落魄地望著眼前的景象，好不容易把拉鍊完全拉下。咚，沉甸甸的東西彈出來了。

我的腦子裡一片空白，這個到底是怎麼放在裡面的？怎麼放得下？我只想到這個問題。

我想起學長用手捏成圓圈，用另外兩個手指貫穿的樣子。當時我想什麼來著？用兩根手指是什麼意思？是對尺寸的自信嗎？

我想推翻過去愚蠢的我，學長的自信是有理由的。

兩個手指算什麼，就算用三根手指也不為過。

「看什麼看啊，小可愛，怪難為情的。」前輩微微側過頭笑了。

「你要幫我吸嗎？」

他的態度一點都看不出難為情。

「我受不了了，看到你用驚恐的表情看著我……」

他的每一個字之間都夾雜著粗重的氣息，興奮的神色歷歷在目。他用一隻胳膊扶著我，自己把內褲拉下來，捧起了生殖器，用手掌包裹著凹凸不平又粗大的陰莖，輕輕用力往下拉，再往上推，凝結在前端的精液噗嚕嚕的晃動。

「呃。」

我咬緊牙，渙散的氣息傳到身上，我落了一拍才驚覺，學長正在我面前自慰。意識到這一點的瞬間，胸腔內側變得刺痛起來。

「護現啊。」

他擡起眼睛看著我，烏黑的眼睛和我對視。

他只叫了一次我的名字，沒加別的詞，但這句話就足夠了。我像著了魔似的向下伸出了手，當我回過神時，手裡握著自己的東西，發燙的肉棒在手中感覺活力充沛。

「啊——」

因為一直在生死交關之際遊走，把性慾忘得一乾二淨，無意中禁慾的身體迅速發熱。只是緩慢地掃過，就變得分外敏感，他甩動著肉棒，用大拇指揉搓著前端。

「呃——嗯——」

「嗯——啊——」

夾雜著野獸般的呻吟和呼吸聲，原本臭烘烘又冷冰冰的空氣漸漸升溫。

瘋了，我只能說是瘋了。在一個大機器運轉的地下室裡，躺在冰冷的地板上，外面可能隱藏著危險，而他和我都瘋了。

學長把自己的手疊在我的手背上，我呆呆地擡頭看著他，好像在問怎麼了。他握住我的手搖動我手中的東西。

我的手被他控制，用陌生的節奏揉搓。雖然是我親手自慰，但感覺就像他在撫摸我一樣。嗒、嗒、嗒，響起了規律的聲音，高潮以奇怪的頻率上升。

「嗯——嗯——」

我不自轉地轉過頭，他好像在等著這一刻似的撲上來親吻我的脖子，咬住我突出的喉結吸吮，我們的前端互相碰了碰，一瞬間呻吟聲提高了。

「啊！」

「噓，安靜一點，如果被聽到就不好了。」

「啊——啊——」

「小聲點……小聲點……」

他輕聲細語，像哄孩子一樣，吻了我一下，只有嘴唇和嘴唇接觸的清爽親吻，但隨即很快就加深了。我們急切地吸吮著彼此的嘴唇，翻攪著舌頭，濕漉漉的黏膜交織在一起，發出像性交般的色情聲音。

他乾脆把我們兩人的熱源都握在手裡搖晃，在興奮中變得炙熱潮濕的手掌裡，前端之間展開了較量。我的臀部越來越用力，用大腿夾緊他的腰再放鬆。

他毫不掩飾興奮的眼睛看著我吃吃地笑了。

「鄭護現，真是……沒想到你這麼行。」

不知不覺間，我們的下肢就像交配的野獸一樣雜亂無章地融合在一起。我張開雙腿接住了他，學長本能地擺弄著腰，在我的腹股溝上啪啪地拍打著性器。即使是在忙得不可開交的情況下，我還是不時摻雜著羞恥感，縮著身子想從他身上逃走。

「啊……好了，夠了。不能再繼續了。我要起來了。」

「不行，不准走。」

他抓住我的骨盆，我的身體被粗暴地抱住。性器官在濕透的手掌裡滑了一下，已不分你我濕滑地融為一體。

「我受不了了，放開我吧，學長，拜託，要出來了，好像就要出來了……」

我把頭埋在他的脖子上，瑟瑟發抖。隨著要命的搖晃，我想到什麼就說什麼，他自然地托住我的後腦杓，緊緊地貼在胸前。

「我不會放開你的，這麼可愛，怎麼捨得放你走呢？」

「不行……呃……真的不行了……啊——啊——啊！」

他加快了速度，用手掌整個包覆住使勁揉搓，像要碾碎般的揉搓，又用力拍打，發出嗒嗒嗒的聲音，我與他的東西已分不清彼此地被揉搓著。

眼淚在眼眶裡打轉，感覺不是眼淚也不是呻吟的東西流了出來，不要、不要，我茫然地祈求，腳尖捲了起來，腰部一陣地抽搐，感覺要死了。

最後一瞬間，我忍不住仰了頭，沒有發出任何聲音，張開的嘴在寂靜中無力地開合，快感在小腹內狂亂打轉，我失去了理性，盲目地推進骨盆。

學長的手啪啪地拍打肉棒，精液咕嘟咕嘟湧了出來。

「啊——」

學長咬著牙，兩人的精液從掌心濺了出來，彼此的前端都濕透了，這還不夠，還順著學長的手腕流下來，滴在我的小腹上。

「嗯啊——啊——」

我幾乎要喘不過氣了，四肢無力地啪嗒一聲癱軟，連睜開眼睛的力氣都沒有，紅藍漩渦在眼皮裡盤旋。學長把我小腹上的精液擦掉，就像確認慾望的痕跡一樣，突然自言自語說道：「這回就到此為止吧。」

他的聲音因射精後的餘韻而變得軟綿綿的，我的眼睛依然無法張開，仍舊喘不過氣來，他靜靜地親吻了我的額頭。

「還有要留在後面做的……雖然覺得可惜，但也要繼續活下去。」

PART 二

。

混沌

我所知道的學長一直都是不同於常人的異類，
雙手沾滿鮮血也不以為意，總是說著莫名其妙的話，
突然怒氣沖沖又突然沉默，閉口不言。
我突然有種想法，我想看看過著與一般人同樣日常的他。
我想看看和這世界所有學生一樣，
過著平凡每一天的學長。

CHAPTER 4 ▽

目標（下）

不知道什麼時候睡著了，一眨眼就睡著了，後來半夜發燒，這是到目前為止最嚴重的狀況。好不容易壓住了，卻似乎一下子就爆發了。閉著眼都覺得眼皮太燙，還以為著火了，還有每次呼吸時，感覺鼻子裡都熱呼呼的。

這中間學長有把我叫醒，他好像說了什麼，但是想不起來，只記得他一直吵醒我，不讓我睡。但我太睏了，快睏死了，他不讓我睡覺，我很難受。我只想多睡五分鐘再起來，我想懇求他能不能讓我再多睡一會兒，但奇怪的是我連話卻說不清楚，就像被鬼壓床一樣。

後來太難受而哭了，眼淚從眼角經過熱乎乎的太陽穴流下。哭了一陣子，突然打開話匣子，把腦中浮現的句子全都胡亂地說出來。全身發疼、累、睏、難受，最後好像還吵著要找家人。

到了凌晨，燒退了，體溫一下子驟降，瞬間變成冷得受不了。我全身被冷汗浸透了，直打哆嗦，由於抖得太厲害，牙齒不停打顫。

我無意識中鑽進躺在旁邊的學長懷裡，拚命往他熱騰騰的胸膛貼，把胳膊抱在胸前，把臉埋起來，眼淚奪眶而出，把學長的T恤都弄濕了。那是個如地獄般的清晨。

終於天亮了。

叩叩叩叩，傳來小小的敲門聲，我好不容易才剛睡著，但很淺眠，於是被那敲門聲吵醒。輕輕敲四下，是我們幾個在中央圖書館相遇的生存者之間的約定，如果有什麼事就用這個暗號。

我睜開眼起身，可能是因為退燒出了一身汗，感覺身體很輕巧。

「不好意思，請問你們睡了嗎？」

我轉頭看，學長不在我身邊，而是靠著對面的牆坐著。他什麼時候起來的？不，更正一下，他看起來一點睡意都沒有，緊盯門的側臉輪廓銳利，眼角似乎出現陰影。

「那個……可能要請你們出來一下。」

金娜惠從門縫微微露出了頭，我精神還恍惚著，習慣性地打招呼，卻瞬間驚醒，因為她哭得滿

臉都是淚痕，握著門的手還在顫抖。

「學姐……嗚……那個棒球社的學姐……」

金娜惠哭著說了「學姐」就說不下去，我叫她帶路，走到一樓往二樓的樓梯前，其他人也在，他們的視線都看向同一個方向。

「……」

眼前一陣暈眩，我使勁支撐身體才勉強站穩。樓梯上是具全身被亂刀砍得慘不忍睹的屍體，頭被砍掉了，掉在樓梯下面，失去頭部的頸部切面赤裸裸地露出，讓人再也看不下去。

「都是我害的。」

另一個失魂落魄的女學生喃喃自語，她的手上纏著繃帶。

兩個身穿相同棒球社外套的女學生，不同的是倒在樓梯上的外套沾滿了血跡，她們一個活著、一個死了，兩人的模樣形成悽慘的對比。

「因為傷口疼得睡不著覺，還浮腫、流組織液，吃止痛藥也沒用，又沒有其他方法，就想說要不冰敷試試……」

她用一隻手捧著受傷的胳膊低下頭，披散的頭髮遮住了臉。

「所以雅凜凌晨出去找水，想說讓我冰敷，結果……」

她再也說不下去了，捧著胳膊跪了下來，在朋友的屍體前痛哭流涕。

「哥，那個姐姐是不是出去被感染了，然後碰到那群惡霸，結果就被他們處理掉了？」

朴振赫問道，我猶豫了一下，我害怕把我領悟到的可怕事實告訴他們，但是我必須說出來。

我慢慢地深呼吸後才開口：「不。」

其他人一齊回頭看我。

「她……並沒有感染。」

「怎麼說？」

我手指著屍體，但因不忍心看而迴避了視線。

「血。」

「血太多了。」

可說整個樓梯上都是紅色的鮮血，凌晨流下的血到現在依然鮮紅。

我輕聲說道：「感染後血液會腐爛變黏，顏色也會變黑。而且如果感染了，就算頭被砍掉也不會流出那麼多血。」

在學長身邊待久了，見過無數殭屍被斬首的情景。因感染而心臟停止跳動的人，血液迅速凝固，即使用斧頭一砍再砍，也只是稍微濺點黑血而已。但如果是活著的人，動脈被切斷，血會像噴泉一樣湧出。

「所以她是……」

我遲疑了一下考慮該用什麼詞，但卻什麼話也說不出來。最後，我緊閉雙眼，低下了頭，就像在遺體前默哀一樣。

「啊！」金娜慧驚呼一聲：「天啊……」

不一會兒，她的身體慢慢地軟癱，失去焦點的眼睛呆呆仰望天花板，像故障的機器發出哀淒的聲音，全身像風吹白楊樹一樣顫抖。她也醒悟了，那個女學生的死，是他們給我們的警告和報復。

在中央圖書館藏匿的那群惡霸應該察覺到他們的同伴死得很慘。因為除非是瘋了，否則不可能自己走進閱覽室去給殭屍當食物吃，因此一定會懷疑是有人把他們的同伴送進去的。

就在這個時候，好巧不巧在同伴喪命之處不遠的樓梯上遇到了女學生。如果她確實是殺害同伴的兇手，就可以痛快地報仇；就算不是，也可以藉此警告其他躲進中央圖書館的入侵者。

我們呆呆地站在樓梯前，不知道該做什麼。當時她不知道有多痛苦，當她一個人倒在冰冷的樓梯上死去之際心裡想的是什麼，沒有人能揣度。

我們又再次聚集在機房，與昨天的氛圍截然不同，只有悲慘的沉默，誰也無法輕易開口。失去一直以來互相扶持的朋友，手臂受傷的吳夏恩獨自留下，現在更是蜷縮起身子完全不與他人溝通。

我把我的開襟衫蓋在屍體上，那是我在換穿連帽T之前穿的。在當下，其他人都不敢靠近倒在血泊中的屍體。

「姐姐……」金娜惠對著吳夏恩大哭了起來，哭得眼睛都腫了。

我心裡也覺得不自在，因為真正把那個傢伙拉過去扔給門內感染者的人是我和金娜惠。我的腦海裡總是縈繞著一個想法，如果我們沒有那樣做，或許那個女學生就不會慘死。

「在五樓。」好一陣子沒說話的吳夏恩突然開口，她的聲音也因哭泣而變得沙啞：「那些人在五樓。他們積攢的物資都堆在五樓，包括藥和糧食，我們拚命尋找的東西都在那裡。」

聽她說完，我接著開口：「我親眼看到他們因為捨不得分給別人一根能量棒而殺人。他們把活著的人都當成敵人，看來是想把這裡變成他們的基地，獨占所有物資。」

「不能再這樣下去了，消毒藥品、紗布、冰袋……就因為那些東西雅凜死了。我不管了，就算會冒生命危險，我也要去把他們的東西拿過來。」朴振赫突然站起來說道。

「馬上就去搶吧，把他們都殺了，讓他們嚐嚐那個姐姐受的痛苦。我們現在的人數也不少，沒什麼好怕的。」

「不行。」我斷然回絕：「我也贊成去拿物資，但不能用那種方式。」

「為什麼？哥，我們的人死了啊！可惡，我恨不得現在就去把他們全都殺了，你卻叫我什麼都不能做！」

朴振赫勃然大怒。他從剛才就一直控制不了自己的憤怒，我的話似乎成了導火線。

可能是因為突如其來的爭執，金娜惠忘了啜泣，呆呆地望著我們，就連吳夏恩也轉過頭來。

「我的意思是不要再發生流血事件，如果可以不和對方面對面最好，但如果不行，就要儘量避免摩擦。」我努力以鎮靜的語氣說話，因為如果連我也跟著激動起來，對事情沒有什麼幫助。

朴振赫變得更激動：「現在這種情況哥你還能說出這種話？雅凜姐死得那麼慘，你不覺得她很可憐？你不生氣嗎？」

「不是那樣的，我也很生氣、覺得很委屈，我也希望他們受盡折磨不得好死，但是……」

「但是什麼？」

「振赫，你……你親手殺過人嗎？還是親眼看過別人殺人？」

朴振赫不耐煩地咬著牙，緊繃的氣氛持續高漲。

「殺人不是那麼容易的事，如果有別的辦法就不要用那招。殺人兩個字說來很輕鬆，但現在我們為什麼還在這裡堅持？不就是為了生存嗎？我們不是為了殺人才撐到現在的啊，即使他們殺了人，我們也不能跟他們一樣。」

「可是……」

「還有，你確定你能制服那些惡霸嗎？能保證我們不會再有人犧牲嗎？他們全都是有凶器的，我們兩手空空，甚至還有傷兵，為什麼要盲目去送死？」

「……」

「好吧，假設我們運氣好，成功幹掉他們，但你覺得以後你還能過正常的生活嗎？殺了人，你覺得你不會受到自己良心的譴責嗎？」

朴振赫沒有說話，用充滿怨恨的眼睛瞪著我，然後突然噗哧一聲笑了起來，「哥哥，呿——你

真膽小。」

「什麼？」

「之前聽金娜惠說你救她的經過時我就感覺到了，天使病還真是病得不輕啊。」

「朴振赫，你說什麼？」

金娜惠表情嚴肅地插了進來反問朴振赫，但是朴振赫沒理她，繼續說下去。

「如果是我才不會管她，在那種情況下插手一點好處也沒有，不要被連累才比較重要好嗎？」

「喂，朴振赫，你沒聽見我在叫你嗎？」

「這就是現實啊，現在這種情況，弱者當然會成為目標，如果不想被欺負，除非你可以馬上培養力量，不然就是要有武器防禦，或者你天生就是個身強體壯、力量強大的人。」

金娜惠的臉垮下來了，咬著牙用低沉的聲音問：「所以你的意思是我活該是嗎？你是說這一切都是理所當然的嗎？」

「也不是這麼說，不過我也沒說錯吧？還有，哥，殺人不是很容易嗎？」

他大步走到我面前，嘴角掛著扭曲的笑容。

「到目前為止，我已經割了十幾隻殭屍，殺人跟那個有什麼區別？人的智商和敏捷度比較好，殭屍體力比較強，不就這點差異而已，所以我有絕對的信心可以對付那些人。」

「……」

「良心的譴責？管那麼多做什麼？吃飽閒著喔，反正就殺光後再農[1]寶物就好啦，管它殺的是人還是什麼。」

註釋①：農：faming，電玩術語，意指反覆從事相同的行為。

「那是什麼意思？為什麼農寶物會在這裡出現？」

「怎麼？反正現在這個狀況和生存遊戲沒什麼兩樣。既然我們已經在派對中了，不是應該趕快收集寶物加強裝備嗎？」

我啞口無言。有人死了，物資匱乏，痛苦不堪，人與人之間互相殘殺，從一開始到現在經歷的活地獄，對朴振赫來說只是充滿刺激的電玩遊戲嗎？是啊，難怪他會覺得我像個傻子，在這種情況下，還在堅持守住人性，為了不失去最後的良心而掙扎。

「……遊戲？」眼睜睜地看着眼前發生矛盾，卻袖手旁觀的學長第一次開口，聲音尖利。

「什麼遊戲啊，馬的，凍死遊戲喔？」學長神經質地一笑，從座位上站起身，黑色的瞳孔往上翻了個白眼，令人不寒而顫。

「啊！」

他一伸手抓住朴振赫的衣領。朴振赫比我還矮，被學長抓住後，因為身高差，腳後跟無力地離開地面。學長幾乎用一隻手就舉起朴振赫，但他看起來好像毫不費力。

「你的腦袋裡是裝屎嗎？說什麼鬼話，靠。」他用殺氣騰騰的眼睛盯著朴振赫，然後一甩手直接摔在地上，朴振赫在地上翻滾，伴隨著悲鳴。

「喂，如果是你，你會玩嗎？你會玩這個遊戲嗎？啊？世上哪有這麼白痴的遊戲啊？」

他邊說邊踢朴振赫，每一句話都讓人聽得心驚膽跳。學長有時爆氣的點會讓人摸不著頭腦，但我沒見過他這麼生氣，連在一旁看著都覺得背脊生起一股涼意。

「鄭護現說得沒錯，想活命就照他的話去做，什麼鳥都不會還這麼囂張……臭小子，你還有什麼意見？還不閉嘴？」

倒在地上的朴振赫嘴巴嘟囔著夾雜了髒話，學長發現後惡狠狠地瞪他。

朴振赫明顯地嚇了一跳，低著頭咬牙切齒，卻什麼話也說不出口了。

吳夏恩失去了朋友，其實金娜惠也一樣。也許是沒想到同甘共苦的朋友會有這麼偏執的想法，她一臉淒涼。

氣氛已經無法挽回了，但我們還是制定了計畫。

目標中央圖書館五樓，我們決定趁看守物資的那些惡霸警戒疏忽時，迅速去把需要的東西拿過來。對方和我們人數差不多，或許他們稍多一點，之前在關了燈的走廊上，乍看應該超過五個人，但不到十個人。

而且他們不時會群聚一起巡查圖書館，找尋還有沒有遺落的其他補給品，或是還沒消滅的入侵者與殭屍，那麼在巡查期間留在五樓的應該沒有幾個人。

如果正面交鋒，獲勝的可能性很小，因為他們是已經嚐過殺人滋味的武裝分子，而我們又累又餓，還有傷兵。但是如果抓準時機，應該還是有機會。

「什麼時候行動比較好？要突襲的話應該晚上比較好吧？」

「沒差，反正都在室內，晚上和白天都一樣。」

「不過他們要巡查什麼的還是應該會安排時間，畢竟晚上會比較放鬆吧。」

「那凌晨怎麼樣？聽說凌晨是人類最放鬆的時候。六二五韓戰時，北韓軍隊不就是在凌晨四點突襲的嗎？」

「姐姐，我們成了北韓軍人嗎？」

「不是，我只是打個比方而已。」

大家準備好行動了，為了緩解緊張氣氛，行前天南地北的閒聊。

金娜惠完全無視朴振赫，就好像當他不存在一樣，只和吳夏恩說話。

吳夏恩把剩下的繃帶都拿出來，不僅是受傷的手臂，在另一隻手臂和手也纏上繃帶，沒受傷的手戴上了棒球手套。至於學長……嗯，當然是例外，反正他本來就無視其他人的存在。

「聽說你生病發燒，現在沒事了吧？」

專心纏繃帶的吳夏恩突然開口問道，我一時沒意會到她在問我，所以落了一拍才回答。

「喔，我沒事了。夏恩同學呢？」

「在這種情況下還同學什麼這麼客氣，我們同年齡，就不要見外了。」

「好啊，夏恩。」

「嗚哇，說不見外還真不見外。好喔，護現。」

她瞪圓了眼睛，露出認識以來的第一個笑容，我也跟著笑了。我們並排坐在發出旋轉巨響的鍋爐旁邊。

「說實話，我剛才真想直接跑上去殺了他們，跟他們同歸於盡。雖然受傷，但把命豁出去至少殺一個也好，所以剛才聽到你說得那麼冷靜我簡直快瘋了。」

「呃……對不起。」

當時與朴振赫對話時，我是想到什麼就說什麼，完全沒想到我的話對吳夏恩來說可能很無情。

「但冷靜下來想想，你說的沒錯，所以我也重新打起精神。當初雅凜出去找水就是為了救我，所以我無論如何都要活下去。」

「……」

「她那麼努力，如果只為了報仇而一時衝動，連自己也莫名其妙就死了……那麼雅凜的犧牲，還有我們這一路的堅持不就白費了？」

「……」

「所以我想活下去，我會拚命堅持到最後，讓全世界都知道雅凜是多麼好的人，讓大家知道她是怎麼死的。」

「妳能這樣想很好。」

「護現，你出去以後要做什麼？」
吳夏恩拋出意想不到的問題。她是第一個問我的人。
「先去醫院吧，我快被感冒折磨死了。」
「嗯，說的也是。雖然我也是傷患，但你看起來比較嚴重。」
「到時候我們就一起去醫院躺在病床上，我是內科，妳是外科。」
我的玩笑話逗得吳夏恩大笑。她看起來比先前陷入絕望時要好太多了。
「然後我想跟家人聯繫，告訴他們我還活著，不要擔心，還要打電話給我奶奶。」
「還有呢？」
「嗯，這個嘛……」我背靠著牆咧嘴笑，「我在想要不要和學長一起去吃好吃的？這次是正常的食物，除了蘋果和迷你巧克力棒之類的零食。」
吳夏恩一臉茫然，完全無法理解我的話，但是我並未多做說明。
問題依然尚未解決，身體依然時不時發冷、刺痛。說不定幾小時之後，我在五樓拿補給品時被發現而喪命。但現在即使只是談論著未來，也讓心情覺得異常輕鬆。

我們在凌晨行動。第一步是先偵察五樓的狀況，如果對方人數比預期的多就先退回藏身處，如果只有一、兩人就果斷行動，幾個人制服對方，其他人去拿了補給品就跑。
在制定計畫的過程中，朴振赫沒有太多意見，但他臉上明顯還是很不爽的樣子，但僅止於此，或許是顧忌靠著牆一手摸著鐵橇的學長吧。
吳夏恩負責偵察。她曾到過五樓，對路徑、補給物資的位置有概念，我們其他人緊挨在四樓緊急出口安全門旁邊的牆壁等待。

吳夏恩小心翼翼上樓，但沒過多久就下來了。

「姐姐，上面人多嗎？有多少人？」

金娜慧悄聲詢問，但吳夏恩一臉茫然。

「那個……」

「他們聚在一起看守物資嗎？」

「不是……沒有人。」

「什麼？」

「現在五樓沒有人。我不放心仔細察看，甚至還進到門內察看，但真的沒有人，看起來他們都不在。」

原先預想最壞的情況，是什麼都沒拿到，還被對方發現而發生肢體衝突。然而現在居然一個人也沒有，這不正是大好機會嗎？沒有人會受傷，還可以得到我們想要的東西。

「那我們快點行動吧。」

朴振赫轉身彷彿馬上就要跑上去，其他人也一副蓄勢待發的模樣，但學長搖搖頭說道：「現在不行。」

「這話是什麼意思？」金娜惠一臉無法理解地問道。

看來她真的很急，因為原本她連看都不敢看學長。她會怕學長也是情有可原，畢竟第一次見到學長就是殺氣騰騰，拖著鐵撬出現，還惡狠狠的說不放開我就要砍人，但現在金娜惠不僅與學長對視還發問。

「不行就是不行。」

「為什麼啊？」

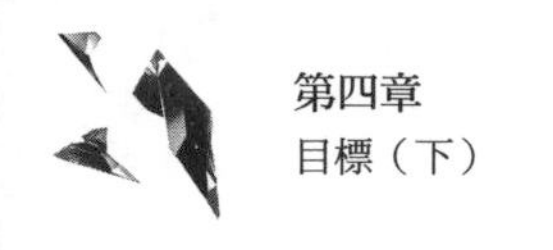

當然，學長完全沒有要多做說明的意思，一副「你們問那麼多問題幹麼」的表情閉上了嘴。

「既然樓上都沒人，那我們為什麼不能去？請告訴我理由。」

「真的，樓上真的一個人都沒有。我現在可以馬上再上去，隨便拿個東西下來證明給你看，這樣可以嗎？」

「那些人不知道什麼時候會回來，現在不行動，要等到什麼時候？」

抗議聲此起彼伏。學長轉過頭完全無視他們，不滿的聲浪越來越大。

我也同樣無法理解，不知道為什麼不能上去，但我並沒有像其他人那樣追問，也許這段期間我對學長陰晴不定的言行太熟悉了，第一次見面開始就不分青紅皂白一下說要殺我，一下又要我活的人，又怎麼會好好回答問題呢？

「學長，不然要怎麼辦，難道要放棄這次機會嗎？」

看情況僵持不下，最後還是由我代表提問。

「等。」

「要等到什麼時候？」

「等到我說可以的時候。」

又是模糊不清的回答。經過一番爭論，決定按照學長的話在四樓等候。當然，說服其他人是我的工作，真是百般無奈。

就這樣一分鐘、五分鐘、十分鐘、二十分鐘過去了，隨著時間流逝，連我也焦躁不安。再這樣等下去，萬一那群人回來不就會碰個正著嗎？那樣不但拿不到補給品，反而是自投羅網，現在情況非常緊張。

「啊！我真的要瘋了。」

朴振赫不耐煩地抱怨，金娜惠看看往上樓梯，又看看下面的樓梯，不安地跺著腳，最鬱悶的是親眼確認過樓上情況的吳夏恩。

「我剛才都看見了，就在門裡面，有急救箱，還有很多餅乾和巧克力之類的東西，如果剛才就上去，現在我們早就帶著補給品回到機房了。」

咚，臉頰碰到東西，我回頭看，是學長用指尖輕輕碰了碰我的臉頰。

「現在沒那麼燙了。」

「燒有退了一些啊，凌晨時那個……」我無意識的回答，說到一半卻突然覺得不好意思，因為想起了凌晨我們做的事。我整夜發燒，被他抱在懷裡，我因為不舒服像孩子一樣啜泣……臉一下子就紅了，我緊咬嘴唇轉過頭避開學長的視線。

他卻噗哧一笑在我耳邊竊竊私語：「你又熱起來了。」

真是與現在狀況一點都不搭的對話。

這時，忍無可忍的朴振赫終於爆發了：「嘖，真不知道這樣等下去是有什麼用？該不會是害怕所以不敢去吧？算了，我自己去，你們就別想分一杯羹。」

他充滿仇恨地瞪著我們，猛地轉過身走上樓梯，大家來不及攔阻，只能征征地看著他的背影。

朴振赫消失在樓上，而學長依然泰然自若，他向我眨了眨眼說道：「手。」

我無意識地伸出了手，他牽起我的手，看了看手錶後又放下，「好，真乖。」

我這才意識到剛才自己的舉動就像是小狗一樣，我的表情無可奈何地扭曲。剛才他碰臉時，還有現在也一樣，每當學長和我對話時，別人看我們的眼神就會變得很微妙，像是在懷疑如此險惡的情況下，這兩個傢伙到底幹了什麼事似的。

我下意識地拉開與學長的距離，他敏銳地察覺到了，皺起眉頭問道：「怎麼？不喜歡？我碰你感覺很骯髒嗎？」

「……」

「討厭我就說啊，別一副像吃到大便的表情，別人看到都以為一定是我欺負你。靠。」

「沒有，我怎麼會討厭學長呢？」

我趕緊陪笑，這絕不是因為眼角瞥到學長手中的鐵橇，絕對不是。

金娜惠和吳夏恩交換了迫切的眼神，她們似乎也覺得應該像朴振赫一樣不要等學長命令，先上去再說。

突然這時聽到樓上一聲巨響，碰！沉甸甸的震動聲傳來，大家嚇了一跳。

「啊！」

接著是一聲慘叫，熟悉的聲音，大家都不知道朴振赫發生了什麼事？

「抓住那個傢伙！」

五樓不是沒人嗎？但現在卻聽到有人大聲喊叫，嘈雜的聲音此起彼落。

「我不是叫你們再等等嗎？」學長不以為然地說。

現在才明白他的話，那群人那麼貪心，為了獨占糧食還殺人，怎麼可能會丟下補給物資一起離開呢？

我們大家都餓得疲憊不堪，一心只想盡快拿到補給品，根本沒有心思多想，更沒發現這可能是陷阱。

「快，快點逃吧，我們快逃，不能待在這裡。」

金娜惠急忙拉了吳夏恩和我要跑，我跟著她移動了幾步，一不留神中途被絆倒，學長瞬間抓住我的另一隻胳膊。

「學長？」

「我說了再等一下。」

「什麼意……」

我的話還沒說完，突然啪地一聲，整棟樓的電燈都熄滅了，瞬間整個世界一片漆黑，由於意想不到的停電，樓上頓時悄然無聲，但不一會兒又傳來吵雜的叫喊聲。

「搞什麼？又停電？」

「那傢伙跑到哪裡去了？」

我感到不安，在黑暗中摸索著尋找抓住我胳膊的學長的手，他似乎遲疑了一下，然後把我拉到自己身邊。

「現，你要緊緊貼著我，就這樣。」

學長靠在我耳畔如呢喃一般，搞得我耳朵好癢。意外的狀況讓大家驚慌失措，只有他處變不驚，似乎早就知道會發生什麼事似的。

「不過你怎麼這樣撩我的手啊，是在撒嬌嗎？還是要我捏捏小小現啊？」

「學長，拜託你不要這樣。」

我嚇壞了，真是毫無下限的淫言穢語，別的時候就算了，現在旁邊還有別人。雖然像是悄悄話，但不能保證別人不會聽到啊。

「看不見也能爬樓梯吧？好好抓著，跟我走，不要被絆倒賴在地上哭喔。」

「我才不會哭。」

「我都看見了，動不動就嗚嗚的哭，猛往我懷裡鑽……」

「學長可以請你忘記嗎？」

學長笑著拉著我走，摸著欄杆穿過黑暗沿著樓梯往上走，不知不覺往上的臺階結束，腳踩在平面地板上。

「你看好了。」他把胳膊搭在我肩膀上悄悄說道。

是要我看什麼呢？我什麼都看不見啊。

瞬間一閃，日光燈像煙火綻發，眼前變得格外明亮。五樓一片狼藉，礦泉水瓶四散，在地上滾來滾去，原本放在桌子上的急救箱，以及門內的補給品也都散落各處。

拿著武器的人們氣呼呼地盯著同一個地方，朴振赫就倒在那裡。剛才那短暫的時間裡不知發生了什麼可怕的事，他渾身都是血。

燈光閃了不到三秒就熄滅了，四周又再度陷入黑暗之中。

「靠，又停電了。」

「好好抓住他，別讓他跑了！」

我呆呆地站著，眼裡還有殘影。

「記得剛才看到的吧？」

學長問，我點點頭，接著進入瀰漫淡淡血腥味的黑暗中。首先摸到了急救箱，沒時間確認裡面的東西，手一撈就拿了過來。

旁邊發出具威脅性的嗡嗡聲，我反射性地低下頭，頭頂似乎颳起一陣風，找不到目標的球棒掃過我的頭頂。

「有人嗎？是誰？」

困惑的聲音，雖然感覺到動靜，卻不知是敵是友，一時不知所措。我沒有回答，而是抓準了發出聲音的位置踢了一腳。

「啊！」

那人的腹部被踢中而倒下，因為在沒有防備下被襲擊，手上的球棒也掉了，在地上滾動。燈又亮了，抱著肚子在地上滾來滾去的男子猛然擡起頭來，用充滿血絲的眼睛瞪著我。

「你……你這傢伙……」

我拿起他掉在地上的球棒，正好看見吳夏恩就扔了過去，棒球社的人應該知道怎麼用。看到吳夏恩一手接住球棒，燈又熄滅了。

我伸手在桌子上摸索，不知道是能量棒還是什麼，反正抓到什麼就往口袋裡塞。

「這裡有小偷！」

「一個也不要放過。」

惡狠狠的喊聲此起彼落。

「別想逃跑，我要把你們都殺……啊！」

傳來用球棒抽打什麼東西的聲音，淒厲的慘叫聲和話語戛然而止，要不是現在這種狀況，還以為是擊出全壘打呢。

現在狀況簡直一團糟，敵我不分，大家都不分青紅皂白攻擊在身邊的人，以至於陸續有人被絆倒或撞到書桌、椅子。

不知道燈什麼時候又會再亮起來，我心想在這裡拖得越久越沒有好處，於是對著漆黑的空間大喊：「快走，拿了東西就快走吧！」

說完我也轉身就走，突然有人從後面猛然拉住我的連帽T，順勢勒住了我的脖子。

「呃！」

我一下子喘不過氣來，身體失去了重心。

「剛才踢我的是不是你？幹，你完蛋了。」

那人用胳膊死命掐住了我的脖子要把我拖走。

咯咯，受到壓力的頸關節發出悲鳴，我完全使不上力。

「咳！咳！」

我痛苦地呻吟，心想該不會就這樣完蛋了吧，這時從後面傳來了尖叫聲。

「你這個垃圾，別動我學長！」

是金娜惠的聲音。她以敏捷的身手撲過來，然後……

對方連一聲慘叫都沒有就倒下了，倒在地上氣喘吁吁地抽搐著。

我不用看也知道金娜惠剛才踢中他哪個部位。

「你們這些傢伙是想找死是吧？」

一個人冷冷地說著一邊向我們走來，還伴隨著咔嚓咔嚓的金屬咬合聲。我突然想起來，之前目睹他們殺掉殭屍時，用的就是瑞士刀。

「怎麼了，你們也想像他一樣嗎？」

金娜惠的身體觸碰到我，她在發抖。剛才雖然鼓起勇氣給了對方致命一擊，但她心裡其實很害怕。我把她拉到我身後，這時燈又亮了，最先映入眼簾的是鋒利的刀刃，刀尖就在眼前劃過，如果我再往前站一步，臉就會被劃破。

「真可惜，本來想劈開腦袋的。」

那人噁心地咂著嘴，重新舉起刀，這時我看到他身後，面無表情舉起鐵橇的學長，黑髮黑眼，黑衣黑褲，像死神一樣。

「腦袋被劈開的應該是你吧。」

學長冷冷的說，沒等對方回頭就揮動鐵撬砸向他的後腦杓，那人慘叫了一聲，無力地倒下。

其他人發現了我們，開始一個接一個過來，有人拿扳手、有的拿鐵管，還有人拿可以鋸大鎖的電鋸。他們都用凶惡的器具武裝自己。

「快走。」

我用力推了金娜惠，自己也跑了起來，拿著球棒勇敢對抗敵人的吳夏恩也跟著出來。金娜惠的背包鼓鼓的，吳夏恩的外套口袋也鼓鼓的，在混亂之中，大家似乎都有收穫，真是慶幸啊。

「臭傢伙想跑哪兒去！」

「打死他們！」

那些人當然不會善罷甘休，他們很快就追了上來。

「等等……帶我走……拜託。娜惠啊……姐姐、夏恩姐姐……」

渾身是血倒在地上的朴振赫發出悽慘呼喊，剛才看他已經受了重傷，若不管他恐怕生死難料。但是金娜惠和吳夏恩都沒有回頭，像是什麼都沒聽到一樣，一臉表情凝重地直往前跑。

「哥……拜託……護現哥。」

學長突然出現在我身邊，他緊握住我的手拉著我跑。他的大長腿一次輕鬆跨過兩三個臺階，我跟著他很吃力，根本也沒時間回頭看。

朴振赫的哀求聲從肩頭傳來，然後逐漸遠去，很快就完全聽不到了。

好幾個腳步聲緊跟在我們後面，我們在樓梯和走廊交替奔跑，拉開距離，故意拐了好幾圈才把對手甩開。

但這只是一時權宜之計，畢竟還是在密閉空間裡，他們人還是多數，這樣捉迷藏的方式，被抓只是遲早的問題，如果他們利用人數優勢堵住幾個出入口縮小包圍，那我們就成了甕中之鱉了。

「怎麼辦……我們要去哪裡？」

「出去，我們必須到外面去。」

「啊！」

握著球棒逃跑的吳夏恩尖叫一聲，隨即跌坐在走廊上。

「腳，我的腳。」她語帶哽咽，一隻腳踝異常地紅腫，光看就覺得疼。

「姐姐。」

「剛才絆了一下……啊！」

剛才就絆了一下，但她不動聲色拚命跟著奔跑，真的非常勇敢，一般人受了那樣的傷，別說跑，連走路都有困難。

「別管我，你們快走。」

吳夏恩把過來扶自己的金娜惠推開，看我們沒有馬上離開，又急著催促道：「你們在做什麼，傻瓜，這樣下去大家都會死！快走！」

「不要，怎麼能丟下姐姐呢？」

「娜惠啊。」我抓住金娜惠的肩膀轉過來。

她用力甩開我的手說道：「你不要叫我丟下姐姐，我做不到。就算會死，我也不要像垃圾一樣活著。」

「我不是那個意思，妳聽我說，妳帶著夏恩先躲起來，然後直接去正門。我們從後門走，那些人會先來追我們。」

「可是這樣學長你們……」

「沒時間吵了。」

我突然提高嗓門，金娜惠被我的氣勢嚇了一跳，但似乎充分了解我的意思了，她眼裡充滿了堅定的意志。

「好。」

「我們到外頭見。」

丟下這句話，便毫不留戀地離開她們。

現在我身邊只剩下學長了。這個選擇是對的嗎？我像徵求同意一樣瞥了學長一眼，他只是面無表情默默跟著我，看不出來他在想什麼。

我們跑到一樓，遠遠地看到後門和咖啡廳的玻璃門，同時已經有幾個人守在門口了，他們全副武裝。我們急忙轉身，卻看到其他人迅速擋在樓梯前，現在我們進退兩難了。

「總算逮到你們了，真是令人頭疼的傢伙啊。」他們也氣喘吁吁，殺氣騰騰地笑著說道。

前後都被敵人包圍，我和學長對望一眼，沒有其他選擇，我們像約好了似的轉身就跑，朝向有著一整排出入閘門的閱覽室。

來到閘門前，可以看到門內不停四處遊蕩的屍體，而在閘門入口附近的幾個殭屍似乎已經察覺到我們的動靜，把僵硬的頭轉向這邊。

「那傢伙會死，是你們幹的吧？」

「那傢伙？」

「還敢抵賴，難不成他會自己走進閱覽室送死嗎？」

他們說的是被金娜惠和我推進閱覽室裡的男人。我的心裡涼颼颼的。

「穿棒球社外套的女生……是你們殺的嗎？」

「呿，大半夜瘋婆娘一個人跑來跑去，我還以為是殭屍咧，誰叫光線太暗分不清楚，反正只能算她衰了。」

說話的人手裡拿著一把鋸子，在鋸片和手柄之間的縫隙中可以看到紅色的血跡，令人作嘔。

「殺人犯的話真多啊。」

為了不讓對方察覺我的不安和恐懼，我故意挖苦他們，但他們卻一點也不為所動。

「好吧，既然說我們是殺人犯，那就再殺兩個吧。」

距離逐漸拉近，而身後僅僅幾步的距離就是閘門，我們無處可逃。從五樓拿來的東西放在褲子前口袋，我把手伸進後口袋，手摸到了某個東西。

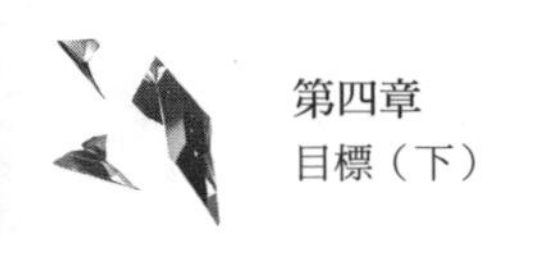

「你想搞什麼鬼？」

有個人大步走來，咚！狠狠地踢了我一腳，痛得我彎下身體。

「呃——」

從口袋裡拿出的手機掉了，那人順勢把手機踢到門口，以防止我撿回來。

「什麼啊，這時候還想用手機？真是的，是要報警嗎？還是想留下遺言？」

那人粗俗地咯咯笑，我蜷曲著身體嚥下呻吟。他擡起腳想再踢我，我眼睜睜看著卻什麼都做不了。可是那人的第二次攻擊卻失敗了，因為學長用鐵撬狠狠地揍了他。

「幹，王八蛋！你竟敢……」學長咬牙切齒，狠狠地說，牙縫裡漏出因氣憤而不穩定的呼吸。

我費力地擡頭看著他，烏黑的眼睛沒有焦點，瞳孔睜得大大的。

「竟敢動鄭護現……嗯？」

說完他用鐵撬較尖銳的一頭砸向那人的肚子，那人的衣服上瞬間滲開了血。

「啊！」

接下來是一段可怕的景象，讓人瞬間忘了呼吸，其他人也都僵在原地一句話也說不出來。學長面無表情地再次揮動鐵撬，彷彿要把那人打到肚破腸流，再這樣下去，連學長都要變成殺人犯了。

我無意間往後瞥了一眼，聽到巨響的感染者們開始蹣跚地湧來。

「學長！」

我一手撐著腰，另一隻手急忙把學長攬過來，以最快的速度遠離閱覽室閘門。幸好學長順利地跟著我走，而這時才清醒過來的那群人咬牙切齒。

「狗王八，你們找死！」

身後傳來那些殭屍製造的怪聲越來越大，前面那群手持凶器的人又撲了過來。

有人揮動扳手瞄準學長砸下，而學長似乎早已預備好，舉起鐵撬擋住。鏘！沉甸甸的金屬撞擊發出響亮的聲音。

現在簡直是混戰，所有人都有武器，只有我兩手空空。學長連攻擊我的人也要阻擋，就算他再厲害也抵不過對方的人數優勢啊。

「去死吧！」

拿著瑞士刀的人撲向學長，而學長此時正忙著阻擋正面飛來的攻擊，根本騰不出手，我沒有時間思考，身體倒是先動作了，伸腿用力踢了拿瑞士刀的男人的手。

刀子飛向空中，落在遠處，我鬆了一口氣，但隨即感到大腿內側劇烈的疼痛。感覺熱熱的東西把褲子弄濕了，一看褲子被劃破，從破洞裡露出長長的傷口，正嘩啦嘩啦地流著血。一陣暈眩，我怎麼也站不住，東倒西歪地往後退，腿一軟就摔倒了，背碰到冰冷的東西，是門。

「咯……咯……」

上方傳來令人毛骨悚然的聲音，我無意中擡頭，瞬間心臟彷彿停止了跳動。擠在上面的殭屍不停朝我伸出手，及腰高的閘門阻擋了倒在地上的我和他們。

他們晃動身體想要抓住我，但伸出的指尖還差一個手掌寬的距離，驚險地從我頭上劃過。

「啊！啊——」

我因恐懼而全身發抖，腦子裡一片空白，眼前清楚地看到醜陋噁心張開嘴哭喊的臉，流著黃膿水腫脹的眼球盯著我，還有腐爛掉了一半的鼻梁和嘴唇，幾十隻手在空中揮舞想抓我。

「那小子快被吃掉了。」

「ＯＫ，處理掉一個傢伙了。」

他們不想冒著危險來閘門口處理我，很快就退開，集中精力對付學長。

我費力的伸長胳膊，就在前面，只差一點就能碰到手機了。

這時突然有隻黑乎乎的手從上面伸過來，指甲就在我的臉上方，我驚險地轉頭躲開，臉頰上的

絨毛掠過一絲顫慄的感覺。

我再度咬緊牙關伸出胳膊，再多一點、再多一點，我的手臂、手腕、肩膀都在顫抖，就在不知該不該放棄的瞬間，我碰到手機了。

大家都沉浸在爭鬥之中，學長勉強抵擋住不停飛來的攻擊，幸虧背後被閘門擋住，否則若在開闊的地方四面都被圍住，就真的無處可逃了。

「呃——呃——呃——」

被刀割傷的大腿疼得厲害，不知是不是因為血一直流，地面都黏糊糊的。我的視野逐漸模糊而後又變得鮮明，如此反覆，我只能費力地睜大眼睛。

打開手機畫面，出現了電量不足的警告信息。雖然這段期間幾乎不曾使用手機，但距離上一次充電也已經過了很久，電量自然消耗得差不多了，但是現在我沒有時間去管電量問題，我直接打開其他功能。

嗶嗶嗶，在一片混戰中響起了異常平靜的機械音。突然大家都往聲音來源的方向看，閘門識別了手機螢幕上的學生證 QR code，認證通過的藍色燈光閃爍。

我把伸直的手臂放下。為了一邊閃躲瘋狂亂抓的殭屍們的手，一邊還要把手機放在閘門讀卡機上感應，這時已經筋疲力盡。幸好我運氣不差，沒被殭死抓住。

我用最後一點餘力撐起身體，然後往旁邊滾。閘門敞開了。原本支撐著數十個殭屍重量的閘門向左右兩邊敞開，殭屍們嘩啦啦地從中間擠了出來。

閘門一開那些殭屍全都倒下疊在一起，掙扎揮動四肢找不到重心，但沒多久過後，察覺到獵物存在的它們立刻一個接一個站了起來。

「呃！啊啊啊！」

「瘋子，你這個瘋子！」

現在已經沒有時間管什麼戰鬥了，在共同的敵人面前，活著的人互相殘殺毫無意義。他們忘了夾攻學長的事，現在只想拚命拉開與殭屍的距離。

「鄭護現。」

學長伸出手，我緊咬著嘴唇，擡起如千斤重的胳膊，握住了他的手，他一用力把我拉過去。

「靠著我。你還能跑嗎？」

我勉為其難地點了點頭。學長的聲音聽起來像是在湖底深處一樣遙遠，我的眼前已一片模糊，難不成是因為流血過多嗎？

學長牙一咬，果斷扔掉手中的鐵撬，摟著我的腰用身體支撐著我。他臉上的表情不再像之前不管發生什麼事都泰然自若的樣子，他明顯流露出焦急的神色。

哐噹、哐噹。因為殭屍夾在中間，閘門關不起來。自動閘門只要一觸到障礙物就會打開，而裡面的殭屍趁著空檔，源源不絕地往外擠。

我們逃離不斷湧出的感染者，我行經之處都留下稀疏的血跡。

比我們早一步的人們都急急忙忙湧向後門。圖書館後門很窄，只容一兩個人進出，但他們人數不少，大家爭先恐後都想早一秒離開。

結果在肉搏戰中敗下陣的人摔倒了，後面的人接著又被他絆倒，已經有幾個人頭也不回地逃了出去。

「你們這些臭小子，居然自己逃命，我……馬的，我才不會自己死呢！」摔在地上的男子掙扎蠕動身體堵住了門，決心不讓剩下的人也逃出去。

「這傢伙真的是瘋了！」

「讓開、讓開！」

「快滾！」

心急如焚的人無情地踢了他一腳，還有人乾脆踩在男子身上想越過去。醜惡的人性赤裸裸的展現在眼前。

「別看。」

學長轉過頭定定的把視線固定在正前方，我愣了一會兒，也照著學長的話做。直到我轉過頭的那一刻，那些人仍糾纏在一起誰也不讓誰。

我們放棄從後門出去，決定通過走廊朝圖書館正門前去。我緊緊握住學長的手，只看著前方奮力奔跑。每邁出一步，可怕的疼痛感覺就要撕裂我的腿，冷汗順著額頭流下，學長一直支撐著隨時都可能倒下的我。

「咯……咯……」

「呃，啊啊啊！」

背後傳來恐怖的怪聲，來自從閱覽室被釋放的感染者，而被彼此困住的人們淒厲的慘叫聲不斷交疊。

我一直聽從學長的話，一次也沒有回頭看，所以我始終不知道那些人最後到底怎麼樣了。

走廊盡頭出現了正門，透過落地玻璃可以看到外面透著微藍的光芒。我們是在凌晨闖進五樓的，現在是冬天，雖然夜晚較長，但也差不多到了太陽升起的時候。

「呼！呼！」

汗嘩啦啦地流下來。跑到後來，我幾乎是被學長夾在脅下拖著跑，血順著幾乎沒了知覺的小腿和腳踝不停流淌。

「鄭護現。」

「……」

「鄭護現，你聽得到我說話嗎？」

「是……學長……」

「好好走，打起精神來！不要都到這裡才被抓。」

學長回頭瞥了一眼，確認不斷追趕的感染者位置，又看了一眼我們經過的走廊地面，不知看到了什麼讓他閉上嘴，摟著我的手臂更用力了。

出口越來越近了，可以看到圖書館外的風景。一片銀白，天色還有點陰，正下著大雪。玻璃門上突然冒出黑乎乎的影子，瞬間嚇了一跳。

「學長，這裡！」

是金娜惠和吳夏恩。她們冒著大雪站在外面，鼻子和耳朵都紅了。

我們一走近金娜慧就迅速打開門，我們從微微敞開的門縫裡鑽出去，然後立刻把門關上。

感染者仍朝我們而來。

金娜惠使勁把一旁的大花盆推過來，吳夏恩腳受傷無法走動，但也伸出手幫忙把花盆拉過來，再加上學長把門旁邊金屬製的圖書館使用規範指示牌踢倒，橫倒在門前，瞬間形成了蹩腳但堅固的路障。

碰！碰！感染者們不顧一切衝過來，卻被厚實的門和路障擋住，它們連連撞擊，瞪著我們，手指在玻璃上不停地刮。

「剛才你們說會從後門出來，所以我們一直留意後門的動靜，突然看到幾個陌生人跑出來，卻沒看到學長你們，我們感覺一定出事了，於是就回到這裡，想說你們沒從後門出來，那就只有從正門離開了。」

「……」

「那些殭屍只要看到我們就會一直想衝出來，我們還是快走吧。」

金娜惠急切地拉著我的手，我淡淡地笑了笑沒有回答，只是點點頭，我連說聲「好」的力氣也沒有。察覺到不對勁的金娜惠打量著我，很快地就一臉驚愕。

「學……學長……護現學長……」

我的腿到底變成什麼樣子，會讓她有這種反應。我自己看了傷口會更疼，所以故意不看。從學長、金娜惠的的反應來看，我很慶幸自己沒看。

「你還好嗎？」

就連腳踝受傷後依然堅毅的吳夏恩，表情也一下子僵住了。

「他這樣怎麼可能還好，出去馬上就會沒命。」

學長一貫的冷嘲熱諷，吳夏恩沒有回應。

我們跑到圖書館後面，一時不知道該去哪裡，只是盲目地跑。

學長扶著我，金娜惠扶著吳夏恩。大雪紛飛，看不清前方，腳總是深深地陷在雪裡，似乎沒辦法跑太遠，正好前面看到銀行的 ATM 自動化服務區。

要到最近的建築物大概還要走數百公尺，但雪越來越大，我們只得先找地方避一避。

打開門進去，只有靠著牆裝設的幾臺 ATM 迎接我們。

「歡迎光臨。如為視障人士，請將您的耳機放在自動櫃員機右側中央……」響起了絲毫沒有危機感的機器語音。

背後傳來哐啷一聲，門關上了。學長一隻手摟著我，另一隻手把門鎖上。剛剛在那短距離的奔跑中，他烏黑的頭髮上沾了幾片雪花。

總算成功脫逃了。意識到這個事實的瞬間，身體一下子沒了力氣。我靠著牆，腿一軟癱坐在地上，眼前轉得暈乎乎的。

其他人也一樣，大家都累得坐在地上。有好一陣子除了氣喘吁吁的呼吸聲外，沒有任何對話。

「對了……這個。」

原本四肢伸直呈大字型休息的金娜惠突然搖搖晃晃地站起來，打開背包在裡面翻找。我突然有一種奇妙的既視感。

「這是剛才在五樓拿的。學長受傷了，快拿去用吧。」

礦泉水、能量飲料、乾淨的毛巾、旅行用盥洗用品……各式各樣的補給品整整齊齊擺在我面前。記得第一次救了她後，她也是從背包拿帽T出來給我，當時還慌慌張張的。

「啊，對了，我還有剩下的繃帶和餅乾。」

吳夏恩也急忙拿出一捆繃帶。我忍受著疼痛和頭暈的折磨，呆呆地看著這一切，奇怪，就是覺得奇怪。

我連走路都有困難，為什麼學長還要那麼拚命把我帶出來？她們為什麼要把冒著生命危險好不容易得到的東西拿出來給我？不管我有沒有流血，會不會昏倒，他們大可不必理會我啊。

「我也有……」我費力開口說道。

大家的目光都集中在我身上，我努力不去看受傷的部位，專心翻找連帽T和褲子口袋，把剛才在五樓隨手拿的東西掏出來。有消炎軟膏、退燒藥和止痛藥、消化劑等，還有OK繃、紗布和消毒用品。

還好剛才在一片混亂中東西都沒掉，也還好一到五樓我就先拿了急救箱裡的東西。

「哇！」吳夏恩發出了簡短的感嘆。她在進入中央圖書館之前就在找藥品，這下當然高興了。

學長也把外套拉鍊拉下，有東西從裡頭掉了出來，是罐頭和速食粥。

「在半路上隨手撿的。」他把拉鍊重新拉上，若無其事地說道。

「哇——」這回，讓我們所有人都讚嘆不已。

「在等待學長的時候，我和夏恩姐姐討論了一下，我們想去學生會館看看。」物資分配大致結束後，金娜惠說道。

吳夏恩在旁邊點了點頭。她們兩人都失去原本的同伴，因此決定一起行動。

「學生會館裡有保健室，雖然不知道還有沒有藥品，但幸運的話，在女生休息室裡也許能找到毛毯或電熱毯。社團辦公室也在那裡，應該可以找到一些生活用品。」

「可以的話我想留在那裡，畢竟到處移動太危險了。」

「沒錯，雪好像也越來越大了……學長應該也知道，因為學校在山上，所以只要下雪總是下得很凶。」

怎麼會不知道呢？只要是我們學校的學生都知道，冬天常因暴雪交通車停駛，教授也經常因不能準時到校而緊急停課。加上依山而建的校園裡有很多坡路，一旦下雪就更壯觀了，三天兩頭滑倒受傷的學生層出不窮。

「在安全的環境下只要能堅持，無論如何最後都會獲救吧？不管是警察來救，還是外面的殭屍都被凍死。」

「學長們有什麼想法？如果覺得我們這個主意不錯，要不要跟我們一起去學生會館？」

「我……」

我估計了一下從這裡到學生會館的距離，平時大概步行要五分鐘左右，但現在可能需要更長的時間。這一路上感染者不知道什麼時候會出現，而且外面下著大雪，我的腿還受傷了。萬一我磨磨蹭蹭的，會害別人也面臨危險。

「我就算了，如果學長可以跟妳們去最好。」

「什麼？」

學長慢慢地回過頭，用冷冰冰的眼睛直視著我。

我感到口乾舌燥，雖然努力想表現沉著，但無法阻止睫毛微微顫抖。

「我的意思是說……我一個人沒關係，就讓我一個人待在這裡吧。」

「……」

「說實話，現在的我只會成為大家的負擔，把我帶在身邊沒有好處，只是個累贅。到目前為止得到學長許多幫助，我已經很感謝了，現在我不能再麻煩你了，對不起……」我費力地說完，立刻大口換氣，「之後如果還有機會……到時候再來接我吧。」

眼前一片模糊，我看不清其他人的表情，只聽到金娜惠小聲啜泣。

「學弟，你知道嗎？」沉默了許久的學長說道：「你有把人的心情變成爛泥的才能。」

他微微一笑，冷冽的眼神晃了一下。雖然笑了，但氣氛不但沒有緩和，反而更僵了。

「你是高燒不退把腦子燒壞了是嗎？說這什麼鬼話啊，你自己一個人可以做什麼？沒有我你什麼都做不了，只會自己一個人縮成一團不知道該怎麼辦，你沒掛了是你走狗屎運啊。」

「可是……」

「鄭護現，你要是再說一次那種話……只要再說一次……」他咬緊牙沒再繼續說下去，然後轉頭惡狠狠地對金娜惠和吳夏恩說道：「要去不去隨便妳們，滾。」

因前輩的惡言而一時不知如何回應的吳夏恩，好不容易才平靜下來。

「喔……知道了。可是護現的傷怎麼辦？」

金娜惠用手背輕輕擦拭眼角的淚水說道：「我幫護現學長消毒包紮完再走。」

「不用。」

「自己一個人沒辦法包紮的，讓我幫忙吧。」

但學長把消毒藥和繃帶拿到自己面前，然後把手伸向我。

不知不覺間，我褲子的鈕釦就鬆開了。

「看什麼看，還不快滾？」

接著他手一碰到拉鍊就拉開了，在一片寂靜中，拉鍊的聲音格外清晰。

「呃……那個……喔，好，護現學長就麻煩您了，希望兩位務必要平安無事！」

她們趕在積雪未深之前離開，四個人一下走了兩個，空間突然變得很大。

學長慢慢地拉下我的褲子，大腿受傷的地方被褲子磨到，痛得我眼淚都飆出來了。

他把褲子拉下到小腿，然後打開消毒藥的蓋子，用棉花沾取。

「憋氣咬緊牙。」

我痛得暈頭轉向，聽到他這句話，想說難不成是要揍我嗎？但下一秒，我瞬間理解學長為什麼要這樣說。

沾取消毒藥的棉花點點落在傷口上，我瞬間眼冒金星，忍不住爆出慘叫聲。就像在撕裂的傷口中，用刀片把肉挖出來一樣，痛得無以復加。

「呃，啊——啊！」

棉花又碰到傷口，猛烈的痛楚讓我頭一仰，瘋狂地搖頭晃腦，脖子和下巴忍不住打顫。

我短暫的人生到目前為止沒受過什麼嚴重的傷，最多就是小時候跟朋友打架被打到流鼻血、踢足球時摔倒膝蓋破皮的程度。但現在這被刀割過的傷口與之前完全不同，比被紙劃傷或被水果刀切到手指時要痛五千倍左右。我閉上眼睛，依然眼冒金星。

「不要亂動。」

不帶慈悲的痛楚再次席捲傷口，腰部忍不住抖動，整個身體都不由自主地像癲癇一樣顫抖。
「忍著點，雖然是比死還痛。」
學長緊緊按住我的腿固定好，每當我爆出哭聲和用力掙扎時，緊握著腿的大手就會用力。那一瞬間的他真是太無情了。無處可去的手不停抽搐著，我用力握拳，彷彿要將手指甲扎進手掌心似的，然後又鬆開，在地上亂抓，無力的腳尖也不由自主地扭曲。
「學長……拜託……好痛……好痛……」
承受不住的生理反應讓我的眼淚撲簌簌流下，嗚嗚，嗯啊，如泣如訴的呻吟從緊繃的嘴唇間迸出。專心消毒傷口的學長突然停止動作，他手裡拿著血淋淋的棉花，他的手也染得通紅。
「看來是痛得生無可戀是吧？還說什麼自己一個人也沒關係，放屁！所以誰叫你沒事要說廢話呢？根本就受不了啊，哭到一個不行。」
「……」
「我們護現，下次還敢這樣嗎？嗯？」
學長微微側過頭問道，我根本就無法回答，他的臉一下子就扭曲了。
「馬的，你不回答是吧？你要是再敢說那種話試試，我就把消毒藥水整瓶塞進傷口裡……不，我會親手把你的腿切掉。」
我慌慌張張地點頭，拚命伸出顫抖的手臂。其實我根本聽不清楚學長在說什麼，傷口的劇痛蓋過一切，我既痛苦又難受。我瑟瑟發抖的手臂迫降在學長的脖子上，那一瞬間他突然變得僵硬，然後輕輕嘆了口氣，把我攬入懷裡。
他用一隻手臂攬著我，繼續處理傷口。我把頭埋在他胸前，在消毒傷口、擦血、纏繃帶的過程中，一直壓抑著把哀嚎吞下。
過了漫長又殘酷的煎熬之後，學長的手終於放過我的大腿，陣陣麻酥酥的刺痛在厚實的繃帶下

逐漸模糊不清。

總算結束了，我攬著學長的手臂慢慢鬆開，我筋疲力盡地倒下，就在背碰到冰冷的地面之際，學長突然撲了上來。他沾了血的手捧著我的臉頰，粗暴地親吻了我。急促的呼吸在我們的嘴唇之間流竄，血腥味與消毒藥水混合的味道在空氣中震動。

濕漉漉的嘴唇依依不捨地離開，他仍扶著我的下巴，短促地吸氣，稍微改變角度，吻再次落下。這回他的舌頭從我微張的嘴唇中間鑽了進來，在我嘴裡攪動像要撕裂什麼似的。只是接吻而已，卻像把生殖器塞進體內一樣心神蕩漾。

「嗯。」

他抓住我受傷的大腿張開，鑽了進來。雖然感覺得出來他很小心避免觸碰傷口，但這姿勢仍讓人感到粗野，我的下半身現在只穿內褲，感覺他的體重輕輕壓迫著。

他沒停止嘴上功夫，將我的舌頭捲入嘴裡，貪婪吸吮的聲音赤裸裸地響起。

我的手在空中摸索，然後輕飄飄地落在他肩膀上。他猛然抓起我的手，圍繞在他自己的腰間。

我猶豫了一下，抱住他的腰。

我們雙唇疊在一起，不斷透出熱氣。不自覺開始輕輕扭動腰部，交疊的下肢互相搓揉。隔著一層布卻無比清晰，不知不覺間我也吐出短促的呻吟。

吻完之後，我們倆像是剛跑完馬拉松一樣都氣喘吁吁。

學長用額頭輕輕碰了我的額頭，然後是鼻尖，上唇也微微掃過。距離太近了，我習慣性地咬著濕潤的下唇，避開學長的視線。

他用大拇指壓著我的唇，冷冷問道：「現在連看都不想看我了嗎？覺得我像屎一樣不想正眼瞧我了嗎？」

「學長，你為什麼要這樣說……」

我說到一半就氣喘吁吁，他在我上方仍盯著我看，執著地等待我的回答。
「不是的，我只是……覺得沒有臉見你……每次都是學長救我，而我什麼都沒能為你做。」
「不，恰恰相反。」
「什麼？」
「鄭護現，每次都是你救我的。你老是這麼善良……明明那麼討厭我。」
我聽不懂他說的話，但是有一句我理解。
「我沒有討厭過學長，從一開始就是，每一瞬間都不曾討厭過。」
「騙人。」
他毫不猶豫地回擊，我也沒有示弱，直球對決。
「是真的。」
「你騙人。你怎麼可能不討厭我？我對你……」他說到一半停住了，呆呆地凝視著我的黑色瞳孔裡沒有焦點，就像一臺故障的機器，之前也有幾次這樣。
我心想，正如金娜惠和吳夏恩說的，如果去學生會館，或許可以安全地躲著，但是從這裡到學生會館必須要往山邊走，反而是距離學校大門越來越遠。
現在雪下得更大了，積雪越來越多，學生會館位置較低，很快就會積滿雪，寸步難行，只能茫然等待不知何時才會到來的救援。
在宿舍浴室時朴建宇曾說過，要從學校正門逃出去是不可能的，因為在途中肯定會被殭屍發現並抓住，說我們都會困在宿舍裡必死無疑。
但是我們成功離開了宿舍，還去過中央圖書館。我們在舒適的蟄居和危險的突破兩者之間選擇了後者，即使只有一線生機，也是有可能性的，我不想再回頭了。
我所知道的學長一直都是不同於常人的異類，雙手沾滿鮮血也不以為意，可以若無其事熟練地

肢解曾經是人類的軀體。總是說著莫名其妙的話，突然怒氣沖沖又突然沉默，閉口不言。

我突然有種想法，我想看看過著與一般人同樣日常的他。手上拿的不是武器，而是手機和背包；不談生死存亡，只思考今天中午要吃什麼。會在咖啡廳裡寫報告，下午的課堂上會趴在桌上打瞌睡。我想看看和這世界所有學生一樣過著平凡每一天的學長。

如果想那樣的話，只有一種方法。

憑藉著一股衝動我開口對學長說：「學長，你上次說過，會照我說的話去做，對吧？」

「……」

我摸索著學長捧著我臉頰的手，把我自己的手疊在他的手背上，緊緊握住。

「那從現在開始就請你照我說的去做。」

「我們去學校正門。」

我直視他的眼睛，他烏黑的眼珠子反射出我的影像。

我深吸一口氣，一個字一個字清清楚楚的說：「我們一定可以從這裡出去，在救援來臨之前我們就會先逃出去。不管發生什麼事，我們一定要、一定要兩個人都安然無恙地活下來。如果我忘記了請學長一定要記住。」

他凝視著，在沉默中我們四目相交，從上到下、從下到上，看著倒映在彼此眼中的對方，一直懷疑、渴求、提問，直到尋求到滿意的答案。

不知過了多久呢，他輕輕垂下眼睛，長長的黑色睫毛無聲地落下。他好像想說什麼，嘴唇動了動，但還是什麼都沒說，但是慢慢地、確確實實地點頭。

我們終於有了目標，有了活下來的理由。

CHAPTER 5 ▽ 異常值

外面下著暴風雪，連眼前都看不清，我們進入室內緊緊關上門，避免強烈的風把門吹開。好不容易鬆了口氣定睛一看，在寬敞的大廳裡鋪著大理石地板，牆面上印著巨大的學校標誌映入眼簾——百一大學七十週年紀念館。

如果往學校正門方向走，就會經過大運動場和網球場，我們沒有信心在風雪中順利貫穿寬闊的運動場，在途中緊急觀察周圍，臨時進入這個地方。

七十週年紀念館是學生很少會光顧的地方，除了新生訓練、畢業典禮、就業博覽會等活動外，平時幾乎不會進來。現在大廳空蕩蕩的，服務檯前什麼都沒有，只有掛在高高的天花板上的吊燈，顯得特別蒼白。

「噓！」

學長輕輕地把手放在嘴上，稀疏的雪花落在他頭髮上，被吊燈照得像星星一樣閃耀。他靜靜地環顧大廳。

「看起來沒有人。」

「嗯……咳咳。」

在雪花紛飛的外面走了許久，凍僵的身體在進入室內後開始慢慢融化。隨著緊張緩解，暫時遺忘的疼痛也隨之而來。我覺得渾身涼颼颼的，好像又要發燒了。

「跟我來。」

我吸著鼻子跟在學長後面，走進大廳旁邊的走廊，不多久看到辦公室。學長停在門前，仔細傾聽裡面的動向。

「有嗎？裡面……」我用嘴型無聲的詢問。

他沉默了一會兒，聳了聳肩，「不確定，要進去看看才知道。」

這是理所當然的，辦公室裡到底有沒有人，光是這樣隔著門聽很難掌握。但我突然覺得有點意

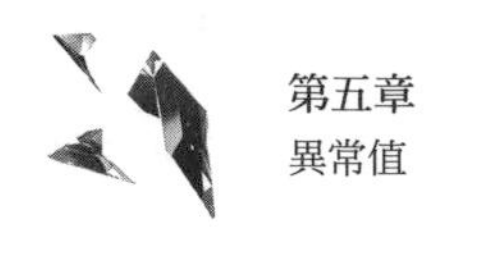

外，學長剛才說不確定，讓我有種陌生感，因為他在宿舍和中央圖書館時好像什麼都知道一樣。

我們處於戒備狀態，小心翼翼打開門，日光燈的光線從敞開的門縫裡投射出來。裡面一點動靜都沒有，學長再把門打開一點，緊貼在側，以便隨時可以應對敵人的突襲。

依然只有一片寂靜。學長回頭對我點點頭，這時我悄悄把憋著的氣吐掉。進入辦公室感覺寒冷消退，這裡至少比空曠開闊又冰冷的大廳要好得多。我們慢慢環顧四周。

沒有人，不管是活著的人、死去的人、死而復生的人都沒有。真是萬幸，要是遇上眼球爆出，腿一瘸一拐的感染者，肯定又是一場腥風血雨。

或許大家在工作中途匆忙離開，辦公室內仍定格處於上班時間的狀態。桌上文件堆積，紙杯裡有殘餘咖啡的痕跡，牆邊櫃子上的小聖誕樹上燈泡閃爍。

甚至有些座位上的電腦還開著，像各大樓設置的公用電腦一樣，黑漆漆的螢幕上只有以學校校徽製造的螢幕保護程式不停跑動。

「人都到哪裡去了？」

「要嘛死了，要嘛逃了。」

我呆呆地望著電腦螢幕，碰了一下滑鼠，睡眠模式被解除了，螢幕上出現輸入密碼的指示。我拉開椅子坐在電腦前，腿一彎，大腿傷口就爆痛，我強忍了下，手放在鍵盤上敲擊，啪嗒啪嗒的。

學長回頭看看我，問道：「你在做什麼？」

「我想看看能不能查到什麼。」

「不是不能上網嗎？」

「是沒錯，不過還是想試試……」

q1w2e3r4，不是。

1q2w3e4r，也不是……

那是z1x2c3v4？

叮，按下輸入鍵的同時，出現了背景畫面。

學長瞪大了眼看著我，好像是在問你是怎麼解開的？

我趕緊解釋：「公用電腦的密碼很好猜啊。」

我們學校的資安真是漏洞百出，令人嘆息。其實在部隊時，隊上電腦的密碼也一樣。韓國不是ＩＴ強國嗎？這樣下去真是令人擔憂。

螢幕右下角出現了無連接到網路的「Ｘ」標誌，雖然在意料之中，但還是有些失望，本來期待或許還有有線網路可以用的。

背景畫面上滿是各種業務用文件夾，打開來看都沒什麼特別的。文字處理軟體、電子表格……等等，這是什麼？比價表？看來是有人上班時間上網購物啊。

聊天工具提示閃爍著，表示有未讀訊息，我毫不遲疑打開來看。

「收到通知了嗎？聽說研究室那邊發生了意外事故？」

「什麼意外？我還沒接到任何通知。」

「不清楚，聽說是實驗的時候出事了。」

「又來？上次化學系的學生因為沒把試劑廢料處理好，不是才發生小爆炸嗎？」

「聽說這次是病毒學研究室那邊出事了。」

「唉！真是找麻煩。公告了嗎？要宣布禁止出入嗎？」

「目前還不確定。」

「等一下，部長叫我。」

之後談話中斷了一個多小時。最後對方傳來了一行訊息。

「現在立刻去ㄍㄆせヌ＝＝＝＝＝＝＝＝＝＝＝＝＝」

我不知不覺把手放在鍵盤上敲擊。

〔X〕「怎麼了？」

〔X〕「喂」

〔X〕「沒事吧？」

訊息當然傳不出去，只是頻頻出現「請確認網路連接狀態」的警告訊息。

「看什麼看得那麼認真？」

一隻手搭上我的肩，正看著螢幕出神的我嚇了一跳，學長的臉湊了過來，突然噗哧一笑，「膽小鬼。」

「學長，之前娜惠不是說過，在圖書館聽到廣播通知禁止外出。」

「你說誰？」

他很自然的反問，不是在開玩笑。我一時不知如何回應。

「就是在圖書館遇到那個大一女生啊，幾個小時前不是還在一起嗎？」

「……」

「你連人家的名字都沒記住？」

「我為何要記住？有必要嗎？」

我真是無言以對。他可以叫我學弟、鄭護現、護現啊、小可愛、現……等等，但卻不肯記住別人的名字。

「真的是因為在實驗過程中發生意外嗎？所以學校才會變成這樣？但為什麼不讓我們出去？既

然教職員之間已經先傳開了，那應該有人報案之類的吧？」

「誰知道。」他停頓了一下，又喃喃自語地說：「……這個我也想了解一下。」

窗外颳著凜冽的寒風，下著暴雪，天空陰沉沉的，雖然是白天，但卻像夜晚一樣昏暗。與此形成鮮明對比的是燈火通明的室內，卻非常安靜，我們進來到現在已經過了一段時間，完全沒有發現其他人的動靜。桌上用加濕器不時發出呲呲聲，噴出濕氣。

學長一如往常，只說要去四處看看，然後就自己離開了。

我待在辦公室裡仔細觀察各個角落，拖著受傷的腿走進茶水間一看，差點就歡呼了起來。所有的辦公室都一樣，在大學裡的辦公室也備有各種茶點。在咖啡壺和冰箱旁邊可以看到即溶咖啡、茶包和許多餅乾。不知道是不是職員們買來當早餐或點心的，居然還有即食濃湯。這裡與歷劫過後的便利商店不一樣，糧食大部分都安然無恙，或許是因為沒有人想到要逃到這裡來吧。

學長回來時，我正把泡好的濃湯拿到辦公室一角的圓桌上，熱騰騰的湯冒著熱氣。

「這是什麼？」他問道。

我忙著撕開餅乾包裝，把果汁倒在杯子裡，不假思索地回答：「我們的午餐。」

「……」

「到現在連一頓像樣的飯都沒吃過，其實現在這些也不是正式的一餐，但總比能量棒強吧？」

「……」

「雖然是即食濃湯，但味道應該還可以。啊，我還加了牛奶，以前我妹生病時我都會弄給她吃，在湯裡加牛奶熱一下，就算再沒胃口也吃得下。不過不知道你會不會不喜歡……」

學長好半天沒說話，我覺得奇怪地擡起頭，看到他正望著一桌簡陋的食物發呆，最後慢悠悠地眨了眨眼睛。

「今天是我生日嗎？不對啊，我生日早就過了。」

「……」

「真是，你為什麼總是做這些讓人這麼窩心的事。真是太可愛了，我快受不了了。」

什麼快受不了了？這個部分我不想回應，除此之外都還好。我又說道：「所以你不要死。」

「我不會死的。死了多可惜啊。」

他爽快地坐在桌子前，這時才發現只有一把椅子。他看了我一眼說道：「怎麼了？」

當著腿上纏了繃帶的人面前，大剌剌地坐在唯一一把椅子上。學長今天又再度讓我見識到他毫無人性的一面。

「沒什麼。」

我連指責的想法都沒有，默默轉身去拿辦公桌前的椅子，突然間手被抓住了。

「你要去哪裡？」

「去拿椅子。我也想坐著吃飯啊。」

學長微微一笑，拍了拍大腿，「拿椅子幹麼？坐這裡不就行了。」

「……」

「快點啊。」

「不用了，我去拿別的椅子。那樣學長會不舒服的。」

「你又來了，好啊，你就繼續堅持吧，等著看我把其他椅子全都砸爛。」

「……是，我這就馬上坐下。」

我笨拙地坐在他的大腿上。就像擠得像沙丁魚罐頭的公車，突然緊急剎車，結果一個不小心坐在陌生大叔的腿上一樣……不，比那種狀況更不舒服。

他緊緊摟住我的腰，我的背貼著他的胸膛，就像他從背後抱著我。一個近一百八十公分的男子，竟然坐在近一百九十公分的男子腿上，看起來一定非常搞笑。我全身從上到下、從裡到外都不自在。

「護現啊，這些都是為了和我一起吃才準備的嗎？一邊準備一邊等我回來？」

「是的，當然了。」

他沒拿湯匙攪動熱湯，而是微微笑了。我們的身體緊緊貼著，他低沉的笑聲傳來。

「學長為什麼笑？」

「腿被刀子劃傷連走動都有困難，卻還是做這些沒用又可愛的事。光是想像你一拐一拐地走來走去，慢吞吞擺桌的樣子，就覺得可愛得讓人受不了。」

不知道他這是嘲弄還是稱讚……不，他是在嘲笑我沒錯，一時之間有種想翻桌的衝動，但很快就放棄了。正如他說的，拖著受傷的腿好不容易才擺好一桌食物，翻掉豈不可惜？我絕對不是因為害怕學長才放棄翻桌的。

「學長不吃嗎？」

「不，我要吃。不過我想吃別的。」

這種情況之下還給我挑食？

「學長想吃什麼？」

他咧嘴笑了，用指尖碰了一下我的臉頰。我無言。沉默了一會兒才不情願地問道：「我嗎？」

「嗯。」

「你要吃掉我？像那些感染者一樣？」

「當然不是。我們護現這麼小不溜丟的，一口就沒了，當然不能隨便吃掉啊。」

「我其實不小啊，我的體格算是比較高大的。」

「騙人。」

「是真的。」

「跟我比呢？」

我又無言了。我沒聽過別人說我矮，雖然老實說我差一點點就一百八十公分了。我感覺到一股淡淡的哀傷。

「我要吃從你那裡出來的東西。」

「什麼？」

「還裝傻。你之前不是弄得我滿手都是嗎？還哭得梨花帶淚可愛死了。你不記得了嗎？要不要我再多提示一點？」

「不用了，我記得，因為記得太清楚甚至到痛苦的地步，所以學長不用再說明了。」

「要不要再幫你弄些出來？我可以全部舔掉嗎？」

「啊！」我反射性地尖叫起來，一個字也不想多聽。

我抓起放在盤子上的餅乾，急切地塞到學長的嘴裡。按我心裡的想法，真想乾脆把所有食物都塞進去，把他的嘴堵住。但他從容的吃掉餅乾，咔滋咔滋咀嚼的聲音平靜得令人生厭。

後來我們都沒再說話，安靜地吃東西。熱湯一進入胃裡，凍僵的身體從內而外都溫暖了起來。

他從各種果汁瓶中慎重地挑選了草莓汁。

耳廓上掛著一串耳釘，三白眼，烏黑的頭髮。一點都不適合用善良、溫柔來形容的大男人，用青筋凸起的大手打開草莓汁瓶蓋，這畫面卻莫名地很適合他。

我嘴裡叼著湯匙，伸長了手要拿在桌子另一邊的柳橙汁，身體微微晃動，就在我臂部下方，他的大腿肌肉一下子僵住了。事實上在用餐過程中只要我一動，他就會有這種反應，剛開始我還以為是自己的錯覺，但一直重覆發生讓我無法忽視。是因為我太重了嗎？我回頭看他。

「我應該很重吧？要不然我起來好了。」

「是很重。」

他淡然的回應，但是摟住我腰部的手臂沒有鬆開的意思。

「我想我還是……」

「下面一直又脹又重，因為血都衝下去了。」

「什麼？」

「吃著東西差點沒起立啊，誰叫你總是用屁股蹭我。我的小可愛真是，受不了你，無時無刻不在想那檔事，等不及了嗎？」

「……」

無時無刻不想的人不是我，而是學長。我驚愕地看著他，學長微微皺起眉頭。

「為什麼用這種眼神看我，你希望我放進去嗎？」

「放什麼？在我的戶頭裡放現金嗎？」我努力地顧左右而言他。

「把我那根放到你的……」

「呃！」我趕緊把最大一顆糖果塞進他的嘴裡，學長含著糖果吃吃笑著。我懷著錯綜複雜的心情搓了搓臉，感覺生平沒聽過的淫言穢語全都從學長口中聽到了。

事到如今，我仍然對學長一無所知，同時我們能順利逃脫的可能性還是一樣渺茫。絕望的情況、心裡的疑問，一件都沒有解決。但是在用餐時和學長進行這些離譜的對話，意外地卻讓我心情逐漸平靜，對學長也不再像剛見面時那樣恐懼和不安了。

轉眼間外面降下了黑幕，才傍晚就已經一片漆黑，即使下著暴雪，太陽還是很快就下山了。陣陣寒風拍打著窗戶，即便是在室內待久了也感到冷，隔板旁的衣帽架上不知是誰掛了件羽絨外套，我就先借來穿了。

學長抱著胳膊坐在一眼就能看到門口的地方，旁邊放著長長的鐵管，那個可能是剛才在外面順手撿來的，這一切對他來說都非常自然。

這回我自己進行換藥，解開大腿上的繃帶，小心地拿起沾滿血的紗布，看到橫劃過大腿的一道紅線。我用棉花沾取消毒藥水，小心翼翼地塗在傷口上。

傷口碰到消毒藥水後出現了尖銳的疼痛，但還不至於無法忍受。剛被刀劃破後第一次上藥時真的痛得死去活來，現在傷口似乎稍微癒合，所以比較可以忍受。

擦完藥我把東西放好，一邊整理衣服。學長依然是一副不知在想什麼的表情，我突然想到一個疑問：「學長剛才說生日已經過了。」

他轉頭看著我，我們四目相交。

「是什麼時候啊？學長的生日。」

有點莫名其妙的問題，學長會怎麼回答呢？在生死交關的情勢下，還提出這種問題，他應該會嘲弄我吧？還是……

但他面無表情地微微歪著頭，沒有嘲弄和辱罵，而是反問：「學弟怎麼會突然在意這個？你什麼時候開始這麼關心我了？」

「我一直都很關心學長啊。」

「……」

「我不能關心你嗎？」

他定定地注視我，就像看到了不可能發生的變數一樣、像生平第一次見到某種稀有生物一樣、像是在整齊排列的圖表數據中發現突出的異常值一樣，淡淡流動的緊張突然消失。

他若無其事地回答。

「十二月二十四日，我生日。」

「哇，是聖誕夜吔。」

我在宿舍寢室醒來，接著遇到了學長，還搞不清楚狀況逃到公共浴室躲藏的時候正是聖誕節，所以他一過生日就捲入這場可怕的慘劇中。想想他和做完報告後昏睡，醒來發現宿舍被殭屍占領的我一樣運氣不好。

「你本來想怎麼過生日的？」

是和朋友們約了去喝酒？還是準備去電影或表演？或是逛街享受聖誕及跨年的氣氛呢？現在那些生活都成了遙遠的過去。一個月前理所當然享受的一切全都消失了，現在這孤立在風雪中的校園似乎就是世界的全部。

「我不記得了。」

「那寒假呢？你打算做什麼？」

「我忘了。」

「你不是記得我喜歡吃蘋果？」

「當然，我們又不是普通關係。」

「那你怎麼會不記得寒假計畫呢？」

「你現在才好奇那個做什麼？」

學長噗一聲笑了，但是他的眼神卻絲毫沒有笑容。

「學弟，想說什麼就好好說，你是很可愛，但不要隨便亂打什麼鬼主意。怎麼？還是因為太無聊，突然想玩採訪遊戲？」

我討厭複雜和麻煩，也不想製造不必要的矛盾，雖然心裡有疑問，但想想也就算了，凡事得過且過就好。我懶得與他人維持深厚的關係，所以總是過得很邊緣。

如果我把學長當作之前遇到的那些生存者一樣對待，那麼我就不會提出這樣的問題。就算基於禮貌詢問，應該也不會真的放在心上。

但是學長和他們不一樣，他救了我好幾次，因為我不知道為什麼他迫切的希望我活著。我不能像對別人一樣，用不想建立關係、船到橋頭自然直的心態坐視不理。

他知道我多少，我也要知道他多少。

「學長……」我擡頭直視著他的眼睛問道：「我們以前見過嗎？」

「哇，說你可愛尾巴就翹起來啦。你是在誘惑我嗎？不過用這種臺詞遜爆了。」

學長面無表情地看著我，然後低聲笑了起來。

「……不是那樣的。」

「沒什麼，沒關係。臺詞遜爆又怎麼樣，鄭護現說廢話也不是一天兩天的事。」

他帶著笑輕輕地點了點頭，但是我無法跟著他笑。

「學長，請你回答我。」

「這麼可愛的傢伙要我回答，就算沒有答案也要硬擠出來啊。怎麼說的來著？你問我們以前有沒有見過面？」

「對。」

「以前是什麼時候？」

「在學校……變成這樣之前。」

他沒有遲疑淡淡地回答：「沒有，完全沒有。」

「……」

「怎樣？你的問題解決了吧？」

疑問不但沒有解開，反而變得更疑惑了。

如果我們以前沒有見過面，那學長怎麼會知道我的名字？

「是不是因為學弟只讀書把腦袋讀壞了？所以才老是想些有的沒的，如果能把這些精力用在求生上就好了，是吧？」

他不以為然地搖搖手又說道：「問題問完了，就吃藥睡覺吧。不要等下又發燒，現在已經不適合再拖著病人逃跑了。」

「學長呢？學長打算什麼時候睡覺？」

「我自己會看著辦。」

「那麼凌晨我來和你換班。我去瞇一下就起來。」

「你到底是要乖乖躺好睡覺還是想挨揍？」

學長沒等我的回答就別過頭去，單方面結束談話。

我茫然地望著他的側臉，嘆了口氣，腦子裡依舊一片混亂。

我用毛巾擦拭濕頭髮，一邊擡起頭。洗臉檯上的鏡子映出了我的面貌，比起做完報告昏睡後起來看到的臉，現在明顯變得蒼白。瀏海稍長，臉上有點發青，那是之前發生肢體衝突時被打到的，下巴還留有黃色和藍色的瘀青。

雖然沒有熱水，但還能在洗手間梳洗已經很好了，至於用吹風機吹乾頭髮這種事是連想都不敢想。與外界斷絕了聯繫，而且還不知死了多少人，這種情況之下還想淋浴真是太奢侈了。

我把旅行用盥洗用品放好轉過身，然後就當場僵住。在毛玻璃門上浮現一個黑乎乎的形體。是誰？是學長嗎？我當然沒開口問。我一動也不動，屏住呼吸，目不轉睛地凝視著門。那個黑乎乎的形體走近，看起來更清晰了。

它的頭以一種奇怪的角度彎曲得稀奇古怪，透過毛玻璃可以看出外露的皮膚上有多處紅色的痕跡，從模糊的輪廓也能看出不是活人。冰冷的戰慄順著後背流淌。

進入七十週年紀念館後，我們一直沒看到其他人，所以暫時忘記了。但是無論表面上看起來多麼平靜，這裡還是危險地帶，隨時都有可能會遇到襲擊。

「咯……」

它緊貼在門上，咔嚓咔嚓地刮玻璃，我可以看到腐朽的眼珠子轉來轉去尋找獵物。由於我離門有一段距離，所以它好像並未完全意識到我的存在。

洗手間的門是半自動門，只要把手放在旁邊的感應器前門就會打開。紀念館內一切設施都是最新的，這一瞬間真是萬幸，要不然那個東西可能早就撲到我身上了。

但是我也不能一直這樣站著，門外也有感應器，要是那個東西好死不死啟動了感應器打開自動門，那我真的死路一條。我環顧四周，找尋有沒有什麼可以用的武器。在一排洗手間的最後一間，裡面的打掃工具進入眼簾，我目不轉睛盯著門，小心翼翼地往後退。

刮門的聲音更大了，光滑的玻璃門表面沾滿了黑色的血。我伸手摸到拖把，緊緊抓著長長的拖把走近門口。既然如此，我決定先下手為強。

察覺到我動靜的感染者猛撞門，指甲早已脫落的手瘋狂在玻璃門上抓刮，玻璃門受到外力不停晃動。

洗手間是狹小密閉的空間，如果掉以輕心就會立即被逼到角落，束手無策。雪上加霜的是，現在我孤身一人，只能咬緊牙關，顫抖的手使勁，沉著地等待時機。就在那個東西後退想再撞門的那一瞬間，我的手按下感應器，門打開了。

那個東西全力撲上來，沒想到門突然開了，它撲倒在地，渾身沾滿血污在洗手間的地板上蠕動。我舉起拖把使勁往那個東西的背上打，它張大著嘴一開一合彷彿在哭喊。我看到它牙齦潰爛，牙齒根部原封不動地露了出來。

反抗太強烈了，一時很難制服，光是要防守就已經很吃力了。沒多久木製的拖把柄居然打斷了，對方似乎等了很久，伸出手臂。我想也沒想舉起折斷的拖把柄往下一插，透過木柄感受到穿過腐肉的感覺，木柄深深地插在那個東西的脖子上。

「咯啊，咯啊！」它的聲帶好像壞了，像漏氣一樣發出奇怪的聲音，慘不忍睹的景象令人窒息。但這只是暫時的，那個東西居然任憑木柄插在脖子上，不顧一切地撲過來，我以千鈞一髮的差距避開。

「給我滾！」

我猛地踢那個東西的肚子，趁機拉開距離，跑進其中一間洗手間裡鎖上門。原本就受傷的大腿刺痛，但我沒時間理會。咚！咚！門劇烈地晃動，震耳欲聾的怪聲緊隨其後。

「呼——呼——」我氣喘吁吁地緊抓住門鎖，才一會兒就上氣不接下氣。我又不是好萊塢動作片主角，要在這種凶險的情況下毫髮無傷獲勝的機率是零。

忙亂中我東張西望。狹小的洗手間裡根本沒什麼可以用的，衛生紙掛鉤、蓋上蓋子的馬桶、小垃圾桶……牆上的緊急呼救鈴特別顯眼。

【如遇危急情況請按鈕，我們將立即出動協助您。】

什麼立即出動，就算按一百次也不會有人來，看到真是令人氣憤。

那個東西還在不停撞門，手腳並用的樣子，門鎖感覺很不牢固，隨時都會被撞開。

沒有別的辦法了，我抓起馬桶水箱蓋，因為是陶瓷材質，所以相當沉重，高高舉起用力摔下，鋒利的碎片四濺。

門被撞開了，我反射性地緊貼牆壁，就在同時那個東西撲了過來，還留著帶血的唾沫。在頭腦思考之前，我的身體已經先行動了。我把瓷器碎片鋒利的一端狠狠插進那個東西的脖子裡。

「咳！咳！」

腐爛的血似乎濺到臉上，散發出一股惡臭。那個東西倒在馬桶上，我一次又一次拿瓷器碎片猛刺，他的脖子漸漸變得軟爛，露出了裡面的骨頭。

不知何時那個東西不動了，我的視野被染成一片又黑又紅，氣喘吁吁好不容易回過神來，才看到眼前的慘狀。狹窄的洗手間內到處都是血，由紅凝固轉黑的血液四散。

「啊！」

手裡拿的碎片掉了下來，我撥了撥散亂的瀏海，慢慢往後退。洗手臺前的鏡子映出我的身影，我嚇了一跳，還以為是別人。

我渾身是血，頭髮上也沾了斑駁的血塊，現在的模樣，和倒在洗手間內的感染者一樣可怕。眼前一片黑，然後又清晰，我整個頭暈目眩。但想想說不定還有別的感染者，必須趕緊離開，我得回辦公室，讓學長知道有感染者的存在，但身體卻無法移動。

我推開辦公室的門進來，沒擦乾的手上還滴著水，失魂落魄地移動腳步。學長脫了外套，穿著黑色T恤斜坐在桌子上，聽到開門聲轉頭看我。

他沒有任何反應，只是呆呆地看著我，眼神一一掃過我用冷水瘋狂洗了又洗的蒼白的臉、濕透的頭髮和血跡斑斑的衣服。

「有感染者……我在洗手間時，突然進來了……」

「……」

「我不知道是怎麼弄的，我很害怕、很害怕，可是我想活下來。等到我打起精神一看……」水珠順著瀏海流下來，我把不安的眼神固定在地上，結結巴巴地說著：「學長也是這樣的嗎？」

身上沾滿他人的血站在鏡子前時，我想起了學長。雖然現在可以連眼睛都不眨一下就砍掉感染者的頭、砸碎身體，但他必然也經歷過第一次殺戮的瞬間。

原本每天手裡拿著手機或滑鼠的大學生，第一次拿起武器，殘酷地殺人，在那個當下學長心裡在想什麼？有什麼感受？

「第一次砍死那些東西時，學長也……也是這樣……」

話還沒說完我就乾嘔起來，把嘴捂住，但上半身一下子癱了，無力之際勉強尋找支撐物。手臂一擡就搭在結實的肩膀上，學長不知什麼時候來到我身邊，他支撐起無法支撐自己的我。

他用長了繭的長手指緩緩地拂過我的下巴，然後指尖稍微用力，把我的頭轉向他自己。我們四目相接。

我們倆什麼都沒說，隱隱約約的呼吸聲填滿整個空間。他身上散發著淡淡的肥皂香味。現在我能聞到什麼味道？是清涼的自來水消毒劑的味道，還是血腥味？

學長凝視著我的眼睛慢慢地垂下。我閉上眼，眼皮顫動得很厲害，我感覺得到他的氣息，不一會兒嘴唇接觸了。

溫柔的吻只有那麼一會兒，接著他立刻把我的頭拉近，粗暴地緊貼著身體，在胸口相觸的瞬間，他的舌頭彷彿深深扎進我的喉頭。

因為突如其來的舉動，我不自覺後退，腰碰到桌子，上半身晃動。學長順勢把手往下移，托住我的臀部，直接把我舉起來讓我坐在桌子上，眼神迷蒙。

「這下糟了。」

他濕潤的嘴唇露出微笑。

「現，該怎麼辦呢？嘴小屁股也小，雖然很可愛，但是進不去怎麼辦。」

到底是什麼進不去？我很好奇……不，我一點都不好奇。

「你問我是不是也這樣？」

「……」

「對，非常難受，難受得快死了。」

我的心臟像是被一塊大石頭壓住，喉頭一緊什麼話都說不出來。我怯生生地伸出手臂搭在他的肩膀上。他沉默了一會兒，像嘆氣一樣低語。

「你是在安慰我嗎？可是我看你受到不小的打擊，連站都站不穩啊。」

我還沒來得及回答，身體就被推倒。

學長把我推倒在桌子上，他壓抑著粗獷的呼吸低聲說道：「脫掉。」

我目光往下，看到血淋淋的連帽T。

「脫掉衣服，鄭護現。」

我用顫抖的手費力地拉起衣角，小腹微微地露了出來，才這麼一下子，學長就出手，嗖地一下把我的衣服拉到胸前，接著像破洞一樣的衣服在空中飛起，掛在旁邊的隔板上。

我一時還無法打起精神，光是回應學長的吻就很費力，我只能發出呻吟，摩蹭著學長的肩膀。他咬住我的嘴唇，吸吮我的舌頭，還輕輕地舔咬我的耳垂和脖子，原本涼颼颼的皮膚開始發熱。

幸虧被厚衣服遮住的部位沒有沾到血。學長用結實的胳膊攬住我光溜溜的腰，我的骨盆不由自主的懸空。然後他順手拉下褲子拉鍊，我的褲子連同內褲一下子就往下掉，卡在腳踝上。

「啊……學長……」

只有我光著身子，感到很羞愧，不自覺蜷縮大腿。

「乖乖的不要動，我來安慰安慰你吧。」

他的大手輕握我的肉棒，用大拇指緩緩地摩擦前端下方，細嫩的皮肉蹭得厲害。

「你這裡有沐浴露的香味，一搓就出水了。」

「啊啊！」

「一想到你洗得乾乾淨淨就瘋了，剛才那個怪物也看到你洗澡嗎？你隨便給人看裸體嗎？靠，應該把那怪物的頭搗碎。」

我扭動腰肢，急切地想推開學長，但他紋風不動。

「該怎麼做呢？把你的肉棒放進嘴裡用舌頭攪動，還是吸到爽？放心，我會讓你盡情射出來的。」他握著我的生殖器搖動。

「兩個都不要，夠了，不要搖……啊！我受不了……」

「那要我吸哪裡呢？」

他悶悶不樂地反問，我已經六神無主，卻也感到無言。

「都不要吸不就行了嘛！」

「那怎麼行，等等又纏著我要我抱你。」

「總之不行。」

「不，我說行就行。」

他義無反顧地宣告，然後抓住我的大腿扒開。太無言了，我當場愣住，過了一會兒才醒悟過來。他把臉埋進兩條腿中間，接著後庭碰到了他又熱又濕的舌頭，乾枯的皮肉瞬間被舔得濕濕的，

他的舌頭仍在那裡滑溜溜地轉。
「啊——」出乎意料之外的舉動，我嚇了一跳，身體像觸電一樣顫動。
「你瘋了。」
「嗯哼。」他心不在焉地回答，連話音都模糊了。
我想把他推開，才伸出手臂，就在那一瞬間，他的舌頭鑽進緊閉的洞裡，讓人熱血沸騰，我不自覺把頭一仰。學長緊緊抓著我的大腿，把頭埋在腹股溝內，吸吮、吸吮、吸吮，我羞得眼淚都要流出來了。
「不要這樣。那樣很奇怪。真是瘋了，啊！啊！」
「要撒嬌就要溫柔一點啊，不要亂動，不然大腿的傷口又要裂開了。」
我意識到纏著繃帶的大腿，身體不由自主地縮了起來。他一句話就讓我不敢亂動，他又再度把頭埋進我兩腿之間，一邊吸吮一邊解開自己的褲子。啪嗒、啪嗒、啪嗒、啪嗒。下面傳來什麼東西晃動的聲音，他嚥了口唾沫低沉地呻吟。
他似乎覺得差不多了，把舌頭伸進洞裡，用厚實的舌頭使勁地翻攪內壁，我懸空的大腿直打顫，「嗯哼——嗯——啊！」
他擡起頭來，輕輕舔了嘴唇，他的嘴唇發紅，油光光的。因為剛才把臉深深地埋在我的兩腿之間，瀏海也散開了，T恤遮不住結實的胸膛和腹肌，再往下還有一個凶惡的大根不可一世地挺立著。我感到羞愧得無處可逃。
「現，你這裡有個痣。」
他指著我大腿內側，穿內褲會遮住的地方。我不知道那裡有痣，話說誰會那麼仔細觀察自己的腹股溝呢？
「那麼性感的地方也有痣啊。話說我每次看到你眼睛下面那顆痣，都想吸吮到你臉紅為止。」

「拜託……」

天哪！天哪！他滔滔不絕的淫言穢語使我頭暈目眩。

「你看，都濕了，可以放了嗎？」

他用大拇指輕輕地拂過濕軟的後庭入口，堅硬的手指第一個指節似進非進地摳著，他每摳一下我的屁股就會一顫一顫地繃緊。

「放什麼？」

「我的鳥啊，看不出來嗎？我都快要受不了了，你讓我快發瘋了。」

學長是瘋了，他不分由說地強行推進下半身。他沉甸甸又厚實的大根壓著我的大腿，我感受到彷彿致命的威脅。

「學……學長，我要死了，我真的會死。」

「你不會死，我不會讓你死的。」

「不，我百分之百會死。」

「那就放一半吧，還是一半的一半？嗯？靠，我想放想瘋了，怎樣？」

他咬牙切齒，眼睛看起來有殺氣，我抓著他的手臂啜泣，瘋狂地搖頭，我想先活下來再說。最後他嘆了口氣，「張開。」

兩根手指不由分說地深深扎進了洞裡，內壁繃緊了，感覺好像要碰到內臟似的，我忍不住一驚，縮了一下。

「不想死就好好接受吧。」

「嗯——嗯——」

「你不是說我把鳥放進去你就會死嗎？為了不讓你死，我就先用手指，所以放鬆一點，怎麼這麼緊啊……」

他長長的手指緊緊蜷縮在裡頭攪動，好像要直通到小腹一樣，他在內壁摸來摸去，突然將手指用力地捅，我的小腹間歇性緊繃用力，裡面的肉像在吸吮他的手指，頓時感到害羞。

「額——嗯哼——嗯——」

每次他往內揉搓時，肚臍下方就會麻酥酥的。不知不覺，我的那話兒也豎了起來，頂端滲出透明的液體。身體越來越敏感，他的手指伸直，輕輕刮過內壁離開我的身體，我的眼前白皙明亮，身體無力地抽搐著。

「啊！啊！啊！」

短促的呻吟聲接連不斷，學長一把抓住了我的分身搖晃，手指同時又捅進洞裡而。前後的刺激太強烈了。

「我……現在……要出來了……啊，好像出來了……夠了……嗯……嗯……」

最終我沒撐多久就屈服了。在射精的過程中，臀部來回扭動，似乎想用力擰乾在裡面的手指，我的眼睛痠痠的。

「很爽是吧，就這樣吧？哭了……要嘛就大聲一點，把外面的傢伙都叫過來。」

深深捅進去的手指一下子就抽離了，沒想到下一瞬間，發熱的前端挺進洞口。我嚇得身體僵硬，以為他會長驅直入。

但是並沒有帶來預想中的痛苦。學長只是把前端搭在顫動的後庭入口，他握著自己的大根自慰。濕潤的皮肉摩擦發出嘎吱聲，大根前端威脅性地撞擊後庭入口，彷彿一放鬆就會馬上進入，我無意中也不斷用力。

「嗯——嗯哼——」

不一會兒，他就把大根一撥，射精了。黏稠的液體猛然射向洞口，弄濕了，而且還有些流到裡面去。他進一步扒開我的後庭，朝裡頭擠滿精液，低聲淫笑。

「哇，太性感了，說不要放，結果還不是先接了精液。」

我連回答的力氣也沒有，現在只想停止一切。我害怕下體被他人精液浸濕的感覺，害怕肚子裡滑溜的感覺。

「請讓開。我想去沖洗。」

他沒有聽我的話，反而泰然自若地吻了我的額頭。

「洗什麼洗啊，我可是為了放鳥進去先特地射的。」

「什麼？」

不想相信剛才聽到的話，我用驚愕的眼睛朝下面瞥了一眼。他的大根不是才射完嗎？怎麼還跟剛才一樣直挺，而且更光滑，看起來更凶險。一道白色液體順著大根流下。你非要把那根東西放進去？真的嗎？你是瘋子嗎？

他抓起大根，拍打我的小腹，然後輕輕壓著肚臍下方一寸一寸的皮膚，就像在測量長度一樣。

「要夠爽的話，應該到這裡才行。」

「我真的快死了。」

「我不會讓你死。」

「不會變成血海一片吧？」

「放心，不會。」

「求求你放過我……」

我拋棄了最後的自尊心，卑躬屈膝地哀求。

與其把那個放進來，我還不如出去跟殭屍決一死戰。

學長噗哧地笑了，下一瞬間，他脫掉T恤，肌肉線條與疤痕同樣明顯的身體原封不動露了出來，其中最大的一道疤痕藏在下巴線的陰影中，橫劃過脖子。

我的身體對摺，腿呈M字型張開，學長把大根放入後庭洞裡。前端熱燙燙地刺痛後庭皮膚，這股衝擊讓我腦子一片空白。

就像試菜嚐鹹淡，他先把前端輕輕推到入口，沾上了精液，夠濕滑了，然後使勁往內挺進去。我急切地嚥了口氣，只進去約莫一半，似乎就堵住了。

「啊！」

學長皺著眉長吁一口氣，將大根抽離了。我暫時安心，但也只是暫時，很快又來了，我緊閉眼睛，被學長抓著的小腿抖得可憐。

「嗯──嗯哼──嗯──」

幾經往返，粗大的前端才完全進入，內壁似乎裂開了，就像把拳頭塞進肚子裡一樣。我已經不知道天南地北，學長退出來，但握住我的雙腳，用腰部的力量用力再挺進。

赤裸裸地深入且殘忍。我被來回的衝擊折磨得喘不過氣，骨盆要裂了，內臟要炸了，但又不敢隨便亂動。大腿和小腹間歇用力，肌肉繃得緊緊的，然後又放鬆，如此反覆。

「進到哪裡了？」

「我不知道。」

「說啊，我還可以再進去多少？如果你不說，那我只好一直前進，直到你崩潰為止。」

「我喘不過氣……太……」

「太美妙了嗎？喜歡到極致，連呼吸都喘不過來？好好，我知道了。」

他厚著臉皮任意曲解我的意思，我雖然想反駁，但說不出話，只能張著嘴喘氣。我覺得既委屈又難過，一直盯著我看的學長輕輕按了一下我的小腹。

「嗯哼！」

小腹裡感覺都滿了，我覺得害怕，眼角噙滿了淚水，連日光燈的光也變得潮濕了。

「這裡……好像有點鼓起來了，是因為我的鳥嗎？」
「不要，不要壓……拜託。」
「真神奇，漂亮的小屁股、小洞、小肚子，沒想到吞了不少呢。」
「我不行了，啊，不要……我不行了……」
「為什麼不要，我們再繼續啊，嗯？」他俯下身，赤裸的胸膛碰觸到我的皮膚，他的大根更深入了，還不自覺發出呻吟，我簡直要死了。
「……要嗎？」他貼著我的臉輕聲說，一眨眼睫毛拂過臉頰。
如果拒絕感覺後果不堪設想，我只好勉強點點頭。
他摟著我慢慢移動，中途還像習慣性地撫摸我的乳頭，甚至低下頭吸吮。緊繃的內壁裡他的大根稍微後退然後又往前挺進，然後再一次，又一次。我的身體上下顛簸。
我低著頭想方設法的忍耐，但是越來越困難、越來越奇怪，當他的大根脫離時，內壁裡的皮肉似乎也一起脫離，當他再深入時，我的腹部似乎要爆了。
速度一點一點地加快，摩擦聲變大了，氣喘吁吁。我笨拙地轉身抱著他，仰頭喘氣。
「學長，等等……」
他明明聽了我的話，卻紋風不動。我忍不住拍打他的肩膀，腳後跟用力壓他的大腿後側。他沒有回答，只是一個勁的往前挺進，我連眼淚都流出來了。
感覺下體裂開了，所以很害怕。
不是這樣的，把那麼粗的東西放進去，怎麼可能完好無損。我感覺身體要垮了。砰，那粗大的東西不斷撞擊我的內壁，感覺要擊中心臟了，下腹整個都在抖動。
「好可怕，學長，夠了，好可怕。」
嗒、嗒、嗒、嗒，在這種情況下，他的動作越來越快。啊，啊，啊……我只能任憑嘴巴張開呻

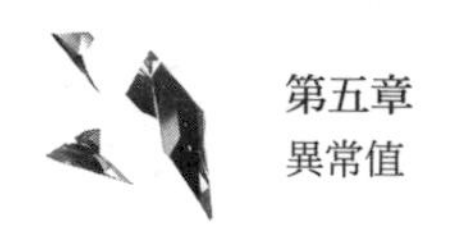

吟，毫無掩飾的聲音傳了出去。

「怕嗎？你說要死了，哪有那麼容易……我的鳥可怕嗎？」

「不、不……」

我不知道自己在說什麼，止不住的搖頭，我的頭髮在桌子上刷刷刷地掠過，我越來越害怕，身體一直縮。

「你要去哪裡？」

他抓住我的骨盆一拉，用力捅進洞裡，好像一根粗大的柱子扎進耳朵內的感覺。

「啊！」

堅硬的腰部一下子浮在空中，大腿扭動，臀部也在扭動，我想忍住，但實在快忍不住了，感覺就要死了，從體內擠壓肚臍的大根終於刮過收縮的內壁離開了。我的脖子後面熱乎乎的，在那一瞬間，強忍的情緒得到了緩解。

「嗯，啊，啊！」

可怕的高潮襲來，從被擠壓無數次的內壁開始，蔓延著侵蝕神經的快感。大根在半空中彈跳，終於第二次射精開始了，白色液體四濺，他的腹部濕透了。

不可思議，這是不可能的，前面根本就還沒好好摸透，怎麼放入後庭出來就可以射精了？這是瘋狂運轉的外掛世界嗎？還是我也已經瘋了？

我拚命抱住學長，在他懷裡蠕動。一邊哭一邊往他脖子揉搓著臉頰，腰部扭動。

不經意間，背後一股力量上來，又硬又粗的東西緊緊頂向前，不僅如此，為了更深入，他抓著我的臀部用力推進。

他不斷往前推，而我的分身和陰囊啪啪地撞到他的腹股溝，我們的精液混雜在一起，在兩人接合的部位堆積，啪嗒啪嗒，濺到了大腿上。

學長咬緊牙，抓住我的腳踝將雙腿往兩邊張開，然後在我毫無防備展開的腹股溝上以下體用力壓迫，我的臀部被擠壓得厲害，一陣乾嘔的感覺衝上來，幾乎要被壓垮了。

他把我壓在桌子上用全身的重量推進，在因摩擦而腫脹得鼓鼓的洞裡，直到他的大根前端進不去，稍微退出，然後再往前推進。我的骨盆快要被壓碎了。

「嗯——嗯哼——嗯——」

他的呻吟從齒縫流出，眼角微微顫抖，我直覺這是高潮的信號。學長急促地拉起我把我緊緊抱住，我也不自覺把手臂圍在他的脖子上。怦怦怦怦，我們的心跳聲交疊。碰！直到我的腹部脹滿到極點，他都沒有停止推進。

青筋凸起凹凸不平的大根在我體內劇烈地蠕動著，已經達到極限的內壁被強行撕裂。我一瞬間精神恍惚，什麼也聽不見。精液噴射了三、四次，黏稠的液體咕嚕咕嚕地往裡頭擠，是心情的關係嗎？腹部脹得鼓鼓的。

他射精完仍留在我體內，和滿滿的精液一起。我累壞了，根本無暇想到叫他抽離，只能張著嘴喘著粗氣。

「呼——哼，呼——」

「雖然我們以前沒見過面……可是護現啊……」

學長撩起被汗水浸濕的頭髮起身，不一會兒，無法忽視的粗大感覺從我體內緩緩抽離，我的內臟好像也被帶走，筋疲力盡的我發出小小的呻吟。他的前端一抽出，精液就嘩嘩地流下。我攤開的雙腿一點力氣也沒有。

他用手背輕輕拂過我的臉頰說道：「我認識你。」

不知什麼意思的話語落到了耳邊。

安靜而令人窒息的時間過去了。大雪積到膝蓋高度，成了天然屏障，道路和非道路的分界十分模糊，走出這棟大樓的日子似乎更遙遙無期了。

自從來到七十週年紀念館以來，學長一直處於神經過敏的狀況，與之前令人毛骨悚然的泰然自若判若兩人。對我的提問以「不知道」回答的頻率增加了，而且他經常獨自睜著眼睛到天亮，原本凶猛的眼睛因充血而更加殺氣騰騰。即使我說要輪流守夜他也只是叫我不要鬧了快去睡覺。

「我去樓上看看。」

才剛吃完飯，學長就起身。今天吃的是在冷凍櫃角落發現的蛋糕。

「樓上？」我反問道，同時跟著站起來。

「你已經遇到被感染的東西了，不知道還有多少。」

「如果還有的話……你打算怎麼辦？」

「當然要處理掉，我們可能會暫時待在這裡一段時間，如果那種東西太多會很麻煩。」

「我也一起去。」

「不用了。」

「是因為我的腿嗎？現在沒事了，我不會拖累你的，不能只讓學長陷入危險啊。」

大腿上的傷口因出血量大，看起來好像非常嚴重，但實際上只是割破了表皮，肌肉和神經都完好無損。裂開的肉在一定程度上已經癒合，行動上也沒有太大負擔。

「我也沒來過這裡幾次，都不記得其他樓層有什麼了，還要帶著你？你是想要我們手牽手一起赴死嗎？」

學長冷嘲熱諷地說，但從他的話中感到微妙的牴觸情緒，不明顯卻有點異常。

「學長，其實我也一樣。」

「……」

「我們學校的學生平常幾乎不會來這裡，對這裡陌生很正常啊，所以我們要一起去。」

「我說不用了。」

「樓上是活動用的大廳和宴會廳，可以容納二、三百人。如果一個人都沒有最好，可是萬一病毒初次擴散時，那裡正在舉行活動的話……你一個人去會很危險。」

「你跟著我能做什麼？你那樣做又會有什麼不同？什麼都不知道的傢伙。」

「總之我自己一個人去就好。」

壓垮人格的惡言惡語聽得心都涼了，侮辱感讓嘴都扭曲了。

「可是……」

「馬的，聽不懂人話嗎？」

學長勃然大怒，我嚇了一跳。他總是無視我，一張口就對我冷嘲熱諷，但從來沒有這麼強硬過。我回想自己剛才是不是說了什麼難聽的話，但我真的只是擔心同伴一個人獨自去會有危險，所以才說要一起去，就算不是學長，對其他人我也會這麼做。

這幾天被困在這裡，哪裡都不敢去，我也一樣悶到了極限。但是現在如果連我也有情緒，對彼此一點好處也沒有，我耐著性子忍了下來。

學長則是眼神炯炯地瞪著我，我沒有逃避他的視線，堅定地盯著他。但腦中突然浮現兩人糾纏在一起接吻、融合的畫面。

「好吧，我知道了。不過我也不能閒在這裡什麼都不做，我去地下室看看好了。就在樓下，很快就能回來。」

「不用去了，那裡什麼都沒有。」

「蛤？」

「沒有。沒有感染者，也沒有糧食。」

「你怎麼知道？」

「鄭護現，你閉嘴。不管你做什麼都幫不上忙，還是乖乖待在這裡吧。要是敢隨便亂跑，小心我會先把你處理掉。」

他板著臉威嚇，沒等我回答，就拿起鐵管大步走了出去，還粗暴地甩上門。瞬間只剩我獨守空蕩蕩的辦公室，無法完全消除的情緒像疙瘩一樣留在心裡。

到底為什麼？他為什麼那麼尖銳？當人們紛紛從眼前死去時，他不是還不當一回事嗎？

我怔怔看著他離去的門，在腦海中拼湊，提出假說、驗證、又駁回。把能想到的選擇一一列出，但是沒有一塊拼圖碎片能符合那缺了一角的空白。

吃完藥，再消毒傷口。這幾天吃好睡飽，感冒也好多了。因為擔心日光燈會引來那些東西，所以沒敢開燈，茫然地看著黑暗的辦公室等學長回來。

印有學校校徽的文件夾、已經沒有水的加濕器、隔板上密密麻麻的便利貼、箱子裡成堆的回收用紙，這個曾經人來人往的空間現在荒廢了。

我靠在椅背上，仰望著漆黑的天花板，不自覺閉上眼睛，藥效發揮，忍不住睡著了。

我做噩夢了。夢裡出現被我親手殺掉的感染者，它倒在洗手間地板上，殷紅的血弄得一團糟，拖著腐朽的身體蠕動著向我而來，脖子上的肌肉和青筋都爛了，頸骨被折斷。

因為頭擡不起來，臉頰在地上拖著，所經之處留下可怕的血痕。我喘著粗氣往後退，必須盡快找到可以當武器的東西。雖然不知道那東西是怎麼復活的，但首先要做的是找到武器完全割斷它的喉嚨，再讓它死一次。

『你跟著我能做什麼？你那樣做又會有什麼不同？』

腦海裡響起學長的聲音，身體一下子沒了力氣。

就算我在這裡拚命掙扎，難道真的不會有一點改變嗎？就算運氣好這次成功躲過，但下次、下下次能保證不會被抓到嗎？最初從正門逃脫的計畫真的不可能嗎？既然免不了一死，與其掙扎著在痛苦中死去，還不如……

不，不是的，我緊閉上眼猛力搖了搖頭。我已經下定決心要安然無恙活著離開這裡，我把絕望從腦中揮去，穩定心神，往後靠在軟軟的牆上。

從睡夢中驚醒，椅背承受我的重量，壓下去又反彈回來。

我咬著嘴唇深呼吸一口氣。後背因冷汗濕漉漉的，睡覺姿勢不正確，彷彿被鬼壓床一般全身肌肉痠痛，很想去洗把臉。我不經意間把目光轉向門口，越過隔板赫然發現門邊出現黑乎乎的形影。

我明明把門鎖上了，是怎麼進來的？但隨即想到，殭屍沒有打開門的智慧，它們只會胡亂揮動手臂，用腿亂踢或以身體碰撞。但如果用那麼吵雜的方式破門而入，不管我睡得再沉也不可能沒發現啊。

整間辦公室仍處於黑暗之中，所以看不清對方，只能依稀辨識出他趴在地上，手腳並用緩慢爬行，似乎還沒發現我的存在。

我坐在椅子上不敢動，如果猛然站起來會發出聲音，那就不妙了。我感覺到手心在冒汗。

那是被我殺掉的殭屍，還是別的個體？現在這一瞬間該不會是噩夢的延續吧？但是脈搏不安跳動的聲音、緊繃的肌肉提醒我，是現實。

我仍不敢動，只轉動眼睛觀察周圍。書桌上有各種辦公用品、剪貼板、訂書機、金屬尺、切割

刀，若要拿來當武器有一點不足。

我往前看，漆黑的形體不知不覺已經接近我了。這時正好看到一個巨大的吹風機，目前看來這個最好。我悄無聲息地伸手抓住吹風機，屏息等待，因驚慌和緊張而沸騰的心慢慢平靜下來，就在那個形體繞過拐角向我的座位靠近時，猛然突襲。

我用吹風機使勁砸向那個形體的脖子，對方沒能及時應對，毫無防備地倒下了。我整個人壓在他身上，壓住他瘋狂掙扎的胳膊和腿，下一步是給他致命一擊，我一手壓著他的脖子，一手舉起吹風機。

「嗚！嗚！」

感染者會用這種聲音哭喊嗎？我瞬間愣住了，握著吹風機的手差點落下，我皺著眉頭仔細看了看對方。

「呃，好痛……請饒命……嗚嗚。」

一個憔悴的男子被我壓在地上嗚嗚地哭著，我的手仍掐住他的脖子，同時我也看見他脖子上掛了個東西，是教職員證。

（未完待續）

i 小說 052

Deadman Switch：末日校園1

國家圖書館出版品預行編目（CIP）資料

Deadman Switch : 末日校園 / Eise著 ; 艾咪譯. -- 臺北市 : 愛呦文創有限公司, 2023.02-
冊 ; 公分. -- (i小說 ; 52-)
譯自 : 데드맨 스위치
ISBN 978-626-96024-9-0(第1冊 : 平裝)

862.57　　111019834

愛呦文創

原書書名　데드맨 스위치
作　　者　아이제（Eise）
譯　　者　艾咪
封面繪圖　Zorya
海報繪圖　sima
責任編輯　高章敏
特約編輯　劉綺文
文字校對　劉綺文
版　　權　Yuvia Hsiang
行銷企劃　羅婷婷

發 行 人　高章敏
出　　版　愛呦文創有限公司
地　　址　10691台北市忠孝東路四段59號10-2樓
電　　話　（886）2-25287229
郵電信箱　iyao.service@gmail.com
愛呦粉絲團　https://www.facebook.com/iyao.book

總 經 銷　聯合發行股份有限公司
電　　話　（886）2-29178022
地　　址　231新北市新店區寶橋路235巷6弄6號2樓

美術設計　廖婉禎
內頁排版　陳佩君
印　　刷　沐春行銷創意有限公司
初版一刷　2023年2月
初版三刷　2023年6月
定　　價　340元
I S B N　978-626-96024-9-0

愛呦文創